Carla Wolf ist gebürtige Schwäbin. Aus diesem Grund gilt sie in Hessen als *Oigeplackte*.

In die Sterzbachstadt kam sie vor vielen Jahren der Liebe wegen. Hier lebt sie mit ihrem Mann, dem Schriftsteller Wolf-Ingo Härtl.

Unter ihrem Klarnamen Cornelia Härtl schreibt die Autorin Spannungskrimis und gefühlvolle Romane. Sie ist Mitglied im SYNDIKAT, dem Verein für deutschsprachige Kriminalliteratur, und bei den *Mörderischen Schwestern*, dem Verein zur Förderung der von Frauen verfassten deutschsprachigen Krimiliteratur.

Die Schauplätze in diesem Buch und die örtlichen Gegebenheiten sind real. Die Darstellung entspricht der Situation zur Zeit der Erstveröffentlichung. Gelegentlich hat sich die Autorin darüber hinaus die künstlerische Freiheit genommen, diese der Geschichte anzupassen oder etwas zu ergänzen. So existieren beispielsweise das Hotel *Sterzbacher Hof* und die *Langener Morgenpost* in der Realität nicht.

Die Personen und die Handlung des Romans sind fiktiv. Eventuelle Ähnlichkeiten wären zufällig und nicht gewollt.

Carla Wolf

Der Tote am Vierröhrenbrunnen

Ein Schmunzelkrimi aus der Sterzbachstadt Langen

Bibliografische Information der Deutschen Nationalbibliothek
Die Deutsche Nationalbibliothek verzeichnet diese Publikation in der
Deutschen Nationalbibliografie; detaillierte bibliografische Daten sind
im Internet über http://dnb.dnb.de abrufbar.

2., überarbeitete Auflage Oktober 2024
Text © 2016/2024 Carla Wolf (Cornelia Härtl)
www.cornelia-haertl.de
hallo@cornelia-haertl.de

Umschlaggestaltung: Grit Bomhauer
Umschlagmotive:
© Depositphotos – mexrix | JoeArt | vlad-nikon | halfpoint
© Adobe Stock – Kimo | EKH-Pictures | Sina Ettmer | Krit | Sun
© Claudia Rougoor

ISBN: 978-3-7597-6146-0
Verlag:
BoD · Books on Demand GmbH, In de Tarpen 42,
22848 Norderstedt
Druck:
Libri Plureos GmbH, Friedensallee 273, 22763 Hamburg

Für Wolf-Ingo

1

Der Mann, der am Morgen nach dem in Langen und Umgebung >weltberühmten< Ebbelwoifest am Vierröhrenbrunnen saß, machte keinen guten Eindruck. Der Kopf war ihm auf die Brust gesunken, ein Bembel lag umgekippt neben seiner schlaff daliegenden Rechten, die Beine hatte er von sich gestreckt.

Der Rentner Karl Nappes war der Erste, der den Mann sah. Genauer gesagt war es sein Hund Lumpi. Eine Promenadenmischung auf krummen, kurzen Beinen, die Nappes vor einigen Jahren aus dem Tierheim Egelsbach geholt hatte. Mit der trat der passionierte Frühaufsteher an diesem Dienstag gegen Viertel nach fünf auf die Bachgasse. Fünfzehn Minuten später als üblich, weil auch er am Vorabend das eine oder andere Gerippte gehoben hatte.

»Hierher!«, rief Nappes, als Lumpi plötzlich davonrannte. Das Herrchen war noch nicht so schnell wie sonst und befand sich erst an der Ecke zum Restaurant *Tiepolo*, als der Hund bereits aufgeregt an den Beinen des am Brunnen lehnenden Mannes herumschnüffelte.

»Lass den Herrn in Ruhe«, versuchte Nappes erneut, seinen Hund an gutes Benehmen zu erinnern. Lumpi indessen hörte an diesem frühen Morgen überhaupt nicht auf ihn. Vielmehr schleckte er genüsslich etwas von dem umgekippten Bembel ab. Erst dann hob er den kleinen, graubraunen Kopf. Seine Knopfaugen blickten fragend zu Nappes, der schwerfällig näherkam.

»Junger Mann, das Fest ist vorbei!«, belehrte er den Trunkenbold. Der rührte sich nicht.

»Hallo, Sie!« Nappes beugte sich vor und griff nach der Schulter des schlafenden Zechers. »Die Nacht ist vorüber.«

Der Mann reagierte noch immer nicht. Nappes kam ächzend wieder hoch, dabei streifte seine Hand den Hut des Daliegenden. Ein schöner, leichter, geflochtener Sommerhut, wie Nappes

7

bemerkte. Bevor das gute Stück vom Kopf des Fremden rutschte und Nappes sah, was sich darunter verbarg. Er erschrak dermaßen, dass er einen Schritt zurücktaumelte.

»Jessas!«, entschlüpfte es ihm.

Lumpi stand ganz still, nur seine Nase zuckte, er schob den Kopf nach vorn und leckte sich mit der Zunge über die kleine, schwarze Schnauze. Gerade so, wie er es immer nach dem Morgenspaziergang machte, bevor er sich auf seinen Fressnapf stürzte. Nappes griff nach dem Halsband und zerrte das Tier weg, bevor es etwas Unverzeihliches tun konnte.

»Lumpi, der Mann ist tot«, sprach Nappes das Offensichtliche aus. »Wir müssen die Polizei holen.«

Bloß wie? Nappes war ein Herr der alten Schule. Der schleppte kein Mobiltelefon mit sich herum. Hilflos drehte er sich einmal um sich selbst. Überall nur geschlossene Lokale, heruntergelassene Rollläden, übervolle Mülleimer.

Das mehrtägige Fest voller Frohsinn, Heiterkeit und Völlerei, bei dem das ›Stöffche‹ aus dem Vierröhrenbrunnen sprudelte, war vorbei.

Kaaner uff de Gass' wenn mer emol aan braucht.

»Lumpi, wir müssen zurück in die Wohnung.«

Im selben Moment ertönte das hochtourige Röhren eines teuren Autos. Gleich darauf bog ein schneeweißes, offenes Mercedes-Cabrio von der Fahrgasse her um die Ecke.

»Stopp. Anhalten!«, schrie Nappes und fuchtelte mit den Armen in der Luft herum.

Der Fahrer wirkte zunächst, als wolle er auf der Frankfurter Straße davonbrausen und den alten Mann einfach stehenlassen. Doch der erkannte ihn.

»Doktor Übelhau«, rief Nappes dem Cabriofahrer zu.

Der Arzt, ein bekannter Schönheitschirurg, in der Stadt allgemein nur »Doktor Botox« genannt, schob irritiert das straffe Kinn nach vorn und bremste den Wagen mitten in der Kurve ab, ohne den Motor abzustellen.

»Da hinten. Da liegt ein Toter«, brachte Nappes den Arzt zügig auf den Stand der Dinge.

»Ein Toter? Guter Mann, der wird gestern Abend einfach zu viel gesoffen haben. Schütten Sie ihm Wasser ins Gesicht, dann wird es schon wieder gehen.«

Doktor Botox schien nicht gewillt, seine Fahrt zu unterbrechen. Nappes fragte sich insgeheim, was den Mann so früh am Morgen umtrieb. Egal, was es war, es kam der Situation nun zupass.

»Nein, der ist nicht besoffen, der hat Blut am Kopf. Reichlich.«

Gottseidank stoppte Doktor Übelhau endlich den Motor und stieg aus dem Wagen.

»Wollen wir mal sehen«, murmelte er dabei. Der Blick, den er Nappes zuwarf, sprach Bände.

Freund, wenn der da hinten noch lebt, dann kriegst DU es mit mir zu tun!

»Hm«, murmelte der Halbgott in Weiß jedoch gleich, als er den Mann am Brunnen begutachtet, ihm prüfend an den Hals gefasst und seine Kopfwunde in Augenschein genommen hatte.

»Ich glaube, Sie haben recht. Der dürfte keinen Mucks mehr tun.«

»Ein Toter«, sagte Nappes, »und das nach so einem schönen Fest.«

»Tja, guter Mann. Der Sensemann kommt und geht, wie es ihm gefällt. Ich rufe mal besser die Polizei.«

Sprach's und zog ein Smartphone neuester Generation aus seiner Jacketttasche. Das Ding sah aus, als könne es alles Mögliche. Auch eine schnelle Verbindung zu den Gesetzeshütern herstellen, hoffte Nappes inständig.

Zwei Autos fuhren vorbei, die Insassen schauten bereits neugierig zum Brunnen herüber. Hoffentlich stieg jetzt keiner aus, um mit seinem technischen Firlefanz ein Foto von dem Toten zu schießen und es im Internet zu veröffentlichen. Man las ja so viel ... Nappes drehte sich um und stapfte zu einer der Bänke am Rande des Grünstreifens auf dem Vorplatz der Stadtkirche hinüber. Urplötzlich war ihm übel. Er senkte den Kopf und sah in die fragenden Augen seines Hundes. Lumpi verstand ganz sicher nicht, was hier passierte, das war auch besser so.

»Herr Nappes? Geht es Ihnen nicht gut?«

Die Stimme Gottes!

Nein, nicht ganz. Die eines seiner Stellvertreter.

»Herr Pfarrer, um Himmels willen. Dort drüben ... da liegt jemand. Tot.«

Pfarrer Gottlob Lichtblau hob fragend die Brauen.

»Herr Nappes, gestern Abend ging es ganz schön rund bei Ihnen und Ihren Kegelbrüdern. Sie haben doch nicht etwa ...«

»Nein, nein, ich bin nicht mehr ... es stimmt. Doktor Botox, äh ich meine, Professor Doktor Übelhau ... er telefoniert schon nach der Polizei.«

Der Pfarrer wirkte, als sei ihm das Gestammel sehr suspekt. Ein paar Augenblicke später, nachdem sein Blick Nappes' zitterndem Finger gefolgt war, wich das Blut aus seinem Gesicht.

»Um Himmels willen«, entfuhr es nun auch ihm.

»Sag ich doch«, erwiderte Nappes knapp, bevor er wieder den Kopf senkte. Von weit her ertönte bereits ein Martinshorn.

Der Polizist Michael Hanfstängel war es, der kurz darauf mit blinkendem Blaulicht auf den Wilhelm-Leuschner-Platz einbog.

Mühsam kletterte er aus seinem Wagen, zog Jacke und Hose zurecht und griff nach seiner Mütze. Offenbar waren heute sämtliche Regeln außer Kraft gesetzt, denn Hanfstängel war alleine unterwegs. Drei Augenpaare lagen auf ihm, als er sich der kleinen Gruppe am Brunnen näherte. Sein von den Ausschweifungen des Vorabends noch leicht verquollenes Gesicht zeigte ungläubiges Staunen beim Anblick des Toten.

»Zu viel Alkohol«, murmelte er.

Nappes, der Pfarrer und Doktor Botox, der nervös mit seinem Smartphone spielte, schauten sich kurz an. Wen meinte Hanfstängel? Sich selbst? Er war für seine Trinkfreudigkeit bekannt und sah, mit Verlaub, mit seinem trüben Blick und den geröteten Wangen nicht gerade nach einer erholsamen Nacht aus. Oder den Toten?

Hanfstängel kratzte sich ausgiebig am Kopf, wobei er seine Mütze hin und herschob, beugte sich zu dem Unbekannten herab, murmelte etwas vor sich hin und traf dann eine Entscheidung.

»Hat zu tief ins Glas geguckt. Ist ausgerutscht und mit dem Kopf auf den Brunnen gefallen.«

»Exitus«, fügte Doktor Botox emotionslos hinzu, steckte energisch sein Smartphone weg und sah stattdessen auf die teure Uhr an seinem Handgelenk.

»Amen«, ergänzte Pfarrer Lichtblau. Er faltete die Hände und warf einen demütigen Blick nach oben.

Karl Nappes schüttelte stumm sein graues Haupt.

Was für ein schrecklicher Unfall!

2

Hanna Koslowski war, wie ihr Nachbar Karl Nappes, seit einigen Jahren in Rente. Darüber hinaus hatten die beiden nicht viel gemeinsam. Für sie war der Mann mit der Schiebermütze das, was sie manchmal mit einem Augenzwinkern eine Ebbelwoischnuut nannte. Er titulierte sie gerne als Glaskugel-Hanna, weil sie seit Jahren den Leuten die Handlinien las, Karten legte und, wenn es gar nicht anders ging, dazu auch noch ihre Glaskugel befragte.

An diesem späten Morgen hatte es Hanna Koslowski nach einem kurzen Plausch mit ihrem Nachbarn eilig, in ihr sogenanntes Arbeitszimmer zu kommen. Dort herrschte ein dämmriges Halbdunkel, aus dem heraus ein ausgestopfter Rabe an der Wand jeden musterte, der durch die Tür trat. Hanna stürzte regelrecht auf ihre Glaskugel zu.

Ein Toter!

Fast direkt vor ihrer Haustür!

Der Mann musste in den frühen Morgenstunden gestürzt sein, wie Karl Nappes ihr verschwörerisch zugeraunt hatte. Ausgerechnet auf den Brunnenrand! Ein Unfall mit tödlichem Ausgang.

»Doktor Botox hat es gleich gesehen«, hatte Nappes ihr verraten. »Ich hatte Glück, dass er angehalten hat, so in Eile, wie der war.«

Hanna verkniff sich eine Bemerkung über die Tatsache, dass der gute Doktor vermutlich wieder eine Nacht aushäusig verbracht hatte und nur deshalb bereits bei Morgengrauen durch die Stadt düste.

Sie wusste es, denn die arme Frau Doktor Übelhau, die zwar gar keine Frau Doktor war, aber aus Respekt vor ihrem Gatten stets so genannt wurde, suchte schon seit längerem Trost und Unterstützung in Hannas kleinem Kabuff.

»Hanna, legen Sie mir die Karten«, hauchte sie dann, mit

blassen Lippen und dunkel umschatteten Augen. »Ich muss wissen, ob mein Mann mich wieder betrügt.«

»Sie ist jung und sie ist blond«, hatte Hanna ihrer Kundin erst vor wenigen Tagen verkündet.

»Nein, nein, Sie müssen sich irren. Nicht schon wieder«, jammerte die und griff in ihrer Tasche nach dem silbernen Flachmann, den sie vorsichtshalber seit der letzten Blondine bei sich trug, um ihre Nerven zu beruhigen.

»Die Karten lügen nicht«, hatte ihr Hanna daraufhin streng verkündet. Die Arme musste ja nicht wissen, dass Hanna sich ihrer Sache deshalb ganz sicher war, weil ihre Enkelin Petra im selben Haus wohnte wie das besagte Objekt der Begierde des Herrn Doktor.

»Der Schönheitsschnippler hat wieder eine Neue, die wohnt mir gegenüber«, waren Petras respektlose Worte gewesen, die Hanna auf die Sprünge geholfen hatten.

Nun ja, Frau Doktor Übelhau würde demnächst auch eine äußerst interessante Begegnung bevorstehen. Das zeigte ihr Tarot ganz deutlich. Doch die Betrogene winkte nur ungläubig ab.

»Wen soll ich denn schon noch kennenlernen«, murmelte sie und blickte traurig vor sich hin.

Hanna sagte nichts, sie kannte ihre Karten.

Im Angesicht des Todes jedoch waren andere Methoden gefragt. Aufgeregt wandte Hanna sich ihrer Kugel zu.

»Wer ist der Tote? Was ist passiert?«, murmelte sie.

Die Kugel blieb milchigweiß und kühl. Hanna versuchte es erneut, doch noch bevor sich etwas tun konnte, klingelte es an der Tür.

»Fraa Koslowski, hawwe se schon des von dem dode Mann geheerd?«, fiel die Besucherin gleich mit dem Thema des Tages ins Haus.

»Ja, ja«, winkte Hanna ab.

Die alde Gaawerlies hat mir gerade noch gefehlt.

13

Sie wollte die Frau schon verscheuchen, bevor ihr siedend heiß einfiel, dass sie beide auf einen Plausch über die Zukunft verabredet waren. Danach würde gleich die nächste Kundin kommen. Hanna Koslowski ahnte in diesem Moment, dass sie ihre eigene Neugier zunächst würde zügeln müssen. Zumindest so lange, bis sie ihre heutigen Kundinnen bedient hatte.

3

Marie-Luise Übelhau knetete nervös an ihren Fingern herum. Im oberen Stockwerk rauschte Wasser. Winfried duschte seit fünfzehn Minuten.

Er wäscht den Geruch von seiner Neuen ab, damit ich nichts merke.

Die Arztgattin rümpfte die Nase und streckte den Rücken durch. Hanna Koslowski hatte auch dieses Mal wieder recht behalten! Was würde sie bloß ohne diese Frau tun!

Du würdest beim Psychologen sitzen und dich ausheulen, flüsterte eine kleine, gemeine Stimme in ihr Ohr.

Ja, wenn es nur so einfach wäre! Winfried war der bekannteste Arzt in der Stadt. Nicht, weil er so wahnsinnig erfolgreich gewesen wäre. Nein. Er war bekannt, weil er alles dafür getan hatte, bekannt zu werden. Hatte sich in Zeitschriften und TV-Sendungen gedrängt, eine prominente Opernsängerin aus dem benachbarten Dreieich gebotoxt und dermaßen mit Hyaluron abgefüllt, dass sie aussah wie ihre eigene Tochter. Allerdings nur von weitem, aus der Nähe durfte man sie nicht betrachten, da waren die Korrekturen doch zu offensichtlich. Dazu diese sogenannten Jungbrunnen-Partys. Sie selbst war natürlich auch einige Male dabei gewesen. Als Gastgeberin. Ihre Freundinnen waren verrückt danach, die ließen sich im Schnellverfahren die Krähenfüße glätten, Lippenfältchen wegspritzen, Zornesfalten ebnen. So war er bekannt geworden. Doktor Botox nannte man ihn immer noch, obwohl er derlei Kleinkram heute nicht mehr anbot. Nur noch Audienzen in seiner Privatpraxis, die Spritzen wurden durch sanfte Schnitte hier und ein bisschen Lifting dort, Fettabsaugung unten und Silikon oben ergänzt. Auch sie hatte mehrfach unter dem Skalpell ihres Gatten gelegen. Genutzt hatte es nichts. Er ging fremd, seit Jahren, mit immer jüngeren, immer blonderen Frauen, die noch gänzlich unbefleckt von der Schönheitschirurgie waren. Denn paradoxerweise hatte Winfried eine Abneigung gegen nachgebesserte Frauenkörper entwickelt. Und weil es inzwischen immer schwieriger wurde, eine naturbelassene Frau unter dreißig zu finden, wurden seine Gespielinnen immer jünger. Und frecher! Wie sonst war es zu erklären, dass kürzlich ein Strauß roter Rosen vor der Tür gelegen hatte?

Marie-Luise seufzte, tief und laut. Sie trat zum Spiegel in der großen, lichtdurchfluteten Diele. Sah sich tief in die dunkelblauen Augen. Hob mit einer Hand leicht das Kinn an. Drehte den Kopf hin und her. Nein, da konnte man sagen, was man wollte. Die »moderaten Änderungen«, die ihr Gatte an ihr vorgenommen hatte, waren so gut wie unsichtbar.

Im oberen Stockwerk verstummte das Rauschen. Gleich würde ihr Mann nach unten kommen, wie üblich nach seiner morgendlichen Dusche gut gelaunt, das feuchte Haar in den Nacken gekämmt, begleitet von Vetyverduft.

Marie-Luise eilte in die Küche, um ihm das Frühstück zuzubereiten. Sie wusste, was von ihr erwartet wurde. Es war nicht mehr so viel. Aber das Wenige, das sie beide noch verband, wollte sie aufrechterhalten. Wer wusste denn schon, ob sich die Dinge nicht irgendwann wieder zu ihren Gunsten wenden würden.

4

Petra Koslowski zog das Telefon näher und lauschte angestrengt. Die 25-jährige angehende Journalistin machte zurzeit ihr Praktikum bei der *Langener Morgenpost*. Weil sämtliche Redakteure in einer Besprechung waren, kam sie an diesem Morgen in den Genuss, als Erste von dem Toten zu erfahren, der am Vierröhrenbrunnen gefunden worden war. Ihr Informant bei der Polizei bat darum, einen Aufruf in der Zeitung zu veröffentlichen.

»Von hier ist der nicht, Papiere trug er keine bei sich, wir brauchen die Mithilfe der Bevölkerung.«

Petra fackelte nicht lange. Sie legte ihrem Chef einen Zettel hin, auf den sie groß »Bin unterwegs. Wichtige Sache. Später mehr!«, schrieb, bevor sie Notizbuch, Stift und Kamera in ihre geräumige Beuteltasche warf. Vor dem Gebäude in der oberen Bahnstraße schwang sie sich auf ihr Rad und strampelte zunächst die August-Bebel-Straße hoch in Richtung Stadtkirche. Dort stand immer noch eine Traube Schaulustiger herum und bequakte das Geschehen lang, breit und laut. Der unbekannte Tote war inzwischen abtransportiert worden. Lediglich ein Flatterband, das man um den Brunnen gezogen hatte, zeugte noch von den ungewöhnlichen Geschehnissen des Tages.

Petra schoss einige Fotos vom Fundort der Leiche, sie achtete dabei darauf, dass das Band gut zu sehen war, bevor sie abdrehte und in die Südliche Ringstraße, zum Polizeirevier, fuhr. Sie hoffte, neben der Presseerklärung und dem Foto, das man ihr beides inzwischen gemailt hatte, direkt vor Ort noch ein bisschen mehr an Informationen zu bekommen.

Polizeimeister Michael Hanfstängel wollte zunächst nicht so richtig mit der Sprache rausrücken, doch Petra ließ nicht locker. Sie wollte alles wissen und war durch die mundfaule Art ihres Gesprächspartners nicht abzuhalten. Nach und nach zog sie ihm einige Details aus der Nase.

»War Ihnen sofort klar, dass der Mann tot war, als Sie ihn fanden?«, fragte sie schließlich.

»Der Nappes hat ihn gefunden«, antwortete Hanfstängel. Es war ihm anzuhören, dass er sich durch diese Information erhoffte, endlich in Ruhe gelassen zu werden. Bevor er darüber nachdenken konnte, ob er sich dabei eventuell einer Journalistin gegenüber zu weit aus dem Fenster gelehnt hatte, dankte die ihm und machte sich schleunigst vom Acker.

»Der Nappes, sieh mal einer an«, murmelte sie. Ihre Großmutter wohnte im selben Haus wie dieser wichtige Zeuge der ersten Stunde. Wenn sie es schaffte, ihn zu befragen, bevor die Konkurrenz auftauchte, könnte sie am nächsten Tag mit ihrem Artikel in der *Langener Morgenpost* punkten. Das wiederum würde ihr nicht schlecht stehen, wo sie doch auf eine Festanstellung hoffte!

5

Hanna Koslowski schloss die Tür hinter der letzten Kundin dieses Morgens. Sie war froh, wieder alleine zu sein, denn Hanna spürte, dass etwas seinen Weg zu ihr suchte. Der Hauch einer Ahnung hatte an diesem Morgen über jeder einzelnen Séance gehangen. Noch niemals in all den vielen Jahren, in denen sie ihrer Kundschaft Erfreuliches und leider manchmal auch Unerfreuliches aus den Handlinien, den Karten oder ihrer Kugel las, war sie derartig angespannt gewesen. Normalerweise nahm sie um diese Uhrzeit eine Suppe oder ein belegtes Brot zu sich. Doch dafür war keine Zeit. Während sie sich lediglich einen Kaffee kochte, erinnerte ihre Katze Philomena sie mit einem missmutigen Mraunzen an ihr Futter.

»Tut mir leid, Philo«, murmelte Hanna. »Dich hatte ich über diese Aufregung fast vergessen.«

Sie übergoss das Kaffeepulver mit heißem Wasser, gab etwas Milch hinein und versorgte anschließend auch das Tier. Danach kehrte sie in ihr Arbeitszimmer zurück. Sie schloss die Fenster, die sie zum Lüften weit geöffnet gehabt hatte, und zog sowohl die Gardinen als auch die Vorhänge zu, bevor sie an ihrem runden Tisch Platz nahm und beide Hände um die Kugel legte.

Zunächst passierte gar nichts. Nach einer Weile jedoch erwärmte sich das Glas unter Hannas Händen. Sie spürte ein feines Vibrieren. Gerade so, als habe jemand einen leichten Stromstoß durch die Kugel geschickt. Auf einmal wurde aus der Wärme eine Hitze und Hanna, die kurz die Augen geschlossen hatte, riss sie wieder auf. Das Kristall hatte seine Farbe verändert. Das milchige Weiß war einem sanften Gelbton gewichen. Der sich nun zügig in ein helles Orange verwandelte. Als das Sirren aufhörte und die Kugel orangerot geworden war, wurde es mit einem Schlag ganz ruhig unter ihren Händen.

Hannas Augen saugten sich an dem Kristall fest. Und dann hörte sie es. Erst unklar, dann immer lauter.

Zum Schluss ganz deutlich.

»Mein Gott!«, rief sie aus, als die Nachricht sie erreichte. Sie wollte umgehend ein paar Fragen stellen, zu dem, was ihr eröffnet worden war, als es unpassenderweise gerade in diesem Moment an der Wohnungstür klingelte.

»Nicht jetzt!« Hanna war so aufgeregt wie selten zuvor in ihrem Leben. Sie wusste genau, dass die Wesen der Zwischenwelt, in die sie sich oft begab, empfindlich reagierten. Ein falsches Wort, eine unbedachte Bewegung und wusch - weg waren sie und die mühsam aufgebaute Brücke zwischen dieser und der jenseitigen Welt stürzte zusammen. So auch jetzt. Während die Türglocke immer wieder anschlug, schüttelte Hanna die Glaskugel. »Sag mir mehr«, bat sie flehentlich. Es half nichts. Der erschreckenden Botschaft wurde kein weiteres Wort hinzugefügt.

»Oma, warum öffnest du denn nicht?« Petra Koslowski schüttelte tadelnd den Kopf. »Ich läute hier Sturm ...«.

»Oh mein Gott«, stöhnte Hanna und zog ihre Enkeltochter eilig herein. »Wenn du wüsstest ...«

»Ich weiß es bereits«, antwortete die Jüngere.

»Woher solltest du das wissen können?« Hanna schüttelte energisch den Kopf.

»Vom Hanfstängel. Ganz offiziell. Ich schreibe einen Artikel über den Toten am Vierröhrenbrunnen.«

»Ach so, ja, das«, antwortete Hanna zerstreut und zog ihre Enkelin mit sich in das kleine Zimmer, in dem die Kristallkugel wieder weiß und unschuldig auf dem Tisch stand.

»Deshalb bin ich nämlich hier. Der Nappes, dein Nachbar, der hat den Toten doch gefunden. Leider scheint er nicht da zu sein. Hat er dir was erzählt?«

Hanna nickte heftig. »Jedes Detail. Heute Morgen, kaum dass er zurück war.« Sie schilderte ihrer Enkelin in knappen Worten, was sie wusste.

Petra hielt ihr dabei ein Smartphone vor die Nase, dessen

Display ein Mikroton zeigte. »Ich nehme das auf und schreibe es hinterher ins Reine«, erläuterte sie.

Ihre Großmutter sprudelte nur so vor Mitteilungsdrang und gab bis ins Kleinste wieder, was ihr Nachbar ihr anvertraut hatte. Inklusive des schnell gefällten Urteils, der arme Mann sei ausgerutscht und habe sich den Kopf so unglücklich angeschlagen, dass er das Zeitliche gesegnet hatte.

»Das ist die offizielle Erklärung, und alles, was der Nappes mir erzählt hat«, beendete Hanna ihre Rede. Sie griff nach Petras Arm. »Und jetzt mach das Ding aus, denn dann sage ich dir, was wirklich geschehen ist!«

Petras hellblaue Augen wurden groß und kugelrund.

»Du weißt mehr, Oma?« Eifrig verstaute sie das Smartphone in ihrer Tasche. »Hast du etwas gesehen oder gehört?«

Hanna streckte sich und schaute kampfeslustig um sich.

»Gehört, genau. Es war kein Unfall!«

»Kein Unfall?«, echote Petra.

»Aber ... der Doktor Botox und der Hanfstängel haben doch übereinstimmend festgestellt ...«

»Egal, was die glauben, es war kein Unfall!«

»Was war es denn dann?«

»Das musst du herausfinden.«

Petra sah ihre Großmutter skeptisch an. »Ich? Ja, wieso denn? Wenn du heute Nacht etwas gehört hast, was mit dem Toten in Verbindung steht, dann musst du zur Polizei gehen.«

»Nein, die glauben mir sowieso nicht. Petra, du musst diesen Fall lösen.«

»Oma, ich bin doch keine Detektivin.«

Hanna seufzte und griff nach der Hand ihrer Enkelin.

»Aber du bist die Einzige, der ich vertrauen kann. Und nur, wenn ich dir vertraue, werden sie dir auch vertrauen.«

»Wer *sie?*«

Petra wirkte verwirrt ob der nebulösen Andeutungen ihrer Großmutter.

»Die Geisterwesen. Sie haben mir etwas verraten.«

Petra seufzte tief auf. Ihr Blick fiel auf den Tisch mit der Kristallkugel. Daneben stand ein Glas Rotwein, fast gänzlich geleert.

»Oma, du hast doch nicht schon wieder am helllichten Tag getrunken?«

»Ach, das bisschen«, winkte die ab. »Ein halbes Gläschen vom leichten Roten, das tut mir gut. Man muss es in meinem Alter nicht mehr übertreiben mit den Verboten.«

Petra schüttelte leicht den Kopf, konnte sich aber ein Grinsen nicht verkneifen. Das ihr bei den nächsten Worten ihrer Großmutter sofort verging.

»Das war kein Unfall«, verkündete Hanna nämlich mit düsterer Stimme erneut. »Bevor sie mir mehr sagen konnten, hast du sie vertrieben mit deiner Klingelei!« Ein strenger Blick unterstrich diese Worte. »Deshalb bist du es mir schuldig, mehr über den Tod des Fremden herauszufinden.«

Petra schüttelte ungläubig den Kopf. Dann stutzte sie. Manch einer mochte ihre Großmutter belächeln. Sie Kristallkugel-Hanna nennen, wie Karl Nappes. Tatsache war, dass die wenigen Termine, die sie anbot, stets ausgebucht waren. Hanna wurde von ihrer Kundschaft mit sämtlichen wichtigen Fragen des Lebens konfrontiert. Ob familiäre, berufliche oder gesundheitliche Dinge, die Leute kamen, um Hanna um Rat zu bitten. Viele mehrmals, einige ständig. Und hatte ihre Großmutter nicht auch ihr einmal bei einer wichtigen Entscheidung zur Seite gestanden? Vor einem halben Jahr, als sie darüber nachdachte, nach Berlin zu ziehen?

»Du wirst hier noch gebraucht«, hatte Hannas Antwort gelautet. »Eine große Chance wartet auf dich.«

Obwohl sie geglaubt hatte, Hanna habe das nur gesagt, damit ihre Enkelin - und gleichzeitig die letzte der Familie, die noch in Langen lebte -, nicht in die Ferne ging und sie alleine zurückließ, war sie dem Rat gefolgt. Was, wenn gerade dieser Fall hier genau die besagte Chance darstellte?

»Na gut«, sagte sie zögerlich, nach einigem Nachdenken. »Ich kann es ja mal versuchen.«

»Ich helfe dir«, antwortete Hanna ernst und, nach einer kurzen Pause, »WIR helfen dir.«

Petra nickte und ging aus dem Zimmer, bevor es ihr zu esoterisch wurde.

Nach dem überirdischen Gespräch mit ihrer Oma brauchte die Jungreporterin erst einmal einen ganz irdischen Kaffee. Sie radelte am Sterzbach entlang, dann vom Vierröhrenbrunnen aus die August-Bebel-Straße hinunter in Richtung Stadtmitte. Aus dem Restaurant *Nefeli* klang griechische Musik, der Wirt hatte die großen Fenster geöffnet und säuberte die Tische, die im Freien standen. Wie üblich würde hier am Abend kein Platz mehr frei sein. Petra winkte ihm im Vorbeifahren zu, bevor sie auf den Kreisel am Lutherplatz einbog und vor dem Eiscafé *La Dolce Vita* anhielt, wo sie einen der Stühle im Freien ergatterte.

Einen Milchkaffee später hatte sie das Gespräch mit ihrer Großmutter noch einmal angehört und sich dabei Notizen gemacht. Sie zog die Ohrhörer heraus, legte Geld auf den Tisch und ging zu ihrem Fahrrad. Sie hatte es jetzt sehr eilig. Diese Sache mit dem Toten, das spürte sie in den Fingerspitzen, die würde noch was ganz Großes!

Petra Koslowski war nach ihrem Besuch im *La Dolce Vita* stadtauswärts gefahren, ins Facharztezentrum an der Röntgenstraße. Auf dem Gelände dort befand sich auch die Privatpraxis von Professor Doktor Übelhau. Sie war, nach kurzem Überlegen, zum Entschluss gekommen, sich nicht vorher anzumelden. Doktor Botox war bekannt für seine Schönheitsoperationen, nicht für seine Freundlichkeit. Petra war sich sicher, sie wäre am Telefon von irgendeiner Mitarbeiterin abgewimmelt worden. Sobald sie dort auf der Matte stand, ginge das aber nicht mehr so einfach.

Die Frau am Tresen war dunkelhaarig, dunkeläugig und von professioneller Höflichkeit.

Nein, der Doktor habe keine Zeit. Und nein, sie könne ihn jetzt nicht stören, auch nicht für eine Mitarbeiterin der *Langener Morgenpost.* Ihr kühler Blick sprach Bände.

Aha, aber wenn er mal wieder gute Presse braucht, dann sieht das ganz anders aus!

Petra behielt diesen Gedanken für sich, weil sie sehr genau wusste, dass Übelhau sowieso nicht auf ein kleines journalistisches Licht wie sie zugehen würde. War er anfangs froh und dankbar über jeden noch so klitzekleinen Artikel von wemauchimmer gewesen, tat er es inzwischen unter einer Riesenstory vom Chefredakteur nicht mehr. So änderten sich die Zeiten.

Die Tür zu einem Ordinationszimmer schwang auf, die superschlanke Frau mit den langen roten Locken, die im Blickfeld erschien, wurde von Übelhau überschwänglich verabschiedet. Petra starrte sie sekundenlang an, bevor sie diskret die Augen senkte. Scarlett Bohnenberger war eine kleine Berühmtheit in der Stadt, seit sie eine Rolle in einer Vorabendsoap spielte. Was machte sie hier? Man munkelte zwar, dass ihr Vertrag demnächst auslaufen sollte, aber das war noch lange kein Grund, den Schönheitsdoc aufzusuchen, dafür war sie definitiv zu attraktiv und zu jung. Beschwingt ging das Starlet an Petra vorbei, die ihre Blicke von der anderen, die, wie sie wusste, genau in selben Alter war, losriss. Übelhau stand noch in der Tür, eine Hand ans Revers seines eierschalfarbenen Leinenjacketts gelegt, während er ungeniert auf Scarletts perfekt geformten Hintern starrte.

Die Sprechstundenhilfe verzog leicht die Mundwinkel und tat beschäftigt. Petra erkannte ihre Chance.

»Herr Professor Übelhau?«, holte sie den Arzt aus seiner Verzückung.

»Hm?«, antwortete der. Scarlett verschwand aus seinem Sichtfeld, erst jetzt hob er den Blick.

»Ich muss Sie kurz sprechen!« Petra ignorierte den empörten Ausruf der Dunkelhaarigen.

»Geht ganz schnell.«

»Ich wüsste nicht ...«

»Ich glaube, Sie haben heute früh beim Ausparken mein Fahrrad gestreift. Sollen wir das lieber bei Ihnen zu Hause klären?«

»Was ...«, Übelhau schien krampfhaft zu überlegen, worum es hier gerade ging.

»Kleiner Tipp: Forstring «, raunte Petra ihm zu. Ihr verschwörerischer Blick wanderte von ihm zur Sprechstundenhilfe und wieder zurück.

»Fünf Minuten«, beschied er ihr und bat sie hastig ins Sprechzimmer.

»Mir ist heute früh nichts aufgefallen«, verteidigte er sich, kaum dass die Tür geschlossen war. »Aber wenn Sie Auslagen hatten, komme ich selbstverständlich dafür auf.«

Nervös nestelte er an seiner Krawatte herum.

»Nein, danke. Ich will kein Geld. Sondern lediglich einen kleinen Gefallen.«

Petra trat von einem Fuß auf den anderen.

Übelhau musterte sie misstrauisch.

»Einen Gefallen?«

Petra erklärte es ihm.

»Ein paar Worte für den Artikel in Ihrem Blatt?« Seine Verblüffung war groß.

»Sie haben sofort erkannt, dass der Mann tot war. Einen Unfall vermutet. Weil Sie ihn und seine Wunde untersucht haben, nehme ich an?«

»Äh«, machte Übelhau und schickte einen sehnsuchtsvollen Blick zur Tür. So, als hoffe er, gleich von seiner Mitarbeiterin aus dieser überaus misslichen Situation gerettet zu werden. Die schien ihm den Blick auf Scarlett Bohnenbergers Hinterteil aber noch nicht verziehen zu haben, jedenfalls rührte sich von da draußen nichts.

»Ich war in Eile«, nuschelte der Herr Doktor schließlich. »Der Mann hatte eine Wunde am Kopf, die Situation war eindeutig. Und ich musste dann ja auch weg.«

Petra konnte sich schon denken, was los war. Der gute Doktor hatte bei seiner neuesten Eroberung übernachtet und war in aller Herrgottsfrühe nach Hause gefahren. Vermutlich in der Hoffnung, seine Gattin würde noch schlafen, wenn er in den heimatlichen Hafen zurückkehrte. Daher die Eile. Ob Hanfstängel eine gerichtsmedizinische Untersuchung angeordnet hatte?

Da würde ich bei dem Labbeduddel nicht drauf wetten.

»Hanfstängel hat sich um alles Weitere gekümmert«, fuhr Übelhau indessen fort.

»War er betrunken?«

»Hanfstängel? Nicht mehr als sonst auch …«

»Nein, nein, ich meinte den Toten«, stellte Petra klar.

»Wie jetzt … Woher soll ich denn … Blut habe ich ihm keines abgenommen. In der Situation! Undenkbar. Jetzt muss ich wieder an die Arbeit, meine Patientinnen warten.« Der Doc hatte wohl beschlossen, es sei jetzt gut mit der Fragerei.

»Roch er nach Alkohol? Sah er aus, als habe er sich übergeben oder so?«

Übelhau starrte sein Gegenüber verständnislos an. Ob er wenigstens dabei nachdachte?

»Der Tote!«, konkretisierte Petra vorsichtshalber ihre Frage.

»Er roch nicht. Seine Kleidung war sauber.«

Einen Moment lang wirkte er, als ob ihn das wunderte, dann ging ein Ruck durch den Mann, sein Blick wurde energisch.

Er griff an Petra vorbei, um die Tür zum Empfangsraum zu öffnen.

»Wegen dem Schaden an Ihrem Fahrrad schicken Sie mir doch

bitte die Rechnung. Meine Versicherung wird das übernehmen. Adieu!«

Das letzte Wort kam so nachdrücklich, dass Petra nichts weiter übrigblieb, als sich zu bedanken und zu gehen. Die Vorzimmerdame schaute sie giftig an, aber das war ihr schnuppe. Wenn es nach ihr ginge, würde man sich sowieso nicht noch einmal begegnen. Jedenfalls nicht in dieser Praxis.

6

Scarlett Bohnenberger setzte ihren funkelnagelneuen, knallroten Flitzer schwungvoll in die Parklücke direkt gegenüber dem Haus am Oberen Steinberg, in dem sich ihre Wohnung befand. Eilig überquerte sie die Straße, wobei die hohen Absätze ihrer Schuhe wie Schüsse knallten. Der Besuch bei Professor Doktor Übelhau hatte ihre Laune gehoben.

»Kein Problem, Frau Bohnenberger, das kriegen wir schon hin.« Seine Worte klangen wie Balsam in ihren Ohren. Natürlich durfte niemand wissen, dass sie sich ein wenig aufhübschen ließ. Nicht aus privaten Gründen, nein, sie versprach sich mit getunter Optik ein neues, gutes Engagement, denn das Aus in der Soap war bereits sicher.

»Wir brauchen wieder frisches Blut«, hatte der Produzent schwadroniert.

Scarlett, die genau wusste, wie der Hase lief, hatte noch ein bisschen gekämpft um ihre Rolle, aber schließlich einsehen müssen, dass ihr Vertrag eine für sie ungünstige Klausel enthielt.

Ihr Handy summte, kaum dass sie ihre Wohnung betreten und die Schuhe von den Füßen gekickt hatte.

»Ich weiß, was du getan hast!«

Stirnrunzelnd betrachtete sie die SMS, die von einem anonymen Absender kam. Sie spürte förmlich, wie das Blut aus ihrem Gesicht wich, und fuhr regelrecht zusammen, als gleich darauf das Telefon die Erkennungsmelodie ihrer Soap von sich gab und damit einen Anruf ankündigte.

»Hallo?«, meldete sie sich vorsichtig.

»Frau Bohnenberger, Sie wollten doch informiert werden, wenn wieder neue Sachen reinkommen.« Die dienstbeflissene Stimme der jungen Verkäuferin, die sie in ihrer Lieblingsboutique immer bediente. »Also, wir haben gerade neue Kleider bekommen, ein Traum …«

Scarlett würgte den Redeschwall der Anruferin ab, indem sie

zusagte, bald vorbeizukommen. Jetzt hatte sie etwas anderes zu tun.

Noch einmal las sie die Nachricht. Und beschloss, sie erst einmal zu ignorieren.

7

Petra saß an einem der Tische vor dem *Jume's* in der Bahnstraße und blätterte durch die Karte. Sie wartete auf ihre Freundin Karina. Die kam, wie üblich, zu spät und hatte, ebenfalls wie üblich, gleich eine vielwortige Entschuldigung parat.

»Tut mir leid, Süße. Bei uns war heute wieder was los, das kannst du dir nicht vorstellen …«. Karina arbeitete bei der Stadtverwaltung. Petra konnte sich ein Grinsen nicht verkneifen, als sich ihre Freundin mit gestresstem Ausdruck in den Augen ihr gegenüber auf einen Stuhl plumpsen ließ.

»Tatsächlich? War mal was los?« Betonung auf »mal«.

Karina sah empört auf.

Petra stupste ihre Freundin liebevoll an. »Kleiner Scherz. Aber du musst schon zugeben, manchmal ist was dran an dem Klischee der verbeamteten Schläfer.«

Sie hatte einige ungute Erinnerungen an Behördengänge, die aber schon länger zurücklagen. Deshalb pflichtete sie Karina auch bei, als diese nun mit erhobenem Zeigefinger darauf hinwies, sie selbst sei ja Verwaltungsangestellte. Dann zählte sie auf, was sich im Rathaus alles in den letzten Jahren getan, sprich verbessert hatte.

»Aber heute, ich kann dir sagen …« Sie rollte die Augen. »Das war ein Riesenchaos.«

Petra, die sich sicher war, mit ihrem Wissen über den unbekannten Toten den dicksten Hund des Tages an der Leine zu haben, hörte nur mit halbem Ohr hin, als ihre Freundin nun anfing zu erzählen, was genau es war, das sie heute bis weit nach Dienstschluss am Schreibtisch festgehalten hatte.

»Unser Chef war heute zu nichts zu gebrauchen. Hat sämtliche Termine verschlafen … Pardon … vergessen oder war total falsch vorbereitet. Ging tatsächlich zu einem Treffen mit dem Gewerbeverein und hielt eine Rede über die notwendigen Beschlüsse zum Thema Kindertagesstätten in der Hand …« Sie plapperte munter weiter, währenddessen gaben die beiden Frauen ihre Bestellung auf, bekamen ihre Getränke serviert und grüßten hin und wieder vorbeischlendernde Bekannte.

»Ja, ja, die Nachwirkungen des Ebbelwoifestes«, bemerkte Petra und lächelte ihr Gegenüber geheimnisvoll an. Also so, dass diese normalerweise gierig gefragt hätte, was Petra denn damit meine. Weit gefehlt! Karina holte einmal tief Luft, bevor sie mit ihrer Erzählung fortfuhr. Ein Satz war es, der Petra schließlich elektrisierte.

»Er war heute schon in aller Herrgottsfrühe im Amt. Wie immer mit dem Rad, aber trotzdem...« Petra setzte bei diesen Worten ihrer Freundin abrupt ihr Glas ab.

Bürgermeister Bertel Morgenroth hatte beim diesjährigen Ebbelwoifest während der traditionellen *Daaf* neben dem Brunnenwirt gestanden. Dabei waren zwei verdiente Zugezogene, im Volksmund *Oigeplackte* genannt, zu Langenern getauft worden. Dies, indem man ihnen über den Kopf goss, was sie nicht auf einen Zug aus dem Literbembel hatten austrinken können. Was für ein Spaß! Vor allem für die Zuschauer. Und danach? Einfach heimgehen? Den Rest des Volkes alleine weiterfeiern lassen? Das kam ja nicht infrage. In einer Stadt wie Langen musste er sich natürlich auch an den Folgetagen sehen lassen. Am Montag hatte gar die gesamte Verwaltung den Schlüssel im Rathaus umgedreht und war zum Vierröhrenbrunnen gepilgert, um kräftig mitzutun. Vermutlich war Morgenroth einer der Letzten gewesen, die gegen Mitternacht die Altstadt verlassen hatten.

»Wann genau war er denn im Büro?«, fragte Petra, die ein Kribbeln in den Fingerspitzen fühlte. So, als müsse sie gleich zum Stift greifen, um etwas wahnsinnig Wichtiges aufzuschreiben.

»Schon vor fünf«, antwortete Karina prompt. »Ich weiß es genau, weil ich in die EDV musste und die sich gewundert haben, dass er sich schon so früh eingeloggt hat. Am Morgen nach dem Ebbelwoifest.«

Sie schüttelte den Kopf, es sah fast missbilligend aus.

»Der wohnt doch immer noch da oben am Hegweg, oder?«

»Ja, warum?« Karina guckte misstrauisch von ihrer Pizza auf.

Weil er dann unter Umständen am Vierröhrenbrunnen - und damit auch direkt an dem Toten - vorbeigefahren ist. Und das ganz kurz, bevor der entdeckt wurde.

»Hat mich nur so interessiert«, murmelte Petra. Sie spürte, wie sich ihre Stirn wie von alleine krauszog.

Bertel Morgenroth war womöglich an dem Unbekannten vorbeigeradelt, so viel war klar. Hatte er mehr mit ihm zu tun gehabt? War er gar derjenige, welcher ... Und falls ja, warum?

Noch bevor Petra und Karina ihre Pizzen aufgegessen hatten, entstand bei den Besuchern des Lokals Unruhe. Köpfe wurden gedreht, man flüsterte einander etwas zu. Alle Augen ruhten auf einem hochgewachsenen Neuankömmling. Archibald Papenhagen trug das weißgraue Haar eine Spur zu lang, den Paislyschal eine Spur zu affektiert geschlungen und seine teuer aussehende Hornbrille eine Spur zu weit auf der Nase herabgerutscht. Er konnte sich all das leisten, die Blicke der Frauen folgten ihm mit einem gewissen Glitzern, die der Männer mit einer Spur Neid.

Zweifellos war Papenhagen der zurzeit bekannteste Langener, der auch in der Stadt wohnte. Über Jahre hinweg tauchte sein Name mal hier, mal da auf, meist in kleineren Meldungen der Lokalpresse. Seit er einen fulminanten Gegenwartsroman geschrieben und dafür für mindestens zwei Buchpreise nominiert worden war, hatte sich das Bild gewandelt. Es reichte aus, gelegentlich die *Langener Morgenpost* in der Hand zu halten, um zu wissen, wer dieser Erfolgsautor war. Sein Konterfei hing in den beiden Buchhandlungen der Stadt, die stets etliche Exemplare von *Das späte Glück des Berthold Gregorius* vorrätig hatten. Von jeder Klappe des Buchumschlags herunter sah der Autor seine Leserschaft mit einem Blick an, der zu fragen schien:

»Bist du willens und in der Lage, dieses Meisterwerk von 585 Seiten mit der nötigen Ehrfurcht auf dich wirken zu lassen?« Es gab nicht wenige, die es nicht geschafft hatten. Das Werk galt allgemein als gleichermaßen hochliterarisch wie schwer lesbar, doch kaum einer gab seine sprachlichen Verdauungsbeschwerden zu. Petra hatte das Ding durch und danach im kleinen Kreis kundgetan, es habe ihr gefallen. »Wenngleich ich mit den Sinn- und Lebenskrisen älterer Männer nichts am Hut habe.« Die leichte Arroganz, mit der Papenhagen inzwischen in der Stadt auftrat, gefiel ihr jedoch nicht.

Auch nicht der Glanz, der bei Papenhagens Anblick in Karinas Augen getreten war.

»Sieht er nicht geil aus? Was glaubst du, wie alt er ist?«

Nein, antwortete Petra kurz, der Erfolgsschriftsteller sei nicht ihr Typ und mit 56 deutlich zu alt für sie.

Nachdem das Objekt der allgemeinen Aufmerksamkeit unter den Blicken des Publikums Platz genommen hatte, kehrte wieder so etwas wie Ruhe an den Tischen ein.

Petra kannte aus beruflichen Gründen das gesamte Oeuvre des Schriftstellers. Ein paar wenig beachtete Romane und dann – wumms, der große Wurf. Der inzwischen in sämtliche Weltsprachen und noch ein paar andere, wie Isländisch und Koreanisch, übersetzt worden war. Sein Bestseller hatte ihn zu einem wohlhabenden Mann gemacht.

Petra schob sich den letzten Bissen Pizza in den Mund.

»Mal was anderes: Kommst du morgen mit in die Stadthalle?«

Karina zog einen Flunsch. »Zu diesem Schlagerfuzzi, diesem Nino Blankenburg? Nee. Das ist nicht mein Ding. Ich habe die Karte an meine Tante weitergegeben. Die ist ein Riesenfan und leitet den örtlichen *Nino-Blankenburg-Fanclub.*«

Petra spürte einen Anflug von Verärgerung. »Das ist eine Pressekarte, die ich dir gegeben habe. Die solltest du nicht einfach weitergeben. Hätte ich gewusst, dass du nicht mitkommst, hätte ich jemand anderen gefragt.«

Karina schaute bedröppelt zu Boden. »Sorry ...«

Petra, die sowieso niemandem böse sein konnte, winkte bereits ab.

»Ich dachte halt, wir gehen hinterher noch was trinken im *Himmel & Erde*.«

»Musst du dann nicht gleich deinen Artikel über den Auftritt schreiben?«

Das würde sie nun direkt im Anschluss tun, beschloss Petra. Was Nino Blankenburg sang, war zwar nicht wirklich nach ihrem Geschmack, aber so lief das nun mal: Als Praktikantin ging sie, wohin ihr Chefredakteur sie schickte.

8

In der Stadthalle war am Mittwochabend die Hölle los, rundherum waren sämtliche Parkplätze belegt. Petra kettete ihr Rad an und zeigte ihre Pressekarte vor. Im Inneren des großen Saals wimmelte es von Menschen aller Altersstufen. Der Sänger, der an diesem Abend auftrat, gehörte zu einer Riege von Interpreten, die seit Jahren bekannt und beliebt waren, ohne dass Petra sich auch nur an einen einzigen Hit erinnern konnte. Das Konzert begann mit einer halbstündigen Verspätung und wurde routiniert abgespult. Schon zu Anfang entdeckte Petra in dem Gedränge Karinas Tante. Karla-Maria winkte ihr zu und entpuppte sich als harter Fan des Schlagersängers.

»Hast du nachher noch Zeit? Ich lade dich auf einen Wein ein«, brüllte Petra ihr ins Ohr. Die andere nickte, die Augen bereits auf die Bühne gerichtet, die Hände zum Mitklatschen erhoben.

Petra knipste ein paar Fotos, machte sich Notizen und ging schon frühzeitig ins benachbarte Restaurant. Dort lag der Geruch nach deftigem Essen in der Luft. Das Licht war, wie immer, ziemlich gedämpft. Petra verzog sich mit ihrem Laptop in eine Ecke, in der sie wenigstens ein bisschen was sehen konnte. Dann begann sie, ihren Artikel einzutippen. Sie war fast fertig, als das Konzert zu Ende war. Gleich darauf strömten die Konzertbesucher in den Raum. Stimmengewirr, Gläserklingen und Lachen erfüllten die Luft.

Karla-Maria kam mit glänzenden Augen zu Petra an den Tisch und erzählte ihr eine halbe Stunde lang alles, was die von Nino Blankenburg noch nicht gewusst hatte, inklusive der Titel sämtlicher Songs. Die journalistische Ausbeute war dermaßen gut, dass Petra ihrer Freundin Karina im Nachhinein dankbar für die Weitergabe der Freikarte war.

»Morgen früh habe ich noch einen Interviewtermin mit ihm«, erzählte sie arglos, wobei ihr Gegenüber direkt Schnappatmung bekam.

»Er ist so schnell verschwunden, es hat gerade noch für ein Selfie gereicht.« Sie hielt Petra ihr Smartphone unter die Nase. Die erkannte einen grinsenden Schlagerstar und seinen sichtlich überwältigten Fan.

»Frag ihn doch, ob er wirklich was mit dieser Lukrezia hat«, trug Karla-Maria ihr am Ende noch auf.

»Lukrezia? Wer soll das sein?«

»Eine junge Schauspielerin. Wenn es stimmt, was man so hört, hat sie unserer Scarlett Bohnenberger gerade ihre Serienrolle weggeschnappt.«

Himmel, ich sollte mich wirklich mal öfter mit der Klatsch- und-Tratsch-Seite beschäftigen!

Sie versprach, dem Sänger unauffällig auf den Zahn zu fühlen.

Nino Blankenburg war in einem Nobelhotel untergebracht. Der *Sterzbacher Hof* lag in der Nähe der Flugsicherung auf einem herrlichen, parkähnlichen Gelände am Waldrand. Die erste Hürde, die Petra an diesem Morgen nehmen musste, war die Dame von der Presseabteilung seiner Plattenfirma.

»Zwanzig Minuten, danach kommt schon die *Frankfurter Rundschau*«, schnarrte es im Vorraum der edlen Suite. »Außerdem erwarten wir den Hessischen Rundfunk.«

So begehrt ist Nino?, wäre es Petra fast herausgerutscht, bevor sie sich eines Besseren besann. Eine solche Bemerkung könnte sie leicht als die Schlagerbanausin entlarven, die sie tatsächlich war. Wie gut, dass Karla-Maria sie so hervorragend gebrieft hatte!

Als die Tür aufging, kam ihr der Kollege einer anderen Lokalzeitung entgegen. Sein Block sah ziemlich vollgeschrieben aus. Die beiden begrüßten sich, sie kannten sich von vielen Veranstaltungen.

»Ist noch ein bisschen unausgeschlafen, unser Star«, raunte er ihr zu. Dabei spürte sie bereits die Hand der Pressefrau in ihrem Rücken, die sie regelrecht in den Raum schob.

Nino Blankenburg saß lässig auf einem Sofa. Er trug eine weich aussehende Jeans, über der ein weißes, am Kragen offenes Hemd hing und er war barfuß.

Vor ihm auf dem niedrigen Tisch standen eine Tasse Kaffee und mehrere Flaschen Mineralwasser.

Petra musterte den Sänger. Er war Ende dreißig, wirkte mit seinem kurzen, fluffig abstehenden Haar aber jünger. Der offene Blick seiner dunkelblauen Augen und die einladende Geste, mit der er sie aufforderte, ihm gegenüber auf einem Sessel Platz zu nehmen, wirkten sympathisch.

»Petra Koslowski, *Langener Morgenpost*«, stellte sie sich vor, bevor sie ihm das tagesaktuelle Exemplar reichte, auf ihrem Smartphone die Aufnahmetaste drückte, sowie Block und Stift auf den Schoss nahm.

Sie sprachen einleitend kurz über das Konzert (»überwältigend, wie meine Fans mich hier begrüßt haben«), den aktuellen Song (»habe ich selbst geschrieben und stehe hinter jedem Wort«), die Bedeutung von Romantik im Allgemeinen (»nicht hoch genug einzuschätzen als Gegengewicht zu unserer hochtechnologisierten Welt«) und im Besonderen (»natürlich habe ich eine romantische Seite«). Petra steuerte abschließend auf das Thema zu, wie man sich für eine solche Tournee fit halte, als aus dem Vorraum laute Stimmen zu vernehmen waren. Die Pressedame, bisher stumm im Hintergrund, sprang mit einer Unmutsbekundung auf und ging hinaus, wobei sie hinter sich die Tür zuzog.

Petra lauschte noch den Erläuterungen über die Bedeutung von Yoga und Mineralwasser, als sie, die Gunst der Stunde nutzend, noch einmal auf romantische Gefühle zu sprechen kam.

»Im Vertrauen«, begann sie und lehnte sich etwas nach vorn. »Stimmt es, dass Sie und Lukrezia ...«, ihr fiel auf, dass sie den Nachnamen der Schauspielerin nicht kannte, was aber in der heutigen Zeit und bei dem ungewöhnlichen Vornamen sowieso keine Rolle spielte. »... also, man munkelt, Sie beide seien ein

Paar.« Sie blickte Nino treuherzig an. Verwirrt schaute er über ihre Schulter hinweg, vermutlich vermisste er ein lautes Veto seiner Pressetante. Die schien aber, der Geräuschkulisse nach, immer noch im Vorraum gefordert.

»Also, ich weiß nicht, ob das in dieses Gespräch gehört«, befand Nino schließlich. Im selben Moment flog die Tür auf und die Pressedame kam zurück.

»So was«, murmelte sie, hörbar verärgert. »Haben sich doch irgendwelche Leute als Reporter ausgegeben, um hier reinzukommen.«

Ja, Fans und solche, die gerne Fotos von Promis im Internet posteten, kamen auf seltsame Gedanken.

Petra indessen warf einen kurzen Blick auf die Uhr. Ihre zwanzig Minuten waren um, die Pressedame bat um einen Belegartikel nach Erscheinen und begleitete sie zur Tür, vor der bereits ein Journalist der *Rundschau* wartete. Petra war schon auf dem Gang, als sie die aufgeregte Stimme der Pressetante hinter sich hörte.

»Frau Koslowski, kommen Sie bitte noch einmal kurz zurück!«

Was hatte das zu bedeuten? Wollte Nino Blankenburg ihr doch noch sein Herz ausschütten und ihr erzählen, für wen es schlug? Vorbei an dem verärgert dreinschauenden Kollegen wurde sie erneut in Nino Blankenburgs Zimmer geschoben. Der Sänger hockte mit käsigem Gesicht auf dem Sofa, die *Langener Morgenpost* in der Hand.

Sollte ihm der Stil des Blattes nicht gefallen? Würde er das Interview zurückziehen?

Völlig desorientiert blickte er zu ihr herüber.

»Dieser Artikel, ist der von Ihnen?«, stammelte er dabei kaum hörbar und hielt ihr den Innenteil hin. ›Mysteriöser Todesfall in Langen‹, lautete die Überschrift. Daneben ein Foto des Unbekannten, das die Unterschrift ›Wer kennt diesen Mann?‹ trug.

»Wissen Sie, wer das ist?« Petra zog automatisch bereits

wieder ihren Block aus der Tasche, was einen tadelnden Blick der Pressedame zur Folge hatte.

»Er ist kaum zu erkennen, aber ich würde drauf wetten, dass es sich um Leontin Schwatzke handelt«, murmelte der Sänger, sichtlich erschüttert. »Können Sie mir mehr über die Sache sagen?« Sein Blick mäanderte hilflos im Raum herum, bis er endlich zu Petra zurückkehrte und dort hängenblieb.

Die spürte, wie eine elektrisierende Energie sie durchströmte. Nino Blankenburg kannte den Toten!

»Sagen Sie mir, was passiert ist? Hier steht nur, er wurde tot aufgefunden.«

»Tja also«, Petra rieb sich die Stirn. Was sollte sie dem Sänger erzählen? Dass Doktor Botox einen Unfall diagnostiziert hatte, vermutlich dabei wegen der Eile, in der er sich befand, nicht wirklich genau hingesehen hatte und die Ergebnisse der gerichtsmedizinischen Auswertung noch ausstanden?

»Wir wissen es noch nicht«, erklärte sie. »Es könnte sich um einen Unfall handeln«, setzte sie hinzu.

»Schwatzke und ein Unfall, das wäre ja fast so etwas wie ein Hinweis auf höhere Mächte.« Blankenburgs Worte klangen bitter.

»Wer ist dieser Schwatzke?«, wollte Petra nun wissen und kramte in ihrer Tasche nach dem Handy. Sie musste das aufnehmen, egal, ob der Sänger und seine Pressefrau das akzeptierten oder nicht.

»Sie kennen den nicht?« Die Ungläubigkeit in Blankenburgs Augen schien sie direkt anzublinken.

»Ein Reporter. Von diesem Sensationsblatt, *Der Knaller*. Schreibt mit spitzer Feder über die Schönen und Reichen. Vorzugsweise über ihre Fehltritte.« Er verzog das Gesicht derart angewidert, dass Petra sich ihren Teil denken konnte.

»Hat er über Sie auch geschrieben?«

»Stopp, junge Frau. Das geht zu weit. Nino hat Ihnen einen Hinweis gegeben auf den Aufruf in Ihrem Blatt. Das muss reichen. Wir werden selbstverständlich sofort die Polizei informieren.« Die Pressefrau zog kühl eine Augenbraue sehr weit hoch und bedeutete Petra zum zweiten Mal an diesem Vormittag, sie könne nun wieder gehen.

»Herr Blankenburg, wenn Ihnen noch etwas einfällt«, Petra steckte ihm hastig ihre Visitenkarte zu, bevor sie den Raum verlassen musste.

Leontin Schwatzke! Klatschreporter! Arbeitete für ein Revolverblatt! Ganz offensichtlich für Nino Blankenburg kein Unbekannter!

Was hatten dessen Worte zu bedeuten? Es schien, als sei er nicht besonders traurig über den Tod des Reporters.

Was hatte der Kerl hier in Langen zu suchen? So viele Berühmtheiten gab es hier doch gar nicht.

Na ja, die Promidichte in der Sterzbachstadt hat in den letzten Jahren rapide zugenommen. Da gibt es vielleicht doch eine Person, die für einen Sensationsschreiberling interessant ist.

Petra blieb ruckartig stehen. Wenn dieser Schwatzke hier jemandem auf den Zahn fühlen wollte, musste er entweder in der Nähe seinen Wohnsitz haben, oder …

Schnell tippte sie etwas in ihr Smartphone und hielt kurz darauf die Antwort auf eine ihrer Fragen buchstäblich in der Hand. Schwatzke wohnte laut dem allwissenden Internet in Berlin.

Petra ließ den Aufzug, der sie in die Halle hätte bringen sollen, einfach weiterfahren und blieb im Flur stehen. Ihr Gehirn ratterte. Als direkt vor ihr ein Zimmermädchen aus einer Tür trat, reifte in der angehenden Journalistin ein Gedanke.

»Sind Sie fertig?«, fragte sie die Hotelangestellte auf genau die selbstbewusste Art, die erfahrungsgemäß keine Nachfragen nach sich zog. Tatsächlich nickte ihr Gegenüber verschüchtert, während Petra mit der Hand die Tür am Zufallen hinderte.

»Danke«, sagte sie noch mit einem sparsamen Lächeln und drückte der Frau nonchalant zwei Euro in die Hand. Zum Glück war das Zimmer bewohnt, sonst hätte der Trick nicht funktioniert. Petra, die sich nicht lange aufhalten wollte, eilte schnurstracks zum Zimmertelefon hinüber und rief beim Empfang an.

»Verbinden Sie mich bitte mit Herrn Schwatzke«, bat sie und hoffte inständig, der Klatschreporter sei tatsächlich in dem Hotel abgestiegen. Bingo! Gleich darauf erfuhr sie, der Gast melde sich nicht.

Hättet Ihr heute früh schon die ›Langener Morgenpost‹ gelesen, wüsstet ihr auch, warum!

»Ach, das ist aber schade«, sagte sie stattdessen. »Können Sie ihm eine Flasche Champagner aufs Zimmer bringen? Buchen Sie es auf mich.«

»Gerne Frau ...« Den Namen hörte sie schon nicht mehr, so schnell legte sie auf und flitzte hinunter in die kleine Lobby. Als ein Hotelangestellter wenig später mit einer in Folie verpackten Champagnerflasche den Aufzug betrat, stieg sie hinter ihm ein und auf derselben Etage aus wie er. Wenige Minuten später wusste sie, welches Zimmer der Klatschreporter bewohnte. Sie hatte nur noch keine Ahnung, wie sie hineinkommen sollte.

Auf Schwatzkes Etage war ein anderes Zimmermädchen zuständig. Petra überlegte, wie sie es dazu bringen konnte, sie ins Zimmer zu lassen. Als sie auf dem Wagen der Hotelangestellten einige Bademäntel entdeckte, kam ihr eine Idee. Sie mopste einen davon. Wenig später stand sie, barfuß und in einen Bademantel gehüllt, als käme sie direkt aus dem Fitnesscenter, vor dem Zimmermädchen.

»Schwatzke, Zimmer 341«, stellte sie sich vor. »Ich habe leider meine Karte drinnen liegen lassen und möchte nicht in diesem Aufzug an den Empfang.« Die Angestellte zögerte, darum verschränkte Petra ihre Beine, als müsse sie mal dringend. Ein Wink in einer Sprache, die jede Frau dieser Welt verstand.

Das Zimmermädchen lächelte verständnisvoll, schob die Karte

in das Lesegerät und mit einem satten Knacken öffnete sich gleich darauf die Tür. Petra eilte hinein, zog den Bademantel aus, rollte ihre Hosen herunter und zog sich ihr T-Shirt wieder an, das sie zusammengerollt im Ärmel getragen hatte. Sie ahnte, dass sie sich beeilen musste. Es war wohl nur noch eine Frage der Zeit, bis die Polizei hier antanzte. Oder jemand ihre Tasche und die Schuhe in dem Abstellraum fand, in dem sie sich umgezogen hatte.

Schwatzkes Zimmer wirkte unspektakulär und unpersönlich wie alle Hotelzimmer, egal, wie teuer sie waren. Sie scannte den Raum ab. Ein unberührtes Doppelbett, ein leerer Papierkorb, ein Schreibtisch, auf dem lediglich zwei Tageszeitungen vom Vortag und die üblichen Hotelunterlagen zu finden waren. Kein Laptop, kein Tablet. Sie zog die Schubladen auf. Nichts. Auch im Nachttisch Fehlanzeige. Sie warf einen Blick ins Badezimmer. In einem Kulturbeutel von Versace fand sie Rasierzeug, Zahnbürste, Deo und ein Fläschen *Armani Uomo*. Blieb noch der Kleiderschrank. Sie klopfte die Taschen der zwei Jacketts ab, die Schwatzke aufgehängt hatte. Ein bisschen Kleingeld, ein Bewirtungsbeleg vom Restaurant *Zum Treppchen* mit Datum vom Montag. Mehr befand sich nicht darin. Sie fotografierte die Quittung und sah sich weiter um. Neben dem Schrank stand eine Reisetasche auf dem Kofferbock. Wenn sie darin auch nichts entdeckte, würde sie mit leeren Händen abziehen müssen. Doch unter einen Stapel frischer Wäsche und ein bisschen Lesestoff - der Krimi *Böse Spiele* aus dem Landkreis Offenbach hatte es Schwatzke wohl angetan - stießen ihre Finger auf einen herausnehmbaren Einlegeboden. Darunter lag etwas Hartes, das sich als ein in rotes Leder eingebundenes Notizbuch entpuppte. Bereits die ersten Zeilen bewiesen Petra die Brisanz dessen, was sie da in der Hand hielt.

Ihre Nervosität hatte in den vergangenen Minuten derartig gesteigert, dass sie inzwischen glaubte, keine Sekunde länger im Zimmer bleiben zu können. Das Wichtigste hatte sie wohl ohnehin gefunden!

Vorsichtig lugte sie aus der Tür. Niemand zu sehen. Eilig hastete sie zum Abstellraum zurück, schlüpfte in ihre Schuhe, warf sich die Tasche über die Schulter und verließ das Hotel, das rote Notizbuch fest an sich gepresst. Schwungvoll eilte sie durch die Drehtür und wandte sich zum Parkplatz. Sie hatte ihr Rad fast erreicht, da spürte sie jemand hinter sich. Etwas Hartes schlug auf ihren Kopf, dann war es dunkel.

9

»Hallo, junge Frau! Können Sie mich hören?« Der Mann, der sich über sie gebeugt hatte, schrie so laut, dass Petra sich am liebsten die Ohren zugehalten hätte.

»Herr Nappes«, stotterte sie, als sie ihn erkannte. »Schreien Sie doch nicht so.«

»Ach, Sie sind's. Das Enkelsche von der Hanna.« Der ältere Mann richtete sich auf und blickte auf sie herunter. Etwas hämmerte in ihrem Kopf. Petra hob die Hand und befühlte vorsichtig eine gewaltige Beule unter ihrem Haar.

»Jemand hat mich niedergeschlagen«, stellte sie erschrocken fest.

»Na, so schlimm ist Ihr Blättchen doch auch nicht«, erwiderte der Nachbar ihrer Oma trocken.

Beleidigt erhob sich Petra. Was machte der Alte hier eigentlich?

»Wie gut, dass ich grade hier war, um den Tisch für meinen Siebzigsten zu bestellen«, murmelte er und zog seinen Hund zurück, der neugierig an Petras Hosenbein schnupperte.

»Das Buch«, stammelte die und sah sich hektisch um. Am Boden lag ihre Beuteltasche, die sie sogleich an sich riss und darin herumwühlte. Alles war noch da. Stift, Block, Handy. Nur das rote Notizbuch nicht mehr!

»Haben Sie jemanden gesehen?« Sie fuhr zu Nappes herum, der sie irritiert beobachtete.

»Gesehen? Ich? Nee!«, stellte er fest. Er beugte sich zu ihr vor. »Mir reicht schon, was ich nach dem Ebbelwoifest am Brunnen oben gefunden habe.«

Sein Hund kläffte einmal kurz auf, als wolle er Nappes' Worte bestätigen.

»Der Mensch, der mich niedergeschlagen hat. Er muss doch weggerannt sein«, murmelte Petra, mehr zu sich als an den Mann vor ihr gewandt.

Der schüttelte vehement den Kopf. »Wenn Sie wieder soweit sind ... ich gehe dann mal und bestelle meinen Tisch.« Er hob zwei Finger an den Mützenrand und drehte ab.

»Lumpi, bei Fuß«, wies er seinen Vierbeiner an, der zu Petra aufsah und kurz bellte, bevor er sich dem Zug der Leine beugte und sich hinter seinem Herrchen herschleifen ließ.

»Schwatzke war hinter jemandem her, aber ich weiß nicht, hinter wem.« Petra hielt sich einen Beutel Tiefkühlerbsen auf die Beule am Kopf, während sie ihrer Großmutter erzählte, was sie in Erfahrung gebracht hatte. Leider gehörte die Information darüber, wer sie verfolgt hatte, nicht dazu. Die Empfangsmitarbeiter des Hotels hatten sich nur ratlos angesehen. Nein, es war ihnen niemand aufgefallen, der direkt nach Petra das Haus verließ. Vor allem, weil auch Petra ihnen beim Kommen und Gehen einer größeren Gruppe von japanischen Gästen in der Hotelhalle nicht aufgefallen war.

»Derjenige, der mich niedergeschlagen hat, muss eine Enthüllung Schwatzkes befürchten«, redete Petra weiter.

»Um wen ging es denn in dem Notizbuch?«, fragte Hanna ihre Enkelin.

»Ich konnte nur einen kurzen Blick hineinwerfen. Keine Namen von Langenern auf den ersten Seiten. Nur übles Wühlen in der Schmutzwäsche Prominenter.« Sie gluckste kurz auf. »Und dieser Jemand, der, den er wohl im Visier hatte, muss mir das Notizbuch abgenommen haben!«

»Hatten *sie* also doch recht!«, rief Hanna aus.

»Deine Geister? Ach, Oma ...«, Petra rückte den Erbsenbeutel ein bisschen auf ihrem Kopf herum.

»Doch, doch. Sie haben es ja gesagt. Noch gilt die Sache als Unfall. Es ist lediglich eine Frage der Zeit, bis die Polizei erkennt, was wir bereits wissen!«

»Zu dumm, dass ich eigentlich gar nichts weiß«, brummte Petra. Sie brütete eine Weile vor sich hin. »Dein Nachbar, der

Nappes, war unten am Hotel. Erzählte was von seinem 70. Geburtstag, den er vorbereiten wolle.«

»Seinen Siebzigsten? Da musst du was missverstanden haben. Der steht erst im Februar an.«

»Was? Weißt du das genau?«, fuhr Petra hoch.

»Ganz sicher.«

»Dann hat er mich belogen.«

»Warum sollte er?«, erwiderte Hanna verwundert.

»Weil vielleicht er es war, der das Notizbuch an sich genommen hat.«

»Aber was, Kind. Was soll denn so ein alter Dabbes wie der Nappes für ein Geheimnis haben? Womöglich eines, das einen Paparazzo interessiert?«

»Ach Oma, ein Paparazzo ist doch wieder was anderes«, berichtigte Petra seufzend.

»Egal!« Hanna winkte energisch ab. »Der Nappes schafft es beim besten Willen nicht in ein geheimes Notizbuch von so einem Sensationsschreiber.«

Aber warum hatte er dann gelogen?

10

Sigurd Falck, Chefredakteur der *Langener Morgenpost*, schüttelte den Kopf, als Petra ihm die Geschehnisse des Vormittags schilderte. Nicht, ohne sie darauf hinzuweisen, ihr Verhalten sei, formal gesehen, nicht in Ordnung. »Als Journalistin muss man allerdings manchmal über solche Sachen hinwegsehen«, murmelte er danach jedoch und betrachtete angelegentlich ein Blatt Papier, das er vor sich auf dem Schreibtisch liegen hatte.

»Kennst du denn niemanden beim *Knaller*?«, fragte Petra. »Man könnte doch, sozusagen unter der Hand, erfragen, woran Schwatzke gearbeitet hat.«

Falck ließ sich in seinem Chefsessel nach hinten plumpsen, spielte mit einem Bleistift und starrte eine Weile ins Nichts.

»Die werden das nie und nimmer rauslassen«, meinte er dann. »Allerdings wissen die noch gar nicht, was mit ihrem Starreporter geschehen ist. Vielleicht sind sie für einen Tipp dankbar und revanchieren sich.«

»Du kennst also jemanden dort?« Petra spürte Nervosität aufkommen.

»Sogar den Chefredakteur persönlich«, grinste Falck und schnellte mit seinem Stuhl nach vorne. »Den werde ich jetzt gleich mal anrufen.«

Eine halbe Stunde später bat er Petra wieder zu sich herein.

»Erst die gute Nachricht. Sie sind bereit, sich die Story mit uns zu teilen. Dann die schlechte. Sie wollen von uns Informationen zu Rigobert Unkelhäuser.«

»Hä?!« Petra spürte, wie ihre Gesichtszüge kurz entgleisten. »Zu diesem Langweiler?«

Außer, dass Unkelhäuser wie aus dem Nichts geschossen gekommen war, um Bertel Morgenroth bei der demnächst anstehenden Bürgermeisterwahl den Chefsessel im Rathaus unter dem Hintern wegzuziehen, war eigentlich an diesem Mann nichts Bemerkenswertes.

»Ist er nicht für die«, Falck schnalzte mit den Fingern bei diesen Worten. »Aber er ist nicht unser Mann, also nicht das Objekt, hinter dem Schwatzke her war. Er war, so nannte es der Chefredakteur wörtlich, der ›Beifang‹. Ist diesem Sensationsfuzzi wohl bei seinen Recherchen der anderen Art mit ins Netz gegangen. Mehr als den Namen hat der Schwatzke auch seinem Chefredakteur gegenüber nicht rausgerückt.«

Falck wandte sich kurz seinem PC zu und tippte etwas auf der Tastatur ein. »Wenn du mich fragst - keine Ahnung, was die von diesem Unkelhäuser wollen. Aber du wirst das sicherlich rauskriegen. Okay? Dann, und nur dann, gilt unser Deal, dass wir zeitlich mit dem *Knaller* deren Story rausbringen dürfen. Egal, was es ist!«

Karina schnappte hörbar nach Luft, als Petra sie kurz nach dem Gespräch mit Falck nach Unkelhäuser fragte.

»Kein Thema bei uns«, flüsterte sie ins Telefon. »Der Morgenroth nimmt diese Herausforderung persönlich.«

»Wieso das denn? Unkelhäuser ist nicht der Einzige, der seinen Hut in den Ring wirft.«

»Natürlich nicht!« Karina wusste, so gut wie alle in Langen, dass zur nächsten Wahl vier Kandidaten antreten würden. »Aber dieser Unkelhäuser macht richtig Dampf. Hat einige von Morgenroths Vorzeigeprojekten mal mit spitzem Bleistift durchgerechnet. Es wird gemunkelt, die Ergebnisse seien ernüchternd. Dazu kommt«, Karinas Stimme senkte sich noch weiter ab, sodass Petra sie kaum noch verstehen konnte, »dass er im intimen Kreis behauptet hat, unser Bürgermeister habe sich selbst ein lukratives Geschenk gemacht. Er soll beim Verkauf einiger städtischen Liegenschaften an einen Großinvestor noch ein kleines Stückchen Land dazugeschummelt haben, ein Erbe seiner Großmutter, auf dem lediglich ein paar Obstbäume standen. Jetzt ist es Bauland.«

Petras Ohren spitzten sich wie von alleine. Das war ja ein Ding!

»Das erzählst du mir erst jetzt?« Solche Informationen waren, wenn sie stimmten, für eine angehende Journalistin Gold wert! Karina saß an der Quelle, die für ihre beste Freundin so wertvoll war.

»Habe ich heute gehört. Am Kopierer. Hier im Haus wird nur noch geflüstert seither.«

Petra konnte sich denken, warum. Morgenroth war im Rathaus äußerst beliebt, die meisten Mitarbeiter ließen nichts auf ihren obersten Chef kommen.

»Hat Morgenroth wirklich etwas zu verbergen?«

»Wenn das stimmt - ja. Womöglich ist es aber nur ein Klumpen Schmutz, mit dem nach ihm geworfen wird. Ich jedenfalls glaube davon kein Wort.«

»Okay. Lass uns noch einmal kurz auf Unkelhäuser zurückkommen«, bat Petra, die sich insgeheim schon vorgenommen hatte, die Recherche zu dem Grundstücksdeal aufzunehmen. »Hat der Dreck am Stecken?«

Karina gab ein Geräusch von sich, das dem Platzen eines Fahrradschlauchs ähnelte. »Kann ich dir nicht sagen. Niemand kennt ihn so genau, es ist ja ein *Oigeplackter*. Er kam und kandidierte. Woher er die Kohle für den Wahlkampf nimmt, weiß kein Mensch. Was ich dir mit Sicherheit sagen kann ist, dass der Mann zündende Reden halten kann. Heute Abend ist er beispielsweise im Restaurant *Zum Haferkasten*. Müsstest du eigentlich wissen.«

Stimmt! Petra hatte die Meldung in der *Langener Morgenpost* selbst gelesen.

»Danke Karina, du hast was gut bei mir.«

»Du, meine Tante war übrigens begeistert von dem Konzert. Sie hat sich so über die Karte gefreut, dass ich auch bei ihr was gut habe«, rief Karina noch in den Hörer, bevor sie auflegten.

11

Nino Blankenburg brauchte Bewegung. Er stand gerne auf der Bühne, sang mit herzlicher Inbrunst und liebte gelegentlich sogar das Bad in der Menge seiner Fans. Doch Tage wie dieser, an dem sich Journalisten pausenlos die Klinke in die Hand gaben und er viele und teils blöde Fragen beantworten musste, schlauchten. Dazu kam die Sache mit dem toten Schwatzke. Er schüttelte sich bei dem Gedanken an die letzte Begegnung mit dem Schreiberling. Stellte erstaunt fest, dass ihm der Tod des Mannes keineswegs naheging. Warum auch? Schwatzke war einer, der gerne im Dreck gewühlt hatte. Mehr als einmal hatte er sich dabei die Finger verbrannt. Doch ans Aufhören war bei so einem Kaliber nicht zu denken, der hatte einfach immer weiter gemacht. Als Nino das Lokalblatt in der Hand gehalten hatte, war es ihm, als habe ihn jemand mit einem Kübel Eiswasser übergossen. Zu allem Überfluss musste er im Anschluss zwei weitere Interviews und einen Fototermin überstehen. Nur noch drei Stunden, dann ging es zum Flughafen. Von Frankfurt aus würde er nach Riga fliegen, um am selben Abend das erste von zwei Konzerten zu absolvieren. Ganz inoffiziell, ganz diskret. Miriam dos Santos, seine Managerin, hatte das arrangiert.

»Was soll das?«, hatte er empört gefragt, als er mitbekam, für wen er da ein Privatkonzert geben sollte.

»Du singst für einen deiner größten Fans. Die Tochter von ...«

»... einem höchst umstrittenen Politiker, der sich heimlich mit seinem Tross nach Riga schleicht? Weil in seinem Herkunftsland Leute wie ich ...«

»Stopp!«, schrie Miriam. »Halt bloß den Mund! Schau dir erst einmal an, wie viel Geld du für diesen Pipifax-Auftritt bekommst! Zehn deiner größten Hits, ausgesucht von einer Frau, die für dich schwärmt, obwohl sie vermutlich kein Wort Deutsch versteht. Ein bisschen Smalltalk mit der jungen Lady, ein paar Fotos mit ihr, ihren reichen Freundinnen und dann geht es ab ins beste

Hotel am Platz. Vergiss nicht, du bist ganz offiziell in Riga, wegen deines Konzerts am Folgetag. Niemand, und ich wiederhole, niemand, wird jemals etwas von diesem lukrativen und diskreten Sidestep in einem der exklusivsten Klubs der Welt erfahren!«

Ja, ja. So viele andere hatten solche Deals schon vor ihm gemacht. Leute, die auf den internationalen Hitlisten immer ganz oben standen und es weiß Gott nicht nötig hätten, für im Westen verpönte Politiker zu singen. Im Gegensatz zu ihm, dem das Wasser inzwischen bedrohlich nah am Hals stand.

»Du lebst zu aufwendig und verkaufst zu wenig Platten dafür«, hatte Miriam erst kürzlich zu ihm gesagt und dabei ein Blatt Papier mit unerfreulichen Zahlen auf den Tisch geknallt. Seit die taffe Halb-Kolumbianerin, eine studierte Juristin und Betriebswirtin, ihn managte, war nichts mehr wie zuvor. Von »Optimierung«, war ständig die Rede. Von »virtuellem Bekanntheitsgrad« und der »Präsenz in sozialen Netzwerken«, die er allesamt gelegentlich total unsozial fand. Aber Miriam machte einen guten Job und hatte bisher die Balance zwischen seinem von Natur aus scheuen Wesen und der Glitzerwelt, in der er im öffentlichen Bewusstsein verankert war, gut gehalten.

»Ich muss mal raus an die frische Luft«, rief er seiner Pressefrau zu, die gerade mit irgendjemandem in Riga telefonierten. Ohne ihre Antwort abzuwarten, schnappte er sich den Schlüssel für den Mietwagen, zog sich die Kapuze seines Sweatshirts über den Kopf, setzte eine Sonnenbrille auf und verließ das Hotel durch einen Hinterausgang.

Nur wenige Minuten später stieg er an der Straße nach Egelsbach an einer kleinen Einbuchtung aus, zu der ihn eine App auf seinem Smartphone gelotst hatte. Er zog sich Laufschuhe an und trabte erst gemächlich, dann immer schneller, voran.

»*Der Lindensee, im Volksmund Krötsee genannt, liegt idyllisch im Wald. Die schönen Wege sind ein beliebtes Ziel für Spaziergänger und Jogger. Dennoch sind sie nie überlaufen*«, hatte es geheißen. Es klang nach genau so einer Oase der Ruhe, wie er sie in diesem Moment dringend benötigte.

Auf der geraden, anfangs lichten Strecke begegneten ihm tatsächlich nur drei Jogger sowie ein Paar, das spazieren ging. Alle grüßten freundlich, obwohl sie ihn gar nicht zu erkennen schienen. Nino lief jetzt ganz gleichmäßig, er bog zweimal ab und roch das Wasser, bevor er es sah. In der warmen Luft tanzten Insekten, sonst war es ruhig. Am See angekommen, verlangsamte er sein Tempo. Das Schilf am Ufer stand hoch, einige Enten schwammen im Teich. Ein knutschendes Paar saß auf einer Bank. Nino umrundete das kleine Gewässer zwei Mal, bevor er wieder auf den Weg einbog, der ihn zu seinem Auto zurückbringen sollte. Entspannt sah er den Parkplatz bereits vor sich, als er seitlich von sich im Gebüsch eine heftige Bewegung wahrnahm. Noch bevor Nino richtig begriffen hatte, was da vor sich ging, schoss ein Schatten aus dem Dickicht auf ihn zu. Seine Nackenhaare sträubten sich, als er ein lautes Knurren hörte. Da spürte er auch schon zwei scharfe Zahnreihen in seinem Allerwertesten.

»Weg, weg!«, schrie der Schlagerstar entsetzt. Der Schmerz war fürchterlich. Der riesige Hund, der ihn verursachte, schien sich von seinem Geschrei und dem Herumgefuchtel seiner Arme nicht beeindrucken zu lassen. Knurrend und mit aufgestelltem Fell zog und zerrte er zunehmend fester an Ninos Hinterteil.

»Aus! Aus!«, schrie jemand plötzlich von der anderen Seite. Ein Fremder war aus seinem Wagen gesprungen, der mit laufendem Motor quer über dem Waldweg stand.

»Verdammtes Vieh!« Der Neuankömmling hob einen am Wegesrand liegenden Ast und stürmte auf den Hund zu, der nun tatsächlich losließ und das Weite suchte.

»Himmel! Ist das Ihrer?« Nino war außer sich. Sein Hintern musste in Fetzen gerissen sein, zumindest fühlte es sich so an.

»Sind Sie wahnsinnig? Ein solcher Teufel käme mir nie und nimmer ins Haus.« Der Fremde warf den Ast weg, trat zu Nino und inspizierte dessen lädierte Kehrseite.

»Das muss genäht werden«, stellte er sogleich fachmännisch fest, bevor er sich vorstellte.

»Übelhau. Professor Doktor. Am besten, ich leiste Erste Hilfe, bevor ich Sie zum Arzt bringe.«

Jetzt erst fiel sein Blick auf Ninos Antlitz.

»Ach herrje!«, rief er dann aus. »Sie kenne ich doch? Sind Sie nicht ...«

Nino nickte matt, mit schmerzverzerrtem Gesicht.

»... natürlich. Meine Frau ist ein großer Fan von Ihnen. Waren Sie nicht gestern in der Stadthalle?« Des Doktors Hand legte sich wie von selbst auf Ninos Schulter.

»Der Köter hat mich gebissen«, erinnerte der nun an den Auslöser dieses Gesprächs.

»Ach so. Ja. Kommen Sie mit, ich habe immer ein Sortiment Spritzen dabei. Eine davon wird ja wohl helfen«, murmelte der Arzt. »Meinen Spaziergang kann ich verschieben.«

So kam es, dass Nino wenig später, über den offenen Kofferraum eines hochpreisigen Cabrios gelehnt, an der frischen Luft eine Spritze in den mit einem Desinfektionsmittel abgetupften Po bekam. Danach klebte Übelhau einen ziemlich dicken Verband auf das gemarterte Fleisch.

»So, und jetzt bringe ich Sie zu einem befreundeten Allgemeinmediziner«, befand er. Was gar nicht so einfach war, denn Nino Blankenburg konnte vor Schmerzen nicht mehr sitzen.

»Wie soll ich bloß den Flug nachher überstehen«, fragte er mit zusammengebissenen Zähnen.

»Gar nicht, mein Freund. Sie sollten Bettruhe einhalten. In Bauchlage. Dringende ärztliche Empfehlung.«

Als er Nino schließlich in eine edle Privatpraxis im Stadtteil Oberlinden geleitet hatte, bat er noch um zwei Autogramme.

»Eines ist für meine Frau«, erklärte er. »Das zweite für ... eine gute Freundin.« Er hatte wenigstens den Anstand, bei den letzten Worten bis über beide Ohren hochrot anzulaufen.

12

Am Nachmittag musste Petra ihre Nachforschungen zu Rigobert Unkelhäuser zunächst zurückstellen.

»Valentina Ohl ist in der Stadt. Sie bereitet hier eine Spendengala vor«, textete Sigurd Falck per SMS. »Geh hin. Sie ist im *Sterzbacher Hof* und hat eine Viertelstunde Zeit für uns.«

Schon wieder dieses Hotel! Hoffentlich komme ich dieses Mal ohne Beule am Kopf davon!

Valentina Ohl, sehr blond, sehr toupiert, sehr, sehr reich verheiratet, war DIE Charitylady in Frankfurt. Dass sie für ihre alljährliche Gala kurzfristig auf die Kleinstadt Langen hatte ausweichen müssen, trug sie keineswegs mit Fassung.

»Provinz!«, tönte es aus dem Bankettsaal des Hotels. »Wir erwarten die Crème de la Crème der Spitze von Prominenz mit Rang und Namen. Die kann man nicht mit so einer spießigen Tischdeko begeistern!«

Gute Göttin, mit der Frau soll ich ein Interview führen?

Petra hatte Falck im Verdacht, ihr den Auftrag nur aufgedrückt zu haben, weil kein anderer mit dieser exzentrischen Dame zu tun haben wollte.

Tatsächlich sah Frau Ohl sie ziemlich von oben herab an. Was, zugegebenermaßen, recht schwierig war. Denn die Millionärsgattin maß trotz der High Heels, auf denen sie herumstakste, höchstens 1 Meter 60 und wurde von Petra um einen halben Kopf überragt.

»*Wer* sind Sie?«, fragte die Ohl, nachdem Petra sich vorgestellt hatte. »Eine Praktikantin schickt man mir? Sind Sie denn alle verrückt geworden in diesem miefigen Kaff?«

Petra schaute empört auf die schlauchbootartig aufgespritzten Lippen ihres Gegenübers, die so unbedacht Gift und Galle spuckten. Ob Frau Ohl Patientin von Doktor Übelhau war? Ob sie ihn bitten sollte, der Dame beim nächsten Besuch einfach den Mund zuzunähen?

»Herr Falck lässt Sie herzlich grüßen. Er wird selbstverständlich den Bericht mit mir zusammen verfassen«, log Petra dreist. Sie hatte null Bock, jetzt ohne Interview wieder abzuziehen. Nach der Schlappe mit dem Notizbuch konnte sie keine weiteren Schwierigkeiten gebrauchen.

Überhaupt, das Corpus Delicti. Wer mochte es ihr gestohlen haben? Einen Moment lang war sie versucht gewesen, zur Polizei zu gehen. Allein die Vorstellung, wie sie dort erklären sollte, auf welche Weise sie zu dem brisanten Material gekommen war, hatte sie davon abgehalten.

Valentina Ohl schien sich jetzt darauf zu besinnen, dass sie für ihre Veranstaltung eine gute Presse brauchte und winkte Petra hinter sich her in einen kleinen Nebenraum. Sie scheuchte zwei Kellnerinnen hinaus und griff nach einer bereits geöffneten Champagnerflasche, um ein Glas zu füllen. Erst, nachdem sie es bis zum letzten Tropfen geleert hatte, wandte sie sich erneut der Journalistin zu.

»Fragen Sie«, forderte sie Petra auf.

»Warum findet Ihre Spendengala dieses Jahr in Langen statt?«, legte die sogleich unwissentlich den Finger in die noch offene Wunde.

Schon sprudelte Frau Ohl bereits wieder über. Von »Frankfurter Vollidioten« war die Rede, die eine »Reservierung verschlampt« hätten. Petra schrieb eifrig mit.

»Für welchen Zweck sammeln Sie dieses Mal?«, lautete die nächste Frage. Wie aus der Pistole geschossen kam die Antwort, der Reinerlös der Gala sei für ein »Frauenprojekt in Burkina Faso«. Von Mikrokrediten für Existenzgründerinnen war die Rede.

Dazu drückte die genervte Organisatorin ihr noch einen Stapel Papier in die Hand. »Hier steht alles zu den Projekten drauf«, murmelte sie und griff bereits wieder zur Flasche.

»Gut, eines noch. Letztes Jahr haben Sie angedeutet, den Platz als Vorsitzende Ihres Vereins abgeben zu wollen. Eine

Nachfolgerin wurde aber, soweit ich weiß, bisher nicht präsentiert. Gibt es da schon Neuigkeiten?«

Die Stille, die auf diese Frage folgte, war so beredt, dass Petra einen Moment lang aufhörte zu atmen.

»In dieser Sache ist noch keine Entscheidung gefallen«, bequemte sich Frau Ohl schließlich. Dann warf sie mit einer gekünstelten Geste einen Blick auf ihre Uhr, wenn man das sündhaft teure Produkt einer Nobelmarke überhaupt so nennen durfte, und zog die perfekt gezupften Augenbrauen in die Höhe.

»Schon so spät? Nun ja, ich denke, wir haben alles besprochen. Wenn noch etwas ist oder Sie weitere Informationen brauchen, rufen Sie doch mein Büro an.«

Eine edel aufgemachte Visitenkarte fand den Weg in Petras Hand, dann war sie entlassen.

Der Mann, der mit schmerzverzerrtem Gesicht vom Rücksitz einer Taxe kroch, entpuppte sich erst auf den zweiten Blick als Nino Blankenburg. Petra eilte auf den Schlagersänger zu, um ihm beim Aussteigen zu helfen.

»Vielen Dank«, quetschte er hervor. »Mich hat ein Hund gebissen. Gott sei Dank war ein Arzt vor Ort. Nur fliegen werde ich heute nicht mehr können.«

»Aha«, antwortete Petra und geleitete den sichtbar Angeschlagenen in die Lobby. Dann begriff sie, was das hieß.

»Sie bleiben in Langen?«

»Vorläufig. Ja. Muss leider mein Konzert in Riga absagen.« Er schnaufte bei diesen Worten.

Zwei Empfangsmitarbeiter kamen hinter ihrem Tresen hervorgestürmt, um dem lädierten VIP-Gast beizustehen. Sie griffen ihm links und rechts unter die Arme. Petra wurde dadurch von Blankenburg weggedrängt und stand nun so, dass sie vom Lift aus hinter den drei Personen kaum zu sehen war. Vermutlich aus diesem Grund bekam sie unabsichtlich mit, was geschah. Das leise ›Ping‹ des Aufzugs ertönte, die Türen öffneten sich, heraus eilte die Pressedame des Schlagersängers, heftig vor sich hinmurmelnd.

»Miriam ist außer sich«, zischte sie ihrem Schützling schließlich mit fast überkippender Stimme zu.

»Das Konzert in Riga, du weißt, was daran hängt. Und du Idiot lässt dich von einem Hund beißen!« Was Blankenburg antwortete, konnte Petra nicht verstehen. Erst, als die vier Personen im Lift verschwunden waren, kam auch in sie wieder Bewegung. Was sollte die Aufregung? Ein Konzert, das ausfiel, wurde eben nachgeholt, das war doch an der Tagesordnung. Aber die Stimme der Pressefrau hatte definitiv nach großen Schwierigkeiten geklungen. Nachdenklich verließ Petra das Hotel.

Es war ein eher ruhiger Nachmittag im Polizeirevier an der Südlichen Ringstraße. Als Petra dort ankam, sie hatte nach ihrem Termin mit Valentina Ohl spontan beschlossen, noch einmal bei den Gesetzeshütern vorbeizufahren, blickte Michael Hanfstängel erschrocken von einem Schriftstück auf, an dem er arbeitete.

»Ich weiß nichts«, sagte er wie aus der Pistole geschossen, als er der Journalistin ansichtig wurde, die vor ihm am Besuchertresen stand.

»Ich habe doch noch gar nichts gefragt«, entgegnete die verwundert.

»Sie kommen garantiert wegen dem Mord«, nuschelte der Polizist. Er warf einen unsicheren Blick an Petra vorbei. Doch alle anderen Kollegen waren entweder unterwegs oder saßen in einem der Büros im anderen Teil der Wache.

Petra versuchte, sich die Aufregung nicht anmerken zu lassen, die sie bei seinen Worten sofort verspürte. Mord! Er hatte Mord gesagt! Kein Unfall, also.

»Sie kennen also bereits die Identität des Ermordeten?«, setzte sie das Gespräch fort.

»Diese Information ist für die Öffentlichkeit noch nicht

freigegeben.« Er schaute sie misstrauisch an.

»Hanfstängel, wir zwei wissen doch, wie das läuft«, antwortete sie zuckersüß und beugte sich etwas nach vorn. »Aber falls es Sie interessiert - der Tote hieß Leontin mit Vornamen.« Sie blinzelte ihm verschwörerisch zu.

»Journalist kann ein gefährlicher Beruf sein«, kam es nach einigen Schrecksekunden zurück. Es klang, als wolle der Polizist ihr damit etwas klarmachen.

Petra zog eine Grimasse und befühlte ihre Beule. Wusste Hanfstängel etwas?

»Gibt es schon Verdächtige?«

Hanfstängel schüttelte den Kopf, bevor er richtig nachdenken konnte. Der Mann war ein Geschenk des Himmels! Jedenfalls für Reporter.

»Dann gehe ich mal wieder«, rief sie ihm zu.

»Moment!« Jetzt stand er auf, zog umständlich seine Hose zurecht und kam bedrohlich langsam auf sie zu.

»In Schwatzkes Hotelzimmer wurde eingebrochen. Sollte sich herausstellen, dass Sie das waren ...« Der Rest des Satzes blieb im Raum hängen.

Aber ich habe doch alles so hinterlassen, wie ich es vorgefunden hatte.

Fast hätte sie sich verplappert.

»Blödsinn!«, fauchte sie nun stattdessen. Angriff war manchmal die beste Verteidigung. Doch bereits bei Hanfstängels nächsten Worten wurde ihr heiß und kalt.

»Es gab Fingerabdrücke. Der Einbruch muss stattgefunden haben, nachdem das Zimmermädchen alles sauber gemacht hatte. Da werden wir wohl schnell feststellen, wer der Übeltäter war. Oder die Übeltäterin.« Unter Hanfstängels ungewöhnlich festem Blick drehte Petra sich um und eilte zur Tür hinaus. Sie bemühte sich, nicht zu sehr zu wanken, was ihr jedoch schwerfiel.

Fingerabdrücke! Gute Güte. Sie hatte natürlich alles angetatscht und nicht darüber nachgedacht. Jetzt ging es bei

Schwatzke um einen Mord, da wurden andere Saiten aufgezogen. Vermutlich hatte die Kriminalpolizei inzwischen die Ermittlungen aufgenommen. Mittendrin - sie! Hanfstängel verdächtigte sie womöglich wirklich. Es gab nur eine Chance - der wahre Täter musste gefunden werden, bevor man sie offiziell mit dem Mord an Schwatzke in Verbindung brachte. Doch zuvor musste sie sich wohl oder übel anderen Dingen widmen.

Den Rest des Nachmittags über tippte Petra in der Redaktion ihren Artikel über Valentina Ohl in den Computer.

Sigurd Falck hatte ihre Information über den Tod von Schwatzke stirnrunzelnd zur Kenntnis genommen.

»Wir können darüber noch nichts schreiben, solange es nicht offiziell bestätigt ist«, meinte er. Bat Petra dennoch, einen Text vorzubereiten. »Den ergänzen wir um die Details und schwupps, haben wir die Nase ganz vorn mit der Story.«

Ja, und schwupps vielleicht keine Reporterin mehr, die darüber schreiben kann, weil Hanfstängel sie in Handschellen über die Bahnstraße zerrt!

»Ich gehe in den *Haferkasten* zur Unkelhäuser-Show«, meinte sie dennoch so leichthin wie möglich, als sie am Abend die Redaktion verließ, noch immer auf freiem Fuß.

»Ist gut«, brummte Falck, der in seinem Büro über irgendeiner Sache brütete, die seine ganze Aufmerksamkeit absorbierte.

13

Aus dem Nebenraum des Restaurants *Zum Haferkasten* am Wilhelm-Leuschner-Platz drangen Stimmengewirr und das Klappern von Besteck. Petra schob sich an einer bereits jetzt schon debattierenden Kleingruppe vorbei und ergatterte einen Platz an einem der Seitentische. Beim vorbeieilenden Kellner bestellte sie die hausgemachte Gulaschsuppe und einen Gespritzten. Als alles auf dem Tisch stand, fiel sie mit gutem Appetit über ihr Essen her und schaffte es, noch vor Beginn der Veranstaltung fertig zu werden.

Rigobert Unkelhäuser kam. Nein, er zog ein, anders konnte man das nicht nennen. Beklatscht und hofiert von einem ganzen Tross von Leuten bahnte er sich seinen Weg durch den inzwischen proppenvollen Saal. Immer wieder musste er Hände schütteln, Schultern beklopfen, jemanden im Hintergrund mit großer Geste begrüßen. Endlich war er an seinem Rednerpult angelangt, das direkt vor dem großen, dunklen Kamin aufgebaut war. Er hob die Hände und die Anwesenden verstummten.

»Liebe Freunde, liebe Gäste, liebe Langener und Langenerinnen«, begann er seine Rede. Petra zog ihren Block aus der Tasche und betrachtete den Herausforderer von Bertel Morgenroth. Ein durchschnittlicher Typ, mittelgroß, schlank aber nicht dünn, kurz geschnittenes, grau-braunes Haar, schmales Allerweltsgesicht. Schon nach wenigen Sätzen jedoch war ihr klar, was seinen fast schon komentenhaften Aufstieg in der kleinen kommunalpolitischen Arena der Sterzbachstadt verursacht hatte. Unkelhäuser, der, wie sie wusste, geschieden und Vater einer 15-jährigen Tochter war, die bei der Mutter lebte, sprach geradezu schamlos über seine fremde Herkunft. Er war in Frankfurt-Sachsenhausen aufgewachsen und erst kürzlich nach Langen gezogen, das er mit großer Inbrunst »Heimat meines Herzens«, nannte. Nicht nur das, er konnte auch sonst gut reden. Und wie. Mucksmäuschenstill lauschten ihm die Anwesenden.

Darüber hinaus bildete sich recht schnell an der Tür eine Traube von Menschen, die keinen Platz mehr fanden, aber dennoch hören wollten, was der Bürgermeisterkandidat so plante.

»Kein Kannibalismus«, rief er aus. Er spielte damit auf die Tatsache an, dass Mitbewerber bereits angekündigt hatten, aktiv um die Ansiedlung von Großmärkten aus der Umgebung werben zu wollen - auch, wenn dies zu Lasten der angrenzenden Städte und Gemeinden ging.

»Wir wollen mit den Nachbarkommunen Hand in Hand voran gehen. Wie viele Baumärkte brauchen wir denn noch in der Umgebung?«, rief Unkelhäuser seinen Zuhörern zu. Petra, die erwartete, die ganzen Hobbyhandwerker würden sich vehement für ein solches Projekt stark machen und »viele« oder »noch viel mehr« rufen, wurde enttäuscht. Keiner muckte. Dagegen: bestätigendes Kopfnicken, als Unkelhäuser seine Vorstellung für ein neues Gewerbegebiet zum Besten gab.

»Die Leute sollen nach Langen kommen, weil es hier etwas gibt, das sie weder in Dreieich, noch in Egelsbach, noch in Dietzenbach oder Rodgau finden. Gewerbegebiete hin oder her!« Seine Augen funkelten bei dieser Ankündigung, seine Faust knallte auf den Tisch, der ganze Mann stand unter Strom.

Einen Bio-Baumarkt wolle er, dazu einen Bio-Gartenfachhandel, einen Bio-Supermarkt und ein Bio-Restaurant. Dazu »viele kleinere, dazu passende Gewerbetreibende in einem Bienenwaben-Haus.« Dort sollten sich, seiner Meinung nach, Yoga-Schulen, Meditationszentren, Heilpraktiker und ähnliches niederlassen können.

»Ein Anziehungspunkt, auch für Auswärtige. Wer herkommt, um seine Pilatesstunde zu nehmen, kann hinterher fair gehandelten Tee trinken und ein paar zertifizierte Einkäufe tätigen.«

Die Finanzierung hatte er ebenfalls bereits durchdacht und sprach von Crowdfunding-Projekten und Stadtanleihen. Umsetzen solle das Ganze ein Investor, »der sich der Region verpflichtet fühlt, weil er selbst hier wohnt und sich seiner Verantwortung bewusst ist.«

Langen wäre danach vermutlich biologisch so wertvoll wie niemals zuvor. Und das durch einen Parteilosen! Petra kam kaum noch nach mit dem Schreiben.

Nach dieser grünen Phase schwenkte Unkelhäuser ohne Pause in die Bahnstraße ein. »Eine Schande« sei es, dieses einst pulsierende Zentrum der Stadt so »saumäßig« verkommen zu lassen. Dabei bekamen Hausbesitzer und die bisherige Politik ihr Fett ab, aber auch die Langener selbst. »Abgestimmt wird mir den Füßen!«, rief Unkelhäuser. Daher wolle er schon von klein auf, in der Schule, das Thema ansprechen. »*Kauf in deiner Stadt* ist nicht nur ein Slogan. Es ist ein Identifikationsfaktor. Ein Wirtschaftsfaktor. Den gibt man nicht einfach aus der Hand!« Heftiges Klatschen setzte ein und Petra nahm zur Kenntnis, dass hier wohl keiner den anonymen Onlinehandel unterstützte. Oder alle ihr schändliches Einkaufsverhalten temporär vergessen hatten.

Nun ging es um Bauprojekte »zu groß, zu viel, die Stadt wird auseinanderwachsen, wenn hier Leute nur herziehen, weil ihnen in Frankfurt die Mieten zu teuer sind. Außerdem, auf welchen Straßen sollen die Blechlawinen denn rollen? In welche Kitas und Schulen die Sprösslinge gehen?«, und um verschiedene Pläne des Straßenbaus.

Als Unkelhäuser das erste Mal tief Luft holte, war eine Stunde vergangen. Noch immer saßen alle wie gebannt auf ihren Stühlen.

Der Mann konnte reden, die Leute in seinen Bann ziehen, Visionen in den Köpfen entstehen lassen. Kein Vergleich zu dem eher betulichen Morgenroth, bei dem Petra oft schon nach zehn Minuten das Ende der Veranstaltung herbeigesehnt hatte. Tatsächlich hatte sie einmal eine ein Jahr alte Mitschrift auf dem Block gehabt und dabei festgestellt, dass sie kaum etwas Neues aufschreiben musste, weil der amtierende Bürgermeister einfach kaum etwas Neues zu erzählen wusste.

Zum Abschluss redete Unkelhäuser von seiner Vorstellung eines sozialen Miteinander mit gesunden Vereinen, aktivem Ehrenamt, generationsübergreifenden Projekten und einer herzlichen Willkommenskultur in einer Stadt, die »nicht beliebig« sein sollte.

»Langen soll keine Allerweltsstadt werden, sondern einzigartig bleiben! Das will ich unterstützen und vorantreiben!«

Petra schwirrte der Kopf. Um sie herum hielt es die Leute nicht mehr auf ihren Plätzen. Sie sprangen auf, es wurde applaudiert und Unkelhäuser war im Nu umringt von seinen Fans. Petra packte ihren Block mit den vielen Stichworten des Abends ein und fragte sich, was um Himmels willen dieser Mann getan hatte, damit ihm ein Sensationsreporter des *Knaller* auf den Fersen war. Ob Unkelhäuser das gewusst hatte? Ob er ... sie schüttelte beklommen den Kopf. Sie musste herausfinden, wo genau der Bürgermeisterkandidat zu der vermuteten Tatzeit gewesen war. Eine Idee dazu war ihr bereits in den Sinn gekommen.

»Ein Interview für die *Langener Morgenpost*? Natürlich.«

Wie nicht anders zu erwarten, war der Bürgermeisterkandidat nicht abgeneigt. Petra wusste natürlich genau, was das für sie bedeutete: Auch alle anderen Bewerber würden porträtiert werden müssen. Doch im Vorfeld der Wahl war das nichts Besonderes. Bemerkenswert war nur ihr Vorstoß. Denn eigentlich wäre es die Sache von Sigurd Falck gewesen, jemanden dafür zu bestimmen.

Rigobert Unkelhäuser hatte sich sofort bereit erklärt, Petra zu Hause zu empfangen. »Eine Homestory? Gute Idee. Bürgermeister zum Anfassen. Hahaha!« Er hatte ihr eine Visitenkarte in die Hand gedrückt und war, begleitet von seinen Anhängern von dannen gezogen, wobei er mit Daumen und kleinem Finger das Symbol für »wir telefonieren« formte.

Petra wechselte die Straßenseite und ging ins

gegenüberliegende *Tiepolo,* wo sie, kaum durch die Tür, freundlich begrüßt wurde. An der Bar hockte ihre Freundin Karina, vor sich einen Cocktail, die Augen auf das Display ihres Smartphones gerichtet.

»Und, wie war's?«, wollte sie wissen, als Petra den Barhocker neben ihr erklomm.

»Interessant ist das Mindeste, was ich sagen kann«, antwortete Petra und bestellte ein Glas von dem weißen Hauswein, den sie hier immer trank. »Der Unkelhäuser hat es echt drauf, einen mitzureißen. Da kann der Morgenroth nicht mit.«

Karina zog einen Flunsch und legte endlich ihr Smartphone weg.

»Hast du schon gehört? Nino Blankenburg wurde von einem Hund gebissen. Jetzt muss er Bettruhe einhalten. Aber pssst! Kein Wort zu niemandem!«

Karinas Augen wurden bei Petras Worten ganz rund. »Wow!«, flüsterte sie. »Meiner Tante kann ich das doch aber erzählen.«

»Nur unter dem Siegel der Verschwiegenheit«, erinnerte sie Petra, die sehr wohl wusste, dass die Geschichte jetzt die Runde machen würde.

Karina hatte ihr in der Vergangenheit immer wieder Informationen aus dem Rathaus geliefert, da wollte sie der Freundin auch mal ein bisschen Stoff für Klatsch und Tratsch zukommen lassen. Eine Hand wusch die andere!

»Die ist eh schon so neugierig, ob das mit der Lukrezia stimmt.«

»Er wollte nicht mit der Sprache rausrücken«, antwortete Petra und grinste breit. »Ist ja auch Privatsache.«

»Weiß nicht«, entgegnete Karina und griff erneut zu ihrem Handy. »Nach dem, was da neulich in einem dieser Klatschblätter stand ...« Sie tippte ihr Display an, das sofort zum Leben erwachte und hielt Petra entgegen, was sie kurz zuvor gelesen hatte.

»Nino und Lukrezia - alles nur Show?«, fragte eine Schlagzeile, die sinnigerweise in Regenbogenfarben gedruckt war.

»Zeig her!« Petra riss ihrer Freundin das Smartphone aus der Hand. »Das ist ja ...«, stammelte sie angesichts des Textes, der erst wenige Tage zuvor veröffentlicht worden war.

»Unverschämt. Genau. Sagt meine Tante auch. Der Artikel rückt Nino in ein sehr ungutes Licht. Zumindest bei seinen weiblichen Fans.« Karina pustete etwas von ihrem dunkelgrün lackierten Daumennagel.

Petra schluckte heftig. Nein, es war nicht die unverhohlen zwischen den Zeilen stehende Vermutung, einer der beliebtesten Schlagersänger des Landes sei schwul, die sie regelrecht umhaute. Es war der Name des Journalisten, der diesen Artikel für die Online-Ausgabe des *Knaller* geschrieben hatte. Er lautete Leontin Schwatzke!

14

Der Wecker hatte mal wieder viel zu früh geklingelt. Im wahrsten Sinne des Wortes! Petra schob sich mehr aus dem Bett, als sie aufstand.

Kein Pardon, ermahnte sie sich. *Der Hüftspeck muss weg!*

Gähnend öffnete sie die hohe Flügeltür und warf ihre Yogamatte auf den durch dichte Grünpflanzen geschützten Balkon hinaus. Nachdem sie in der Küche ein Glas Wasser getrunken hatte, nahm sie, barfuß und mit einem übergroßen T-Shirt und bequemen Shorts bekleidet, draußen die Grundstellung für den Morgengruß ein.

In dem Moment, in dem sie aus der halben Kobra in den Vierfüßlerstand wechselte, wurde die Balkontür der Nachbarwohnung geöffnet.

»Ich hätte schon längst weg sein müssen«, hörte Petra eine Männerstimme. Sie kam, wie sie wusste, aus dem Schlafzimmer der anderen Wohnung, deren Balkon zur selben Seite ging wie ihrer. Sie versuchte, ihrem Atem zu folgen, konnte aber nicht umhin, dem Gespräch zu lauschen.

»Ach, komm doch noch mal her, Bärchen«, schnurrte die Stimme der Blondine, die Petra gegenüber wohnte. Petra blieb auf allen Vieren sitzen, als der Mann wieder sprach.

» ... ein Wochenende am Starnberger See«, hörte sie. Weil die beiden sich offenbar in der Wohnung aufhielten, drang nicht jedes Wort nach draußen. Petra blieb mucksmäuschenstill. Das war doch die Stimme von Doktor Botox!

»Sag es endlich deiner Frau«, verlangte die Blonde mit einem quengeligen Unterton.

Oh Gott, wenn er das tat, wäre die Ärmste am Boden zerstört, dessen war sich Petra sicher. Ob sie ihrer Oma einen Tipp geben sollte?

» ... alles viel schwieriger«, tönte es, ganz weit weg und dann, plötzlich ganz nah, so, als sei der gute Doktor nun auf den Balkon hinausgetreten. »Ich muss das langsam vorbereiten. Sie ahnt ja nichts.«

Na, wenn das mal kein Irrtum war. Was seine derzeitige Geliebte dazu sagte, war nicht zu verstehen. Die nächsten Worte des Fremdgängers jedoch um so deutlicher.

»Auf keinen Fall darfst du das, was ich dir heute Nacht anvertraut habe, irgendjemandem weitererzählen. Hörst du! Niemandem! Sonst bin ich erledigt. Und du kannst dir den Starnberger See, die Karibik und das Cabrio abschminken!«

Die Balkontür wurde heftig zugeworfen. Ein paar laute Worte wurden dahinter noch gewechselt, doch Petra konnte nichts mehr verstehen. Flugs sprang sie auf und lief in den Flur, wo sie leise ihre Wohnungstür einen kleinen Spalt weit öffnete. Durch den Spion sah sie, wie Professor Doktor Übelhau Sekunden später die Wohnung gegenüber verließ. Sein Haar war zerstrubbelt und die Krawatte saß schief. Hinter ihm erschien das blonde Gift, es trug lediglich ein schwarzes Nichts am perfekten Leib und zog einen Schmollmund. Übelhau drehte sich zu ihr um und hob warnend den Finger. »Kein Wort! Hörst du! Niemand darf davon erfahren!« Dann eilte er die Treppe hinunter, als sei Feueralarm.

Die Blonde trat noch einen Schritt aus ihrer Wohnungstür heraus, schaute ihrem Lover hinterher und knabberte dabei an einem knallrot lackierten Fingernagel herum. Dann warf sie ihre goldglänzende Haarpracht in den Nacken und stolzierte zurück in ihre Wohnung.

Petra schloss leise die Tür. Was konnte es sein, das dem guten Doktor so auf dem Magen lag? Denn eines war klar: Sein Seitensprung alleine würde ihn beileibe nicht so beunruhigen!

15

Petra Koslowski war nicht die Einzige, die an diesem wunderschönen Morgen in Langen Yoga praktizierte. Auch Marie-Luise Übelhau stand auf ihrem Balkon ihres Reihenhauses in der Straße An der Pforte und verbog sich nach allen Richtungen wie eine Brezel.

»Einatmen, ausatmen«, dachte sie konzentriert, spreizte die schlanken Beine, legte eine Hand an den Knöchel und hob den anderen Arm in die Luft. Sie drehte ihren Kopf und starrte in den klaren, hellen Himmel hinauf. Sie liebte diese Tageszeit, kurz nach Sonnenaufgang. Man konnte die Wärme des heraufziehenden Tages ahnen, obwohl die Luft noch frisch war. Der Duft der Gartenblumen vermischte sich mit dem der Laubbäume. Eine Amsel sang aus voller Brust.

Einatmen, ausatmen. Sie versuchte, nicht an ihren Mann zu denken, der es auch in der vergangenen Nacht für überflüssig gehalten hatte, nach Hause zu kommen.

»Arbeitsessen mit Kollegen in Frankfurt«, hatte er gemurmelt. »Warte nicht auf mich, wenn es spät wird, bleibe ich in der Stadt.«

Er trank mäßig, hatte Augen wie ein Luchs und fuhr, egal zu welcher Tages- oder Nachtzeit, schrecklich gerne Auto. Sie wusste also Bescheid.

Einatmen, ausatmen.

Sie wechselte die Seite, blickte nun in die dichte Krone einer Kastanie, die auf dem unbebauten Nachbargrundstück herrlich unbeschnitten vor sich hin wuchs. Gottseidank, dass die allseits bekannte Bauwut des Bürgermeisters wenigstens diese Stelle verschonte. Marie-Luise hätte nicht gerne ein fünfgeschossiges Mehrfamilienhaus in der Nachbarschaft gehabt. Sie schämte sich fast bei dem Gedanken, aber es war ihr recht so, wie es war.

Einatmen, ausatmen.

Sie ließ die Arme sinken, stützte sich zum herabschauenden

Hund ab und hob ihren naturbelassen straffen Po in die Luft.

In ihr tiefes Einatmen hinein krachte es plötzlich ganz laut. Etwas brach, wie es sich anhörte, ein Ast. Gleich darauf ein zweiter, begleitet von einem schmerzhaften Stöhnen. Erschrocken richtete Marie-Luise sich auf. War jemand auf dem Grundstück und wollte bei ihr einbrechen? Ihr Herz schlug vor Schreck überhaupt nicht mehr entspannt. Sie presste beide Hände vor die Brust und linste über die Balkonbrüstung. In ihrem Garten schien alles normal. Die Terrasse war leer, kein Baum, kein Strauch bewegte sich. Ihr Blick fiel auf den Kastanienbaum nebenan. War das Geräusch von dort gekommen? Inzwischen war Ruhe im Geäst eingekehrt. Was sich weiter unten abspielte, konnte man aufgrund der hohen Mauer, die das Nachbargrundstück umrandete, nicht sehen. Marie-Luise war aus dem Takt. Betrübt blickte sie auf ihre Matte und beschloss, es für heute gut sein zu lassen. Mit elastischen Schritten begab sie sich ins Haus zurück, um sich wenig später unter der Dusche in den Duft ihrer Maiglöckchenseife zu hüllen.

Als sie Winfrieds Wagen hörte, stand sie bereits in der Küche und trank ein Glas frisch gepressten Saft. Einen Moment lang dachte sie darüber nach, ihren Gatten in der Küche zu empfangen. Doch dann fehlte ihr der Mut. Was, wenn es in einer derartig eindeutigen Situation zu einer Konfrontation käme? Zu einer Entscheidung? Zu einer Scheidung gar? Das wollte sie unter keinen Umständen. Lieber ertrug sie die Eskapaden ihres Mannes, die ja hoffentlich irgendwann mal ein Ende nehmen würden. An diese Hoffnung klammerte sie sich allerdings vielleicht schon ein wenig zu lange. Sie stellte das Glas in die Spüle und huschte nach oben in ihr Schlafzimmer. Sollte er weiterhin glauben, sie habe noch nichts mitbekommen von seinen nächtlichen Streifzügen durch die Betten der Blondinen dieser Stadt!

16

»Der war an dem Blankenburg dran«, erläuterte Petra ihre Vermutung. Sigurd Falck schob die Unterlippe nach vorn und schüttelte ungläubig den Kopf.

»Das holt doch keinen Hund mehr hinterm Ofen vor«, fand er. »Schwul, bi, hetero - heutzutage kann doch jeder sein, was er will.«

»Nicht unbedingt«, hielt Petra entgegen. »Zumindest nicht, wenn er eine so große weibliche Fangemeinde hat, von der auch die Plattenverkäufe abhängen.«

Wenn sie ehrlich war, überzeugten sie diese Argumente nicht einmal selbst. War das ein Grund, jemanden umzubringen? Zumal das Kind ja bereits in dem Moment in den Brunnen gefallen war, als Schwatzke seinen Artikel über Nino und Lukrezia geschrieben hatte.

Das Lesertelefon klingelte. Außer ihnen beiden war niemand im Büro, und Falck gab ihr mit einem Blick zu verstehen, sie solle drangehen.

Unbekannter Anrufer stand auf dem Display und Petra sollte sofort merken, warum.

»Diese Ohl«, schnarrte eine blecherne Stimme, »wie kann man über die so einen Riesenartikel schreiben? Alles Lug und Trug. Lesen Sie keine Zeitung?« Bevor Petra auch nur nach Luft schnappen konnte, wurde wieder aufgelegt.

»Himmel! Da will jemand die Ohl anschwärzen«, murmelte sie vor sich hin.

Falck hob nicht einmal den Kopf. »Sie ist kürzlich mal ins Gerede gekommen, weil von dem eingesammelten Geld angeblich nicht so viel bei ihren Hilfsprojekten ankommt.«

Bei Petra sprang ein Lämpchen an. »Diese Geschichte, wo sich ein Verein darüber beschwert hat, dass sein Name benutzt wurde, die ganze Kohle aber in der sogenannten Verwaltung der Charity versickert ist?«

Falck brummte etwas Zustimmendes.

»Das war die Ohl?« Herrje, das hätte sie am Vortag wissen müssen. Warum gingen diese ganzen Klatsch- und Tratschthemen eigentlich so an ihr vorbei?

»Das kannst du übrigens alles im *Knaller* nachlesen«, legte Falck noch nach.

Petra stellte ihr Rad am Rathaus ab und stiefelte direkt in den Bereich fürs Bauwesen. Der dort sitzende Beamte lauschte erst stumm ihrer Erklärung, um ihr dann zu bedeuten, er sei nicht zuständig.

»Das liegt beim Landratsamt in Dietzenbach«, meinte er und warf einen begehrlichen Blick auf sein Wurstbrot, das, appetitlich auf einem Tellerchen angerichtet, neben dem Computer stand.

»Sie müssen mir doch sagen können, welche Grundstücke genau für den geplanten nächsten Bauabschnitt an diesen Großinvestor verkauft wurden?«

Der Mann dachte eine Weile wortlos nach, bevor er plötzlich mit dem Finger schnippte.

»Warten Sie«, meinte er und griff zum Hörer seines Telefons. Nach einem längeren Gespräch wandte er sich ihr wieder zu und raunte ihr eine Zimmernummer zu.

»Die Kollegen dort wissen Bescheid.« Es war ihm anzusehen, wie froh er war, sie weiterschicken zu können.

An der zweiten Anlaufstelle war man wesentlich flotter und auskunftsbereiter. »Hier ist alles drauf«, meinte eine gut gelaunte Verwaltungsangestellte und schob Petra einen Bebauungsplan zu. Dort war tatsächlich alles eingetragen. Sie schrieb sich die nötigen Informationen heraus und prüfte gleich im Anschluss nach, wessen Grundstücke da so über den Tisch gegangen waren. Tatsächlich fand sie eines, das auf den Namen Morgenroth eingetragen war. Eine kleine Parzelle, die sich genau zwischen den drei großen Grundstücken befand, die die Stadt erst kürzlich zu Bauland erklärt und verkauft hatte.

»Ohne diesen kleinen, zurzeit als Obstwiese genutzten Abschnitt ist das verkaufte Land doch kaum etwas wert, oder?« Die freundliche Mitarbeiterin stutzte nur kurz, als Petra sie dazu fragte.

»Ja, das klingt komisch. Aber das Stückchen Land gehörte noch Herrn Morgenroths Mutter, als die Baupläne vorgelegt wurden. Sie ist ja leider kurz danach verstorben.«

»Das hat trotzdem ein Geschmäckle«, befand Petra.

»Die *Langener Morgenpost* will doch da hoffentlich kein Fass aufmachen?«

Fast erschrocken nahm die Angestellte die Unterlagen wieder an sich.

»War vor mir schon einmal ein Journalist hier? Ein Mann?«

Die junge Frau guckte sie verständnislos an.

»Deswegen, meinen Sie?« Sie hob die Blätter hoch.

»Genau deswegen«. Wenn Schwatzke hier recherchiert hatte, dürfte das Morgenroth nicht verborgen geblieben sein. Was, wenn die beiden an jenem unheilvollen Morgen zusammengetroffen waren? Hatte der Bürgermeister die Nerven verloren und Schwatzke am Vierröhrenbrunnen niedergeschlagen?

»Hier war niemand!«, befand die Frau, nun bereits nicht mehr so fröhlich und mit ernstem Gesicht.

Petra bedankte sich für die Kooperation und machte sich nachdenklich auf den Rückweg. Auf der Treppe begegnete ihr Morgenroth. Er trug eine Sonnenbrille und hastete mit einem gemurmelten Gruß eilig an ihr vorbei. Jedoch nicht eilig genug, dass sie nicht die riesige Schramme sah, die sich über seine linke Gesichtshälfte zog. Und was hatte es mit dem großen Pflaster auf sich, das auf seinem rechten Handrücken klebte? Der Mann sah aus, als sei er in eine Schlägerei geraten.

17

»Schau dir mal diesen Typen an!« Karinas Augen wurden groß und kugelrund. Sie saß mit Petra an einem der begehrten Tische vor dem *Eiscafé Venezia*. Die Angesprochene schaute von ihrem Pistazienbecher auf und hätte sich beinahe verschluckt. Ein Unbekannter hatte sich ihnen gegenüber niedergelassen, der derartig attraktiv war, dass sie einfach hinsehen musste. Im Gegensatz zu Karina war Petra nicht so schnell von einem Mann zu beeindrucken. In diesem Fall verhielt es sich anders. Sie konnte sofort nachvollziehen, warum ihre Freundin den Neuankömmling anstarrte wie ein hungriger Wolf ein Kaninchen.

Bevor das schmale Gesicht mit dem markanten Kinn hinter einem aufgeschlagenen Exemplar der heutigen *Langener Morgenpost* verschwand, glitten seine Ryan Gosling-Augen kurz über die anderen Gäste hinweg. Täuschte sie sich, oder hatte er bei ihr kurz innegehalten?

Petra zupfte vorsichtshalber ihr kurzes, blondes Haar zurecht, sodass es frech in die Höhe stand.

»Boah!« machte Karina und kicherte. Sie war darüber hinaus auch noch knallrot angelaufen und sah leider in diesem Moment aus wie ein Dorftrampel beim Anblick eines Hollywoodschwarms.

»Boah! Genau! Der Typ ist superarrogant. Hast du seinen Blick gesehen?« Petra hatte sich wieder umgedreht. Sie nahm ein Keksröllchen aus ihrem Eisbecher und kaute energisch darauf herum. Männer, die so aussahen, waren meistens echte Kotzbrocken.

»Der ist wahrscheinlich sowieso nur auf der Durchreise«, seufzte Karina. Sie griff nach ihrem Milchshake und saugte mit einem unanständigen Schmatzen am Strohhalm.

»Was ist eigentlich mit deinem obersten Chef los?«, nahm Petra das unterbrochene Gespräch wieder auf. »Der sah ja heute früh ziemlich ramponiert aus.«

Karina riss sich vom Anblick der vollen dunklen Haare des Fremden hinter der Zeitung los.

»Der ist heute Morgen vom Rad gefallen.« Sie konnte bei diesen Worten ein Kichern nicht unterdrücken. »Im ganzen Haus schwirrt das Gerücht herum, es habe sich um einen Anschlag gehandelt. Seine Bremsen seien vom Unkelhäuser manipuliert worden.«

»Das glaubt der doch nicht einmal selbst«, fand Petra empört.

»Nee, natürlich nicht. Aber die Gerüchteküche brodelt mal wieder und das hält manche Leute am Leben. Auf jeden Fall ist unser Bürgermeister den ganzen Tag schon so was von mies gelaunt. Erst dachte ich, das hätte etwas mit deinem Besuch heute im Rathaus zu tun.« Der letzte Satz wurde durch einen strengen Blick begleitet. »Inzwischen denke ich, dass es sich um etwas Privates handelt.« Mit Verschwörerinnenmiene beugte sie sich zu Petra vor. »Neulich habe ich ihn zufällig aus dem Blumengeschäft in der Wassergasse kommen sehen. Er hatte einen Strauß roter Rosen in der Hand.«

»Erzähl!«, forderte Petra ihre Freundin auf. »Gibt es eine Frau in seinem Leben?«

Karina setzte ein schiefes Grinsen auf. »Nicht, dass ich wüsste. Aber ein Mann im besten Alter sollte langsam mal zu Potte kommen. Oder erneut zu Potte kommen. Die Trennung von seiner Ex ist ja nun auch schon drei Jahre her.«

Bertel Morgenroth hatte lange eine Art Dauerverlobte gehabt. Eine elegante Frankfurterin, die nach der Trennung schnurstracks wieder in die Mainmetropole zurückgezogen war.

»Eine Frau Bürgermeister wäre nicht schlecht. Wenn man nur wüsste, für wen die roten Rosen waren.«

Dabei wanderten die Blicke der beiden Freundinnen wie auf Kommando zu dem Tisch hinüber, an dem sich im selben Moment der Fremde erhob und einen Geldschein unter seine leere Kaffeetasse schob. Mit einem leichten Lächeln in ihre

Richtung schien er sich zu verabschieden.

Hoffentlich nicht ganz, dachte Petra im Stillen und sah zu, wie er in einen flaschengrünen Sportwagen stieg, um nach einem waghalsigen Wendemanöver auf der Bahnstraße in Richtung Lutherplatz davonzubrausen.

18

Nino Blankenburg saß auf einem gummiartigen Kissen, das bei jeder Bewegung quietschte.

»Eis«, erklärte er mit einem schiefen Lächeln.

Die Luft in seinem Appartement schien an diesem Nachmittag zu vibrieren. Es war unübersehbar, dass es Spannungen zwischen dem Schmusesänger und seinem Management gab.

»*Er* hat *Sie* angerufen?« So ungläubig, wie die Pressedame auf Petras Auftauchen reagiert hatte, so schnell hatte sie sie nach diesem kurzen Wortwechsel in Ninos Zimmer bugsiert.

»Kein Zeitlimit. Sie sind heute die Einzige«, tat sie noch kühl kund, bevor sie verschwand.

»Danke, dass Sie kommen konnten«, begann der Schlagersänger das Gespräch.

»Sie wollen hoffentlich nicht, dass ich über Ihre schmerzhafte Begegnung mit einem Hund schreibe?« Petra kannte Möchtegern-Promis, für die so etwas ein gefundenes Fressen gewesen wäre.

»Ach was!«, er winkte matt ab. »Das war schon harter Tobak. Wenn dieser Doktor mit seinen Spritzen nicht gewesen wäre - keine Ahnung, wie es mir dann ginge! Aber ich bin froh darüber, nicht reisefähig zu sein.« Er sah sie offen an und Petra spürte, dass er dachte, sie wisse etwas, von dem sie nichts wusste.

»Also - ja. Das kann ich verstehen«, sagte sie langsam. »Ihr Management scheint da weniger erfreut zu sein.«

Sie merkte, dass sie ins Schwarze getroffen hatte bei ihrer Interpretation der kleinen Szene in der Hotelhalle. Eine kurze Pause entstand, in der sie sich gegenseitig musterten.

»Ich habe ein Problem«, fuhr Blankenburg fort. Petra schlug die Beine übereinander und legte ihr Notizbuch darauf ab.

»Wegen des abgesagten Konzerts in Riga«, fragte sie mit einem Unterton, der die Frage als rein rhetorisch kennzeichnete.

Sein schneller, wachsamer Blick zeigte ihr, dass sie auf der richtigen Spur war. Nur, wohin führte die?

»Dieser Auftritt war für mich sehr wichtig. Noch wichtiger war er für meine Managerin. Miriam dos Santos. Sie ist fuchsteufelswild, dass ich absagen musste.«

Petra blickte auf ihr Notizbuch hinunter. Riga. Irgendetwas hatte sie am Morgen in der Redaktion aufgeschnappt bei ihrer selbst auferlegten Pflichtlektüre mehrerer Online-Klatschblätter. Sie scannte ihre Erinnerungen und schnappte unwillkürlich nach Luft, als sie eine mögliche Verbindung herstellen konnte.

»Sie sprechen jetzt nicht vom regulären Konzert?«, tastete sie sich, mühsam beherrscht, weiter voran.

Nino seufzte und sah schuldbewusst auf den Teppichboden. »Nein. Ich sollte an Vorabend vor dem offiziellen Auftritt für die Familie eines Politikers singen. Eines ... im Westen bezüglich seines diktatorischen Regimes nicht besonders positiv angesehenen Politikers. Seine Tochter ist ein Fan von mir.«

Bingo! Das war es, was Petra mitbekommen hatte. Dass die verwöhnte Tochter eines Staatschefs mit zweifelhaftem Ruf in Riga eingetroffen war. Von Shoppingexzessen am Flughafen war die Rede. Und von ungebührlichem Benehmen im Flugzeug. Dass die junge Dame vor dem Einsteigen ihren Schlüpfer irgendwo vergessen zu haben schien, war noch das geringste Problem.

»Für viel Geld, das Ihnen jetzt durch die Lappen geht«, stellte Petra lapidar fest.

Warum erzählte er ihr das? Sie war Journalistin, wollte er, dass sie sein Geheimnis ausplauderte? Mitnichten, wie sie gleich erfuhr.

»Da ich nicht bereit bin, dieses Konzert nachzuholen, egal, wo und wann auch immer, muss ich damit rechnen, mit meinem eigenen Management aneinanderzugeraten.«

»Sie vermuten, dass uns aus dieser Quelle Informationen über Sie zugespielt werden?«

Petra kannte ihre Pappenheimer. Wenn es um Geld ging,

waren viele Menschen zu den unglaublichsten Dingen bereit. Auch dazu, die Presse zu instrumentalisieren, um jemandem eins auszuwischen.

»Informationen, mein Privatleben betreffend. Genau. Daher habe ich mich entschieden, das selbst zu erledigen. Augen zu und durch, aber lieber mit der Wahrheit, als mit ewig brodelnden Gerüchten.«

»Warum wollen Sie ausgerechnet mir das alles erzählen? Wie Sie wissen, arbeite ich für eine eher kleine Zeitung?«

Nino Blankenburg lächelte sie offen an. »Ich mag Sie«, sagte er einfach. »Wenn Sie möchten, kriegen Sie die Story von mir exklusiv. Die einzige Vorbedingung ist, dass ich sie vor Veröffentlichung gegenlese. Im Gegenzug verrate ich Ihnen etwas über Schwatzke und seine Methoden.«

Petra spürte ihr journalistisches Jagdfieber im Blut. Bei einem solchen Angebot sagte man nicht nein.

»Beispielsweise über sein rotes Notizbuch«, schlug sie vor.

Blankenburgs Brauen schossen nach oben. »Sie wissen davon?«

»Sie offensichtlich ebenfalls.«

»Er schrieb sich die Stichworte seiner Recherchen darin auf. Hielt es einem unter die Nase, wenn er etwas wollte. Es war ein Druckmitte.«

Petra schlug ihr Buch auf und zückte den Kugelschreiber. »Wie kam er zu seinen Informationen?«

Nino Blankenburg lehnte sich zurück. »Deal?«

»Deal!«

»Okay, dann erzähle ich mal.«

Nach dem Gespräch mit Blankenburg radelte Petra eilig in die Redaktion zurück. Sigurd Falck war noch am Arbeiten und blickte erstaunt auf, als sie atemlos in sein Büro stürmte.

»Du ahnst ja nicht, was ich soeben über diesen Schmierulanten Leontin Schwatzke erfahren habe. Seine Methoden kann man durchaus als höchst grenzwertig betrachten.« Sie zog sich einen Besucherstuhl heran und stützte ihre Arme auf Falks Schreibtisch.

»Er hat mit allen Mitteln gearbeitet. Krankenschwestern bestochen, um an vertrauliche Unterlagen malader Promis zu kommen. Um Informationen für seine zweifelhaften Sensationsartikel zu sammeln, hat er sich als Polizist ausgegeben, als Bekannter, einmal sogar als Pfarrer!« Vor Empörung vibrierte ihre Stimme.

»Hm«, machte Falck, den das Ganze nicht wirklich aufzuregen schien. »Manche Blätter arbeiten eben so«, fügte er noch hinzu.

»Dein Freund, der Chefredakteur, heißt der das gut?«

»Nick? Also der lässt seinen Leuten freie Hand. Solange die Auflagenhöhe stimmt ...«

»Aha«, antwortete Petra dumpf.

Falck schob ihr die aktuelle Ausgabe des Wochenmagazins über den Schreibtisch zu und tippte mit dem Finger auf das Editorial des Chefredakteurs. Nick Tabor war ein Mann mit einem breiten, etwas grob geschnittenen Gesicht und widerspenstigem, dunklem Haar. Unter »Liebe Leserinnen und Leser« schrieb er, dass der *Knaller* inzwischen aus der Zeitschriftenlandschaft »nicht mehr wegzudenken sei«, was unter anderem mit der großartigen Resonanz beim Publikum zusammenhänge.

»Und wir müssen um jeden Leser kämpfen.« Falck trommelte mit den Fingern auf dem Schreibtisch herum.

»Na ja, vielleicht habe ich auch bald einen Knaller am Haken«, meinte Petra und stand auf. Falks fragenden Blick beantwortete sie mit einem Schulterzucken. »Bis morgen musst du noch warten, dann hast du es auf dem Schreibtisch liegen.«

»Morgen ist Samstag«, erinnerte er sie.

»Ja, und du hast Wochenenddienst«, grinste Petra. »Was für ein Glück! Denn am Montag haben wir eine Riesenstory ganz exklusiv.«

19

Vor dem Musikcafé *Beans* am Lutherplatz standen eine Menge Leute mit Gläsern in der Hand herum. Petra nahm die Geräuschkulisse aus Gesprächen, Gelächter und Gläserklirren schon auf der Höhe des ehemaligen Kaufhaus Hill wahr, als direkt vor ihr jemand aus dem sich jetzt dort befindlichen Fitnessstudio kam. Das feuerrote Haar locker hochgesteckt, in topmodische Sportklamotten gewandt, schwenkte Scarlett Bohnenberger, denn um die handelte es sich, ihren in einer figurbetonten Hose steckenden Hintern, der bei Professor Doktor Übelhau für so viel Verzückung gesorgt hatte, vor Petras Nase. Ein Duft von Irgendwas-mit-Zitrone wehte hinter ihr her. Dann blieb Scarlett so abrupt stehen, dass Petra fast auf sie draufgelaufen wäre.

»Lukrezia, du Schlampe!«, hörte sie als Nächstes. Es klang nicht freundlich.

Sie blickte über Scarletts Schulter und sah, wen die so tituliert hatte. Eine Frau war aus dem *Beans* getreten, ein hohes, beschlagenes Glas mit einem Longdrink in der Hand. Petra hielt kurz den Atem an. Scarlett Bohnenberger war durchaus attraktiv, jeder in Langen und Umgebung konnte verstehen, warum sie vor einigen Jahren für diese Daily Soap engagiert worden war. Doch diese Lukrezia entsprach dem inzwischen sehr viel mehr angesagten Typ. Dunkles, langes Haar bis zur Taille, eine Haut wie Milch. Üppige rote Lippen. Ein Figürchen wie eine Porzellanpuppe.

Und ein Mundwerk wie … nein, lieber nicht darüber nachdenken.

»Schlampe? Ich? Verpiss dich, du Bitch«, knurrte es nämlich aus Lukrezias perfekt geschminktem Mund.

»Was willst du hier?« Das war wieder Scarlett, die bei diesen Worten ihre Sporttasche von der Schulter gleiten ließ und sie mit angestrengter Behutsamkeit auf den Bürgersteig stellte.

»Geht dich nichts an, du Ausgemusterte!«

»Ha! Du glaubst wohl, weil du einen auf Schmusekatze mit dem Produzenten machst, bist du Sarah Bernhardt!«

»Sarah wer?«, fragte Lukrezia verblüfft.

Petra musste ob solcher Unwissenheit kichern und gleichzeitig hicksen, was sich äußerst komisch anhörte.

Inzwischen waren die Gespräche vor dem Musiklokal verstummt. Etliche Köpfe drehten sich zu den beiden Frauen. Petra trat vorsichtshalber einen Schritt zurück, als Lukrezia sich ihrer Widersacherin nun mit tänzelnden Bewegungen näherte.

»Vergiss es, du *Trottwarschneck*!« Das war wieder Scarlett.

Ob Lukrezia wusste, was das hieß? Die Antwort war kühl und bunt. Lukrezias Drink landete zwar nicht in Scarletts Gesicht, wie wohl beabsichtigt, weil die sich schnell aus der Gefahrenzone gedreht hatte, durchnässte aber auf der Stelle ihr pinkfarbenes T-Shirt.

»Dreckstück!«

»Schnalle!«

Jetzt wurde es aber wirklich hässlich. Scarlett verließ als erste die verbale Ebene und schlug zu. Schnell und präzise knallte ihre Hand in Lukrezias Gesicht. Petra konnte die perfekt geformten Muskeln spielen sehen und fragte sich unwillkürlich, ob sie sich nicht doch mal ein Abo im Fitnessstudio gönnen sollte.

Lukrezia taumelte und riss ungläubig die Augen auf. Bevor sie ebenfalls ausholte und Scarlett einen Schwinger in den Magen verpasst.

»Oupft«, machte die und klappte vornüber, nicht ohne nach Lukrezias schwarzer Mähne zu greifen und so heftig daran zu ziehen, dass ein ganzes Büschel Haare zwischen ihren Fingern hängenblieb.

»Genug jetzt!«, rief jemand, griff Lukrezia unter die Arme und zog sie von Scarlett weg nach hinten. Mit hochrotem Gesicht spuckte die so aus dem Verkehr gezogene in Richtung ihrer Widersacherin. Die nun, im Glauben, es mit der Anderen leichter zu haben, auf diese zustürmte.

»Frau Bohnenberger, halten Sie ein!«, meldete sich nun eine Petra inzwischen bekannte Stimme zu Wort. Rigobert Unkelhäuser hatte sich der Schauspielerin entgegengestellt und hinderte die mit den Händen wild herumfuchtelnde Frau daran, sich auf Lukrezia zu stürzen.

»Was ist denn mit denen los?«, fragte ein Herumstehender.

»Diese Lukrezia hat unserer Scarlett die Rolle in dieser Soap weggeschnappt«, meinte der daneben.

»Weggeschnappt?«, keifte Scarlett, die alles gehört hatte. »Die hat sich direkt auf die Besetzungscouch gedrängt. So würde man das nennen.«

»Du abgehalfterte Kuh!«, konterte Lukrezia. Sie wurde immer noch festgehalten. Von Archibald Papenhagen, wie Petra jetzt erkannte. Während er sie ins Innere des Lokals hinein und damit weg vom Ort des Geschehens bugsierte, hatte Rigobert Unkelhäuser Scarlett soweit beruhigt, dass er sie zu ihrem Auto begleiten konnte, das ein Stück weiter oben in der August-Bebel-Straße stand.

Während sämtliche Anwesenden noch ihren Senf zum Geschehen gaben, steckte Lukrezia bereits wieder ihren Kopf durch die Tür. Ihre Kontrahentin war verschwunden, sie schien erleichtert aufzuatmen, streckte dennoch den Mittelfinger in die Richtung, in die Scarlett verschwunden war.

»Äh, hallo«, sagte Petra, die immer noch wie festgefroren auf ihrem Platz verharrte, zu der Frau mit dem Stinkefinger.

Lukrezias Blicke wanderten äußerst misstrauisch an der Reporterin auf und ab. Bis die sich vorstellte.

»Ich war eben noch bei Nino«, fuhr sie arglos fort. »Sind Sie wegen ihm hier?« Komisch, sie hatten doch eben noch über Lukrezia gesprochen, doch hatte er mit keinem Wort erwähnt, dass sie ebenfalls nach Langen kommen wollte.

»Hä?«, meinte das Starlet und verzog fragend das Gesicht. »Nino ist doch in Riga.« Ach nein, sie kannte die aktuelle

Entwicklung noch gar nicht? Aber warum war sie dann hier?

Warum auch immer, jetzt griff sie nach dem frischen Drink, der ihr gerade serviert wurde, und stürzte ihn gierig hinunter.

»Wohnen Sie denn nicht im *Sterzbacher Hof*?«, wollte Petra wissen.

Lukrezia nickte vorsichtig. »Ich bin heute am Nachmittag angekommen.«

Was für eine komische Geschichte.

»Woher kennen Sie Nino denn?«, fragte sie dann doch. Petra erklärte es ihr.

»Sie sind von der Presse und haben ihn interviewt?« Lukrezia sah auf einmal aus, als habe sie diese Information in höchste Alarmbereitschaft versetzt.

»Ach, Frau Koslowski!« Rigobert Unkelhäuser war zurückgekehrt und unterbrach das Gespräch der beiden Frauen. »Sind wir nicht nachher sowieso verabredet? Können wir das vorziehen?«

Petra nickte und verabschiedete sich von Lukrezia, die jetzt mit ihren Gedanken woanders zu sein schien.

»Dann wollen wir mal!« Unkelhäuser rieb sich die Hände und gemeinsam stapften sie in Richtung Obergasse, wo der Bürgermeisterkandidat in einem der alten Fachwerkhäuser unterm Dach wohnte. Er bot Petra Espresso und Wasser an, bevor er ihr eine dreiviertel Stunde lang ohne Zögern auf jede ihrer Fragen Rede und Antwort stand. Nur auf die, warum dieser Mann so interessant für den *Knaller* war, fand sie auch dieses Mal nicht den klitzekleinsten Anhaltspunkt.

Als Petra nach dem Termin bei Unkelhäuser auf ihrem Rückweg durch die Wassergasse kam, zogen gleich zwei Männer ihre Aufmerksamkeit auf sich. Zum einen der Bürgermeister, der just in diesem Augenblick das *Welt der Weine* verließ, mit einer Flasche Schampus im Arm. Um gleich darauf im fast direkt daneben liegenden Blumenladen zu verschwinden. Als Petra auf der Höhe war, konnte sie durch die Scheibe erkennen, wie ein Strauß roter Rosen zusammengestellt wurde. Da hatte Karina offenbar den richtigen Riecher gehabt. Wer wohl Morgenroths Auserwählte war? Im selben Moment nahm sie den gut aussehenden Fremden wahr, der vor dem *Emma Café* saß. Verblüfft sahen sie sich an. Fast meinte sie, einen freudigen Schimmer über das unvermutete Wiedersehen in seinen Augen aufblitzen zu sehen, bevor er sich, betont cool, wieder zurücklehnte. Seine Blicke folgten ihr über die Gasse, sie brannten fast auf ihrer mit einem Schlag überempfindlichen Haut. Gottseidank trug sie flache Schuhe, sodass sie auf dem Kopfsteinpflaster nicht ungraziös einherschritt. Kurz drehte sie sich zu ihm um. Diese Augen! Diese Nase! Dieses Kinn! Ganze Schwärme von was-auch-immer flatterten in Petras Magen auf und sie bemühte sich redlich, sich nichts anmerken zu lassen. Die Gasse war mal wieder hinten und vorne zugeparkt von Wagen so groß wie Panzer. Wer brauchte so etwas in einer Kleinstadt? Ob Unkelhäuser recht hatte mit seinen Prognosen, bald würde die liebenswerte Sterzbachstadt ersticken in Lärm und Dreck und sich in Teilen zur reinen Schlafstadt für Leute entwickeln, die in der Großstadt arbeiteten, einkauften und ausgingen, denen aber in Frankfurt die Mieten zu teuer waren? Petra bog in die Rheinstraße ab, die zum Lutherplatz führte. Wenige Minuten später kettete sie ihr Rad auf dem Parkplatz hinter der Redaktion ab und fuhr nach Hause. Erst kurz bevor sie am Kreisel in die Berliner Allee einbog, fiel ihr ein flaschengrüner Sportwagen auf, der in Richtung Neurott davonfuhr. Zu schnell, um es genauer sagen zu können. Aber sie meinte, den Ryan Gosling-Typ darin gesehen zu haben. War er ihr etwa gefolgt? Und wenn ja - warum?

20

»Herr Bürgermeister«, sagte Hanna Koslowski erstaunt, als sie den Kunden erkannte, der vor ihrer Tür stand. Am Telefon hatte er seinen Namen nicht genannt, höchst geheimnisvoll getan und sich darüber hinaus äußerste Diskretion ausbedungen.

»Das ist selbstverständlich in meinem Gewerbe«, lautete Hannas leicht beleidigte Antwort. Was dachte sich der Mann? Dass sie herumging und Intimitäten ihrer Kundschaft in die Welt hinausposaunte? Da könnte sie sich gleich einen anderen Beruf suchen!

Bertel Morgenroth trug an diesem Abend keinen Anzug, sondern eine Jeans und ein tief ins Gesicht gezogenes Kapuzenshirt. Ob es wegen der Schramme auf seiner Wange war, oder er nicht erkannt werden wollte, oder beides?

Hanna schob ihren Gast ins Arbeitszimmer und musterte ihn verstohlen. Der amtierende Bürgermeister sah nicht gut aus. Und das war, angesichts der Stimmung in der Stadt, nicht verwunderlich. Gerade machte das Gerücht die Runde, Rigobert Unkelhäuser jage ihm fast täglich Prozentpunkt um Prozenpunkt in der Wählergunst ab. Weswegen Hanna ganz sicher war, den Grund seines Hierseins zu kennen. Umso erstaunter war sie, als er nicht etwa den Ausgang der Bürgermeisterwahl von ihr wissen wollte, sondern etwas ganz anderes.

»Es gibt da jemanden. Eine Dame, an der ich ein romantisches Interesse hege. Ich will wissen, ob es Sinn macht, mich ihr zu offenbaren.«

Hannas Kinnlade klappte nach unten. Sie hatte es nur ihrer langjährigen Berufserfahrung mit allen Nöten und Sorgen, die Menschen umtrieben, zu verdanken, dass sie den Mund automatisch gleich wieder schloss.

»Also, dann wollen wir mal sehen«, murmelte sie und griff nach ihren Tarotkarten. Die sich indes an diesem Abend ungewohnt sperrig zeigten.

»Das Objekt Ihres Interesses - ist gebunden?«, filterte sie nach einigem Schauen die erste Erkenntnis des Abends heraus.

Morgenroth nickte, angespannt schweigend.

»Hm«, machte Hanna und dann noch zwei Mal »Hm«. Was sie sah, war das erschütternde Bild einer unerwiderten, einseitigen Liebe. »Das wird nichts«, befand sie dann auch ungewohnt knapp. »Oder zumindest noch nicht sobald. Dem steht etwas im Weg. Oder jemand. Solange der oder das Hindernis nicht ausgeschaltet ist, brauchen Sie sich keinerlei Hoffnungen zu machen.«

21

Petra gähnte herzhaft und schlug die Augen auf. Endlich Wochenende! Und was für eines!

Sie war am gestrigen Abend nach Fertigstellung ihres Artikels spontan mit Karina ins *Lichtburg Kino* gegangen, wo ein Actionkracher lief, der sie, zumindest kurzzeitig, auf andere Gedanken brachte.

Während sie zu den haarsträubenden Szenen, in denen Tom Cruise mal wieder die unglaublichsten Kunststücke zu Lande, zu Wasser und in der Luft aufführte, Popcorn futterten und sich gelegentlich zu einem kollektiven »Huh!« oder »Aah« hinreißen ließen, verschwand zum ersten Mal seit Tagen die alles überschattende Frage, durch wessen Hand Leontin Schwatzke wohl zu Tode gekommen war.

Und dann? Mit einer Mischung aus Keuchen und Schreien saß Petra plötzlich senkrecht im Bett.

»Nein«, dachte sie. »Das habe ich doch nur geträumt!« Automatisch zog sie die Bettdecke bis zum Hals und schaute vorsichtig neben sich. Da lag niemand. Sie schloss die Augen und ließ sich aufs Kissen zurückplumpsen.

Gottseidank! Blödsinn!! Schade!!! Alles nur geträumt.

Als das Licht im Kino anging, saß nämlich der Ryan Gosling-Typ direkt hinter ihnen und schaute sie mit einem entwaffnenden Grinsen an. Lud sie beide noch auf ein Eis ins *Venezia* ein. Hatte dabei nur Augen für Petra. Zwischen ihnen knisterte es auf Anhieb derartig, dass fast die Papierservietten Feuer fingen. Als Karina sich nach einer Anstandsfrist voll grinsend verabschiedete, bot *er* Petra an, sie nach Hause zu bringen. Wo sie aus Wodka, Eis und Cranberrysaft einen Absacker mixte. Der ihm zu schmecken schien. Seine Hand war dann wie zufällig auf ihrer Schulter gelandet und ihr Kopf an seine gesunken.

»Wie heißt du eigentlich?«, hatte sie noch gefragt, bevor der Abend ungeahnte Fahrt aufnahm und sie mit diesem Hammertyp Dinge tat, die sie schon viel zu lange nicht mehr getan hatte.

»Maik mit ai«, hatte seine Antwort gelautet. Hatte er dabei ein wenig gelacht?

»Und wie weiter?« Es musste wohl so eine Art Berufskrankheit bei ihr sein, alles ganz genau wissen zu wollen.

»Larsson. Meine Mutter ist Deutsche und mein Vater Isländer.«

»Hm«, hatte sie dann noch gemacht, danach lange nichts mehr. Maik, der Halb-Isländer, Larsson, sah sie nach diesem Informationsaustausch mit einem ganz besonderen Glitzern in den Augen an. Ihr wurde heiß und kalt und sie wünschte sich, das Kribbeln in ihrem Bauch würde nie mehr aufhören. Dann beugte er sich vor, noch immer seinen Blick fest in ihren verankert und küsste sie. Heiß und heftig und vor allen Dingen gekonnt. So schmolz sie dahin, wie isländisches Eis unterm Feuer eines Vulkans.

Feuer! Petra schreckte aus ihren betörend aufregenden Erinnerungen an ihren Traum, nichts anderes konnte es gewesen sein, auf, als der Duft nach etwas Verbranntem ihre Nase streifte.

Sie riss die Augen auf und schaute verwirrt hoch, als der Gegenstand ihrer lüsternen Betrachtungen plötzlich leibhaftig vor ihr stand. Splitterfasernackt, bis auf ein Küchentuch, das er sich leger um die schmalen Hüften geschlungen hatte.

»Sorry, Süße, der Toast ist angebrannt, aber ansonsten habe ich uns ein 1A-Frühstück gemacht«, grinste er.

Fassungslos sah Petra zu, wie er ein Tablett vorsichtig auf dem Bett absetzte. Kaffee, Rührei, Butter, klein geschnittenes Obst und sehr dunkel getönter Toast befanden sich darauf.

»Ist doch okay, dass wir im Bett essen?«, flüsterte er und biss sie neckisch in die Schulter. Petra spürte, wie sie errötete, und zog automatisch wieder die Decke nach oben.

»Ich dachte, ich hätte alles nur geträumt«, stammelte sie.

»Wäre dir das lieber?« Er bestrich ein Stückchen Toast mit Butter und reichte es ihr.

»Nö.« Sie starrte ihn an. Diese Augen! Diese Nase! Dieses Kinn! Und diese Schultern! Vom Rest des Bodys ganz zu schweigen. Sie zog automatisch den Bauch ein und fragte sich, was dieser Kerl hier in ihrem Bett machte. Dann fiel es ihr wieder ein und ihre Schamesröte breitete sich bis zum Rand der Bettdecke aus.

Er sagte ihr nicht genau, was er eigentlich in Langen tat.

»Ist geschäftlich«, lautete die Ansage. Und, dass er es noch nicht publik machen könne. Nach dem Frühstück düsten sie in seinem Sportwagen auf den Altstadtmarkt, wo Petra ein paar Sorten Käse, etwas Obst und Gemüse, sowie eine Pflanze für ihren Balkon kaufte. Sie ergatterten einen Platz an einem der brechend vollen Biertische, wo sie gut gelaunt eine Wurst aßen und dazu Weinschorle tranken. Maik zeigte sich lebhaft interessiert an allen Leuten, die an ihnen vorbeizogen.

»Doktor Botox und Frau«, kicherte Petra, noch ganz benommen vom Glück der zurückliegenden Nacht, als die Übelhaus vorbeischlenderten. Dicht dahinter und doch nicht dabei schlich Bertel Morgenroth heran, der auch an diesem Samstag eher unglücklich dreinsah. Besonders, als er am Metzgerstand auf Rigobert Unkelhäuser traf, der dort fachmännisch eine Fleischwurst begutachtete. Der Herausforderer grüßte seinen Kontrahenten fast schon provozierend freundlich, was der nicht ganz so freundlich erwiderte.

Pfarrer Lichtblau schritt heran, schüttelte etlichen seiner Schäfchen die Hände und bedachte die fröhlich zechenden

Schoppepetzer mit nachsichtigem Blick. Nappes saß mit seinen Stammtischfreunden unweit von ihnen ganz nah am Ausschank. Er prostete Petra zu und sie prostete zurück.

Scarlett Bohnenberger erschien, einen verkrampften Zug um den Mund, um am Stand des Hofladens mehrere Flaschen Holundersaft zu erstehen. Auch Archibald Papenhagen badete an diesem Morgen sichtlich gern in der Bewunderung der Menge. Er beschnüffelte und betastete ausgiebig die gesamte Kollektion am Speisepilzstand, seine Entscheidung fiel nach längerem Hin und Her auf irgendetwas Exotisches. Anschließend probierte er sämtliche Weißweine im Angebot des Ausschanks, bevor er sich mit einer Flasche am Vierröhrenbrunnen niederließ.

Petra bemerkte, wie sowohl Nappes als auch der Herr Pfarrer und Professor Doktor Übelhau leicht zusammenzuckten bei diesem Anblick. Sie ahnte auch, warum.

»Genau dort, wo der Mann mit dem hellen Leinenanzug und dem provenzalisch anmutenden Sommerhut sitzt, wurde vor einigen Tagen ein Toter gefunden«, raunte sie Maik zu.

Der hob den Kopf und schob seine edle Sonnenbrille zurecht. »Weiß man schon, wer es war?«

Petra überlegte, wie viel sie ihrer neuen Bekanntschaft erzählen sollte. Bisher war noch kein »Go« von Sigurd Falck gekommen. Was hieß, dass die Kripo die Informationen noch unter Verschluss hielt. Aus welchen Gründen auch immer.

»Nicht wirklich«, antwortete sie daher ausweichend. »Auf jeden Fall um jemanden von außerhalb.«

Ob sie Sigurd mal anrufen sollte? Nachfragen, ob Schwatzkes Namen inzwischen genannt werden konnte? Und warum meldete er sich nicht? Immerhin hatte sie ihm gestern am späten Abend noch ihren Artikel über Nino Blankenburg gemailt. Den dürfte er schon gelesen haben. So eine exklusive Schlagzeile hatte die *Langener Morgenpost* nicht oft. Die hatte man ihr zu verdanken. Sie hoffte, dass sich dadurch ihre Chancen, als festes Redaktionsmitglied angestellt zu werden, erhöhten.

Und dann ritt sie der Teufel. Sei es, dass sie diesen coolen Typen ein bisschen beeindrucken wollte. Oder, dass sie Lust hatte, sich in ein interessanteres Licht zu rücken. Auf jeden Fall hörte sie sich sagen: »Wer immer es war, ich werde es wohl als eine der Ersten erfahren.«

Maiks Kopf ruckte zu ihr herum. Er sah sie mit diesen unglaublich blauen Augen über den Rand der grün getönten Gläser seiner Sonnenbrille an.

»Warum das? Arbeitest du bei der Polizei?« Es war als Scherz gemeint, daher lachten beide auf.

»Das nicht. Ich bin bei der *Langener Morgenpost*.«

Einen Moment war es still.

»Du bist bei der Presse?« Maiks Stimme klang ein wenig gepresst. So, wie am Vorabend. Vor dem Absacker. Als er gefragt hatte, ob sie mit jemandem zusammen sei.

»Nein, überhaupt nicht«, hatte sie wahrheitsgemäß geantwortet.

»Ja, genau!«, entgegnete sie nun hingegen leichthin und beobachtete, wie sich eine Frau mittleren Alters Papenhagen näherte. Vermutlich, um sich ein Buch signieren zu lassen. Und tatsächlich zog sie aus einer Tüte der Buchhandlung *litera* ein Exemplar seines Erfolgsromans hervor. Papenhagen stellte jovial das Glas ab, legte den Knöchel seines linken Beins auf das Knie des rechten, holte mit einer eleganten Bewegung ein Schreibwerkzeug aus der Jacketttasche und sah die Frau mit kalkulierter Freundlichkeit an. Vermutlich fragte er jetzt, was er schreiben solle und kritzelte danach etwas in sein Werk. Die Frau überschlug sich schier vor Freude und ging, mit hochrotem Kopf, das Buch wie eine Trophäe vor ihrer Brust hertragend, davon.

Petra schaute grinsend zu Maik rüber, der seltsam still neben ihr saß. In diesem Moment kam Rigobert Unkelhäuser heran.

»Na, Frau Koslowski, wann erscheint denn der Artikel über mich?«

Petra vertröstete ihn auf frühestens Mitte der kommenden

Woche. Schließlich mussten für die Serie »Langens Bürgermeisterkandidaten« die anderen Bewerber ums Amt auch noch interviewt werden.

»Du schreibst einen Artikel über ihn?« Maiks Stimme hatte sich noch nicht erholt.

»Ja, er gab mir ein Interview für eine Homestory. Ist einer der Kandidaten, die bei der Wahl gegen den amtierenden Bürgermeister antreten.«

Ihr Kinn zeigte in Richtung Bertel Morgenroth, der seltsam unentschlossen zwischen den Ständen umherschritt, dabei mal ein Wort hier und mal ein paar Sätze da mit Bürgerinnen und Bürgern wechselte. Dabei wirkte er, als stünde er sehr weit neben sich.

»Rigobert Unkelhäuser ist der Kandidat, dem die besten Chancen eingeräumt werden. Ich war am Freitagabend in seiner Wohnung. Kurz bevor wir beide uns in der Wassergasse gesehen haben.«

»Ich kann mich erinnern. Du sahst süß aus.« Maiks Stimme war ganz weich, er streichelte kurz Petras Hand, bevor er weitersprach. »Und, was Interessantes über den Herausforderer herausgefunden?«

Petra beobachtete immer noch Bertel Morgenroth, der nun an den Stehtisch trat, an dem Frau Übelhau an ihrem Wein nippte. Was war los mit dem Bürgermeister? So fahrig hatte sie ihn ja noch nie erlebt.

Sie riss sich aus ihren Betrachtungen, um Maiks Frage zu beantworten.

»Etwas herausgefunden über Unkelhäuser? Nein. Der macht auf mich einen fast schon zu normalen Eindruck. Ich kann mir nicht vorstellen, was der für einen dunklen Fleck auf der Weste haben sollte.«

Kaum waren die Worte ausgesprochen, hätte sie sich am liebsten auf die Zunge gebissen.

»Dunkler Fleck? Keinen gefunden?« Maik schenkte ihr noch

etwas Wein nach und beugte sich näher zu ihr. »Einen hat doch jeder.«

Petra wollte aus der Nummer raus. Sie fühlte sich unbehaglich. Plötzlich war ihr Maiks Interesse an Unkelhäuser suspekt.

»Dann verrate mir mal, wo dein dunkler Fleck ist«, verlangte sie mit einem gewollt spitzbübischen Unterton. Maik lachte auf und zuckte die Schultern.

»Finde es raus«, forderte er sie mit einem Grinsen auf. Sein Blick jedoch war dem Mann gefolgt, der den amtierenden Bürgermeister von seinem Stuhl schubsen wollte. Und die Ryan Gosling-Augen waren dabei sehr, sehr dunkel geworden.

22

Marie-Luise Übelhau blickte angestrengt in das Weinglas, das sie zwischen ihren schlanken Fingern drehte, als jemand zu ihr an den runden Stehtisch trat.

»Darf ich mich zu Ihnen gesellen?«

»Herr Bürgermeister«, antwortete sie verblüfft und schob ihre Sonnenbrille ins Haar.

»Ja, ich bin's«, entgegnete er. Wohl im Bemühen, witzig zu sein.

»Wie geht es Ihnen?« Sie hörte selbst, wie mitfühlend ihre Worte klangen. Der waidwunde Blick, den er ihr zuwarf, sprach Bände.

»Ihr Mann ist auch hier?«, setzte er die Konversation fort.

Sie deutete zum Käsewagen hinüber. »Er holt uns was zum Schnabulieren.« Die nächsten Minuten vergingen mit Small Talk, der sich etwas mühsam gestaltete.

Winfried kam zurück, einen Pappteller voller appetitlich angerichteter Käsewürfel vor sich hertragend. »Herr Bürgermeister«, rief auch er. »Sie sehen aber nicht gut aus. Na ja, kein Wunder bei den Umfrageergebnissen.« Dazu lachte er auch noch. Fingerspitzengefühl gehörte nicht zu seinen Stärken.

Die Atmosphäre wirkte augenblicklich angespannt. Winfried merkte nichts und mampfte die Käsewürfel, während sich Marie-Luise an ihrem Weinglas festhielt und Morgenroth aufmunternd anlächelte. Selbst sie würde Unkelhäuser ihre Stimme geben, der Mann hatte innovative Vorstellungen und ihr gefiel, dass er sich als parteiloser Kandidat keinen politischen Mätzchen würde beugen müssen. Aber das musste sie ihrem heute so gedisst daherkommenden Gegenüber nicht sagen. Wo er doch nicht nur seelisch und moralisch am Boden lag, sondern auch noch eine Riesenschramme im Gesicht trug und ein dickes Pflaster auf der Hand.

»Werden Sie am Dienstag auch auf der Spendengala sein?«,

hielt sie daher tapfer die Konversation mit Morgenroth aufrecht.

»Natürlich«, lächelte der, sichtlich hocherfreut, das Thema wechseln zu können. »Das ist eine Ehre für unsere Stadt, dass Frau Ohl dieses großartige Event hier abhalten wird.«

Winfried schnaufte lediglich kurz auf, schüttete die Hälfte seines Weines in sich hinein und - erstarrte. »Hole Nachschub«, murmelte er und verließ eilig den Tisch. Marie-Luise sah ihm misstrauisch hinterher, bis er um die Ecke und damit aus ihrem Sichtfeld verschwand. Sie hätte schwören können, da vorne etwas sehr, sehr Goldhaariges gesehen zu haben. Zu gerne wäre sie ihrem notorisch untreuen Gatten gefolgt, aber sie konnte den Bürgermeister schlecht alleine zurücklassen.

»Prost, Herr Morgenroth«, sagte sie also tapfer und hob ihr Glas. Er tat es ihr gleich.

»Sagen Sie Bertel zu mir«, bat er sie dann. Marie-Luises Brauen schossen nach oben.

»Äh ...«, lautete ihre Antwort.

»Ich bestehe darauf, Marie-Luise.« Jetzt erst hob die derartig Überrumpelte die Augen, um ihn direkt anzusehen. Dieser weiche Tonfall, mit dem er ihren Namen aussprach, dieser direkte Blick, der bis in ihr Innerstes zu dringen schien ...

»Äh ...«, sagte sie noch einmal, weil etwas in der Luft lag, das sie weder greifen noch benennen konnte.

Schon stieß sein Glas an ihres, ein leises »Kling« schwebte zwischen ihnen, dann tranken sie und Bertel, eben noch Herr Bürgermeister Morgenroth, beugte sich schnell zu ihr hinüber. Ein sanfter Kuss streifte ihre Wange.

»Ab jetzt auf Du und Du«, lachte er.

»Was ist denn hier los?«, murmelte Winfried, der plötzlich wieder am Tisch stand. Niemand antwortete ihm.

»Bis Dienstag!«, rief Bertel seiner neuen Duzfreundin noch zu, bevor er beschwingt von dannen zog. Marie-Luise spürte die Röte, die ihr in die Wangen gekrochen war.

Was für ein überaus ereignisreicher Samstagmorgen!

23

Der Sommer meinte es gut dieses Jahr. Er kam so früh, dass an diesem Sonntag bereits schon am späten Vormittag über hr3 ständig die Meldung kam, man möge das Strandbad Langener Waldsee doch bitte per pedes, mit Fahrrad oder öffentlichen Verkehrsmitteln ansteuern und keineswegs mit dem Auto, sämtliche Parkplätze seien belegt.

Karina räkelte sich in einem nagelneuen Badeanzug im Fünfzigerjahre-Stil auf ihrem riesengroßen Tuch, über das sie einen überdimensionalen Sonnenschirm gespannt hatte. Sie las mit atemloser Spannung einen Rhein-Main-Krimi, in dem es um *Finstere Geschäfte* ging. Als Petra sich neben ihr in den Sand fallen ließ, erntete sie lediglich einen schmollenden Blick ihrer Freundin.

»Wo warst du so lange?«, wollte Karina wissen, ohne die Augen ein weiteres Mal von ihrer Lektüre zu erheben.

Petra plagte ein schlechtes Gewissen. Seit dem Freitagabend war sie fast ununterbrochen mit Maik zusammen gewesen. Nach dem Altstadtmarkt waren sie zum Krötsee gefahren und dort lange eng umschlungen spazieren gegangen. Maik hatte ihr von Reykjavík erzählt, seiner Lieblingsstadt. Von Berlin, wo er derzeit wohnte. Und von New York, wo man ihm eine Stelle angeboten hatte. Petra rutschte das Herz in die Hose. Auf eine Fernbeziehung hatte sie ähnlich viel Lust wie auf eine Wurzelbehandlung!

Den Nachmittag verbrachten sie im Eiscafé *Maison de la Glace* in der Nähe von Petras Wohnung am Forstring im Stadtteil Oberlinden. Nach einer kurzen Trennung (»Ich muss mich mal frisch machen und umziehen«, hatte Maik gesagt), gingen sie abends in die Altstadt ins *Treppchen,* wo Petra Maik mit den hessischen Gepflogenheiten wie Sauergespritztem, Handkäs und Grüner Soße vertraut machte. Als wäre es das Selbstverständlichste auf der Welt, verbrachten sie gemeinsam die zweite Nacht bei Petra, die völlig beseelt am Sonntag aufwachte, als die Sonne bereits hoch am Himmel stand. Leider allein. Maik hinterließ lediglich einen Zettel, auf den er geschrieben hatte, er müsse dringend weg, käme aber baldmöglichst zurück.

Erst jetzt fiel Petra auf, dass sie weder seine Handynummer noch sonst irgendeine verwertbare Information besaß. Leise vor sich hinfluchend, verbuchte sie das Ganze als hinrissige Aktion aufgrund von hormonellen Turbulenzen. Als sich ihr feuriger Liebhaber bis zum frühen Nachmittag nicht gemeldet hatte, packte sie ihre Tasche und fuhr zum See.

Während Petra neben der sichtlich verschnupften Karina ihre Siebensachen auspackte, tauchte vor ihr aus dem Wasser Scarlett Bohnenberger auf. Angetan mit einem winzigen Bikini in dunklem Türkis, einer Taucherbrille und einem schmalen Goldkettchen am Fußgelenk, stapfte sie direkt an den beiden Freundinnen vorbei. Sie sah so gut aus, dass Petra nicht umhinkam, aufzustehen und das Fernsehsternchen anzusprechen.

»Ich verstehe nicht, warum Sie sich von Doktor Botox behandeln lassen wollen. Sie sehen doch gut aus, so, wie Sie sind.«

Die Bohnenberger hielt abrupt inne. »Wie kommen Sie denn darauf ...«, antwortete sie in einem affektierten Ton. Dann schien sie Petra zu erkennen. »Ach so. Sie waren ja vor dem *Café Beans*, als diese blöde Schnepfe Lukrezia mich angemacht hat.«

Eine wegwerfende Handbewegung unterstrich ihre Worte. Sie wollte bereits weitergehen, als Petra nach ihrem Arm griff.

»Ich war auch am Dienstag bei Professor Doktor Übelhau in der Praxis. Ich habe Sie dort gesehen.«

Ihre Worte schlugen wie eine Bombe bei der anderen ein.

»Himmel!«, stammelte sie und riss ihren Arm aus Petras Fingern. »Das war doch nur ... ein Vorgespräch!« Dann runzelte sie ihre Stirn und tippte Petra mit dem Finger auf die Brust. »Ach so! Sie sind das dann wohl! Wenn Sie mir noch einmal drohen – dann werden Sie was erleben!«

Einen Moment lang herrschte Stille. Karina hatte ihr Buch abgelegt und beobachtete mit großen Augen die Szene.

»Sie sind doch diese Reporterin, stimmt's?« Scarletts Stimme klang hoch, spitz und – ein wenig ängstlich.

»Ich arbeite für die *Langener Morgenpost*«, konkretisierte Petra. »Nicht für die Klatschpresse. Ich hoffe, Sie verstehen den Unterschied.«

Scarlett öffnete den Mund und schloss ihn gleich wieder, bevor sie dann doch weitersprach.

»Egal wie. Hören Sie damit auf. Sie wissen schon, womit. Und übrigens - Sie können mich mal!«, stieß die dann hervor und eilte davon. Petra sah ihr verblüfft hinterher.

»Was war das denn?« Karina hatte sich aufgesetzt. »Hast du unserem Fernsehsternchen was getan?«

»Nichts, Karina. Das ist es ja. Diese Leute verstehen es einfach nicht, wenn man ihnen eine goldene Brücke baut. Und welche Drohungen ich ihr gegenüber ausgestoßen haben soll, entzieht sich meiner Kenntnis.«

»Die ist doch out«, meinte Karina und schaute Scarlett hinterher. So, wie fast jeder andere in der unmittelbaren Umgebung auch.

»Die war beim Übelhau. Kurz, nachdem sie erfahren hat, dass Lukrezia sie in der Soap ersetzen wird. Was würdest du da vermuten?«

Karina seufzte, deutete auf die leichte Rundung ihres Bauches und die alles andere als modelhaften Schenkel. »Wer die Kohle hat, kann es sich leisten, Patzer der Natur auszugleichen.«

»Soll ich dir mal was sagen, Karina? Wäre ich ein Mann, würde ich jemanden wie dich trotzdem vorziehen. Was nützt alle körperliche Perfektion, wenn die wahre Problemzone das Hirn, das Herz oder der fehlende Humor ist?«

Sie lachten herzlich und danach wagte Petra es auch, ihrer

besten Freundin zu erzählen, was mit Maik gelaufen war. Und sie darüber hinaus um einen großen Gefallen zu bitten. So groß, dass beide lange vor Sonnenuntergang das Strandbad verließen.

»Unmöglich!«

Karinas Tante war wie vom Donner gerührt, als ihre Nichte mit Petra im Schlepptau bei ihr auftauchte. Im Garten ihres Einfamilienhauses in der Beethovenstraße glühte bereits der Grill. Appetitlich angerichtet lagen Würste, Spareribs und vegetarische Spieße für die geladenen Gäste bereit, als die beiden jungen Frauen in das Idyll platzten. Während Karinas Onkel gut gelaunt das Bier kühlte und die Marinaden übers Fleisch strich, hockten die drei Frauen in der Küche zusammen.

»Nino zählt auf euch«, war alles, was Petra dazu einfiel. »Er baut auf das Vertrauen und die Unterstützung seiner Fanbase. Wenn ihr ihn jetzt unterstützt, werden die Langener fortan immer und ewig die Nummer eins bei ihm sein. Glaub mir.«

Es ging hin und her. Die Gäste kamen, die Hausherrin wurde zusehends nervöser. Während die ersten Duftschwaden nach geschmortem Fleisch in die abendliche Luft aufstiegen und dazu leise Musik ertönte, Nino Blankenburg sang spanische Evergreens, wurden die Fronten mehr und mehr aufgeweicht. Petra hatte einige Trümpfe in der Hand. Ein exklusives Meet and Greet, Backstagekarten für eines der anstehenden Konzerte sowie die Erwähnung des Langener Fanclubs in einem in den nächsten Tagen erscheinenden Artikel. »Nebst Interview mit der Fanclub-Leiterin!«

Vor diesem Aufgebot kapitulierte Karinas Tante und stimmte mit Tränen in den Augen zu. »Ich lehne mich da ganz weit aus dem Fenster. Ohne das Votum der Vereinsmitglieder ...«.

Petra beruhigte sie. Was blieb ihr auch anderes übrig. Am morgigen Montag würde die *Langener Morgenpost* einen Knaller landen, der seinesgleichen suchte. Alle anderen würden Schlange stehen, um von ihnen Material zu erhalten. Das aber hatte nur sie allein. Und dazu den exklusiven Zugang zu Nino, der immer noch im *Sterzbacher Hof* auf einem eisgekühlten

Kissen saß, um sein malträtiertes Hinterteil zu schonen.

»Nino ist ein Schatz«, rief sie zum Abschied in die Runde. Einige der Damen applaudierten begeistert. Petra konnte nur hoffen, dass das so blieb.

25

»Sag mal, hat dein Handy einen Sonnenstich? Ich habe gestern mehrfach versucht, dich zu erreichen.« Sigurd Falck saß bereits an seinem Schreibtisch, als Petra ankam. Es war so früh, dass man die Vögel in den Bäumen der Bahnstraße trillern hörte.

Erschrocken griff die Jungreporterin in ihre Tasche. »Ach herrje!«, stammelte sie. Das Ding hatte sie Freitagabend aus gegebenem Anlass ausgestellt und völlig vergessen, wieder einzuschalten.

»Unseren Aufmacher hast du aber schon gesehen?«

Petra nickte. Sie hatte auf dem Weg in die Redaktion bereits einen Zwischenstopp am *Kiosk an der Post* eingelegt, wo sie ihre Frauenzeitschriften kaufte und, wie üblich, ein kleines Schwätzchen hielt. Die Schlagzeile auf ihrem Heimatblatt, das direkt am Verkaufsfenster auslag, war nicht zu übersehen gewesen.

»Ich musste an deinem Text kaum was ändern, hast du klasse gemacht«, brummte Falck und sah Petra mit intensivem Blick an. »Wie kommt es, dass dir dieser Schmusesänger ein derart brisantes Interview gab?«

»Er hat gesagt, er mag mich«, antwortete sie wahrheitsgemäß und schickte ein Grinsen hinterher.

»Kaum zu glauben, nach dem, was er da beichtet.«

Petra zog die Zeitung zu sich.

»Ja, ich bin bisexuell. Ich liebte Männer und jetzt liebe ich eine Frau! - Nino Blankenburgs persönlichstes Interview. Zweiteiliger Bericht. Exklusiv heute und morgen in der *Langener Morgenpost*.«

Der Schlagerstar hatte schonungslos reinen Tisch gemacht. Von seiner Verunsicherung als junger Mann gesprochen. Über wilde Zeiten geredet. Er bereue nichts, sagte er. Für ihn ging es immer um Liebe. »Der Mensch stand im Mittelpunkt, nicht das Geschlecht.« Seit einigen Wochen waren er und Lukrezia ein

Paar. Sie sei, so Nino, seine große Liebe. Happy End, jedenfalls vorläufig.

Petra setzte sich im Redaktionsbüro an ihren PC und schob einen USB-Stick ein. Darauf befand sich der zweite Teil des Artikels. Den hatte sie gestern Abend, nach dem Besuch bei Karinas Tante, noch in die Tasten gehauen.

»Sein Langener Fanclub unterstützt ihn. Die gehen für Nino durch dick und dünn«, rief sie Falck durch die geöffneten Türen hindurch zu, bevor sie ihm den Text schickte.

Eine halbe Stunde später, inzwischen saß das gesamte Team in der Redaktionskonferenz, begannen die Telefone zu klingeln. Sie sollten bis zum Abend nicht mehr damit aufhören. Leser und Leserinnen, Redaktionen anderer Zeitungen - alle wollten ihre Meinung kundtun, ein Statement oder den Artikel ganz oder teilweise nachdrucken. Sigurd Falck ließ alle Telefonate an seine Sekretärin durchstellen, damit nicht die ganze Redaktion lahmgelegt wurde. Dass Nino Blankenburg vorläufig keiner weiteren Zeitung ein Interview geben würde, das hatte er Petra fest zugesagt und sie war sicher, sich auf sein Wort verlassen zu können.

Gegen Mittag, Petra hatte gerade die Homestory von Rigobert Unkelhäuser fertiggestellt, bat Sigurd Falck sie in sein Büro.

»Wir können morgen den Artikel über Leontin Schwatzke bringen. Seine Identität wurde offiziell bestätigt. Nick Tabor vom *Knaller* hat mich bereits angerufen. Sie bringen das natürlich als Riesenstory. Hast du was über Unkelhäuser für ihn?«

Petra schüttelte den Kopf. »Kein dunkler Fleck, weit und breit. Dieser Schwatzke hatte sich in etwas verrannt«, meinte sie. Aber was, wenn nicht? Zum x-ten Mal musste sie an das rote Notizbuch des Klatschreporters denken. Solange es nicht wieder auftauchte, konnte man nichts ausschließen.

»Jetzt jagt eine Schlagzeile die nächste«, brummte Falck und vertiefte sich erneut in seine Unterlagen. Petra schlenderte an ihren Schreibtisch zurück. Ein paar Kollegen schauten neugierig auf, als sie nach dem Telefonhörer griff, beim *Sterzbacher Hof* anrief und sich mit Nino Blankenburg verbinden ließ. Sie wollte fragen, wie es ihm ging und sein Handy war bereits den ganzen Vormittag abgeschaltet.

Nach einigem Hin und Her - Nino hatte verfügt, dass nur drei Personen durchgestellt werden durften, gottseidank war sie eine davon -, erreichte sie ihn.

»Der Rummel ist ziemlich heftig«, meinte er. »Aber ich halte das schon aus. Lukrezia ist ja bei mir.«

»Ach, haben Sie sich getroffen?«, meinte Petra. »Ihre ... äh ... Verlobte ... schien am Freitag gar nicht zu wissen, dass Sie noch in der Stadt sind.«

Einen Moment lang war es still in der Leitung.

»Sie haben sie kennengelernt?« Ninos Stimme klang verunsichert.

»So würde ich das nicht nennen. Sie war in einen Disput mit einer hiesigen Schauspielerin verwickelt.«

»Lukrezia? Unvorstellbar! Sie ist eine Seele von Mensch, die friedfertigste Person, die ich kenne.«

Liebe macht blind und taub, dachte Petra bei diesen Worten und fühlte schon fast so etwas wie Mitleid mit Nino. Sie schluckte eine entsprechende Bemerkung runter und fuhr fort. »Als ich sie fragte, ob sie wegen Ihnen hier sei, war sie bass erstaunt. Sie wähnte Sie in Riga. Darum fragt sich mein Journalistinnenherz natürlich: Was macht Lukrezia in Langen, wenn es nicht um Sie geht?«

Nino schwieg ein paar Sekunden, bevor er, betont lässig antwortete. »Da müssen Sie etwas missverstanden haben. Sie wollte mich überraschen, das ist alles.« Danach beendete er das Telefonat zügig.

Nachdenklich legte Petra auf. Was war da los? Hoffentlich kein Unheil, wo der Schlagerstar doch mit seiner öffentlichen Beichte alles auf eine Karte gesetzt hatte.

Am Nachmittag besuchte Petra ihre Großmutter. Die kochte

ihrer Enkelin erst einmal einen starken Kaffee und wollte ihr danach unbedingt die Karten legen.

»Ich spüre, dass sich in deinem Leben wichtige Dinge tun«, erklärte sie dazu.

Petra erschrak. Zwar zweifelte sie nicht an einer gewissen übernatürlichen Gabe ihrer Oma. Doch dass diese nun auch Schwingungen aus ihrem Innersten aufnahm, war ihr nicht ganz geheuer. Zumal ihr ihre Gefühle für Maik auch nicht geheuer waren.

Sie nahm den Kaffee dankend an, die Karten hingegen lehnte sie vehement ab.

»Weswegen ich gekommen bin - hast du inzwischen eine Ahnung, was der Nappes letzte Woche im *Sterzbacher Hof* wollte? Mir hat er ja etwas von einer Geburtstagsfeier erzählt«, murmelte sie noch und befühlte die nicht mehr existente Beule an ihrem Kopf.

»Es könnte mit dieser Spendengala zusammenhängen. Dafür hat er eine Einladung bekommen.«

»Woher weißt du das?« Der Nappes ein edler Spender? Wo der, wie Petra sehr genau wusste, jeden Cent mehrfach umdrehte und im Leben ein wahrer Schnäppchenjäger und Billigheimer war? Das passte überhaupt nicht zusammen. Ob er sich die Teilnahme erschlichen hatte?

»Er war nicht da und das Kuvert passte nicht in seinen Briefkasten. Da hat der Postbote es bei mir hinterlegt. Auf dem Umschlag prangte groß das Logo von dieser blonden Charitylady drauf, über die in meinem Frauenblättchen neulich ein Artikel stand. Die, die immer so viel Geld einsammelt für Bedürftige.«

Jetzt war Petra richtig neugierig geworden. Eine Verbindung zwischen Nappes und der Ohl, das wäre ja ein Ding. Es würde auf jeden Fall eine Erklärung dafür sein, dass der Rentner im Hotel gewesen war. Nur, warum hatte er sie angelogen? Es war ja nicht ehrenrührig, sich für eine Spendengala zu interessieren.

»Kind, du siehst blass und abgeschlagen aus«, stellte Hanna

fest und strich ihrer Enkelin übers Haar. »Ist was mit dir?«

Petra unterdrückte ein Seufzen und schüttelte den Kopf. Sie wollte ihrer Oma nichts von Maik und seinem merkwürdigen Abgang erzählen. Noch weniger von ihrer Sehnsucht nach ihm und dem Brausepulverfeeling im Blut, das sie in Atem hielt, seit sie dem Kerl das erste Mal begegnet war. Ob sie ihn je wiedersehen würde?

»Nö, lass mal, Oma. Ich bin ein bisschen gestresst, aber sonst geht es mir gut.«

»Falls nicht, lass es dir gesagt sein: Du bist nicht die Einzige in der Stadt, der Liebeswirren zu schaffen machen!«

Petra zuckte zusammen bei diesen Worten. Hatte ihre Oma also die richtige Witterung aufgenommen!

26

Hanna Koslowski machte sich Sorgen um ihre Enkelin. Sie war damit nicht allein. Denn kaum war Petra gegangen, meldeten *sie* sich wieder. Es war, als würde Hanna mit unsichtbaren Fäden in ihr kleines Arbeitszimmer gezogen. Als sie nicht mehr widerstehen konnte, öffnete sie die Tür und blickte in den halbdunklen Raum hinein. Unschuldig stand die Kristallkugel auf dem Tisch. Hanna verdankte ihr ihren Spitznamen, obwohl sie eher die Karten legte oder las, was in den Handlinien geschrieben stand. Die Kristallkugel jedoch war etwas ganz Besonderes. Während Hanna die Karten und das Handlesen beherrschte, schien es bei der Kugel umgekehrt zu sein. Sie ließ sich nicht beherrschen. Zwar gab sie Hanna gelegentlich Antworten auf drängende Fragen, aber meistens lief es andersherum. Sie hatte es noch nie jemandem erzählt. Es klang zu merkwürdig, wenn sie sagen würde, die Kugel riefe sie. So wie jetzt. Ein Knistern lag in der Luft, ein Wispern und Raunen.

Sie setzte sich und legt die Hände auf das milchig-weiße Glas. Unmittelbar darauf spürte sie die pulsierende Hitze unter ihren Fingern, die stets etwas Wichtiges ankündigte. Noch tobten Wolken im Inneren der Kugel, die sich immer dunkler verfärbten. Hanna hatte Mühe, ihre Hände nicht wegzureißen, als sie erkannte, worum es ging. Unheil drohte. Heftiges Unheil. Ganz nah. Zunächst dachte sie, sie selbst sei betroffen, so intensiv war das Gefühl. Als sie sah, um wen es wirklich ging, schrie sie erschrocken auf.

»Nein«, keuchte sie, als sie das ganze Ausmaß der Botschaft erfasste. »Bitte nicht. Nicht Petra!« Ein Sturm war die Antwort, der sämtliche Nebel, die in der Kugel kreisten, in noch dunklere Farben tauchte. Dann, auf einen Schlag, war der Spuk vorbei.

Entsetzt hob Hanna Koslowski die Hände von der Kugel, die nun wieder in kühlem, unschuldigem Weiß vor ihr stand.

Minutenlang saß die alte Frau an ihrem Tisch, so gebeugt, als sei sie nicht Anfang siebzig, sondern schon hundert.

Dann straffte sich ihren Rücken und erhob sich.

»Das lasse ich nicht zu!«, sagte sie in das Halbdunkel um sie herum hinein und ballte die Fäuste. »Niemals!«

27

Scarlett Bohnenberger war stinkwütend. Nicht nur, dass diese blöde Tussi Lukrezia sie am Freitag zur Weißglut gebracht hatte. Nein, jetzt schien auch noch die örtliche Presse in einer Art und Weise auf sie aufmerksam geworden zu sein, die ihr überhaupt nicht gefiel. Sie warf die *Langener Morgenpost* mit dem Artikel über Nino Blankenburg schwungvoll in den Papierkorb im Umkleideraum des Fitnessclubs. Die Geschichte mit Nino war unweigerlich auch die Geschichte von Lukrezia. Dass diese »demnächst eine wichtige Rolle in der Daily Soap« übernahm, und damit »die Langener Schauspielerin Scarlett Bohnenberger« ablöste, hätte diese Koslowski nicht unbedingt schreiben müssen. Zumindest nicht ohne einen saftigen Hinweis auf das Geschäftsgebaren ihrer Konkurrentin. Dass Lukrezia mit allen Mitteln um die Rolle gekämpft hatte, ganz besonders mit körperlichem Einsatz, wie man hörte, wäre doch sicherlich für die Öffentlichkeit viel interessanter als die Tatsache, dass es Veränderungen in der Besetzungsliste gab.

Aber diese Koslowski, die schien ja auch nicht mit offenen Karten zu spielen. Scarlett schnaubte empört und begab sich nach nebenan, in den Trainingsraum, wo ihr persönlicher Coach bereits auf sie wartete. Ein paar neugierige Blicke folgten ihr, vom üblichen Getuschel begleitet. Routiniert schaute sie in den Spiegel. Alles saß, wo und wie es sitzen sollte. Sie schwang sich auf den Crosstrainer und schaute muffelig zu, wie ihr Trainer Zeit und Schwierigkeitsgrad einstellte. Sie nickte automatisch zu dem, was er sagte, obwohl sie überhaupt nicht zugehört hatte. Musste die Reporterin ausgerechnet in dem Moment bei Doktor Botox auftauchen, als sie aus dem Sprechzimmer kam? Diesen Verdacht wurde sie doch nie wieder los. Es war ein wirklich schlechtes Zusammentreffen, dass Nino, der Lover dieser intriganten Kuh Lukrezia, ausgerechnet in der Sterzbachstadt von einem Hund gebissen worden war. Jetzt war sie ebenfalls hier. Aber – hatte ihr nicht jemand erzählt, die Möchtegern-Schauspielerin habe auf eine Frage dieser Reporterin nach Nino ziemlich erstaunt reagiert? So, als wüsste sie von nichts? Wenn das stimmte, war Lukrezia aus einem anderen Grund in die Stadt gekommen. Aber warum? Und wie lange hielt sie sich überhaupt schon hier auf? Scarlett trat nun so heftig in die Pedale, dass ihr Coach anerkennend die Brauen hochzog.

»Du bist ja heute ganz schön in Fahrt«, meinte er.

Oh ja! Er ahnte nicht, wie sehr!

28

Als Petra in die Bahnstraße zurückkam, erlebte sie eine Überraschung. Als sie nach der Klinke des Redaktionsbüros griff, wurde die Tür von innen schwungvoll aufgestoßen und heraus trat – Maik!

»Hey!«, rief sie und spürte, wie in ihrem Inneren etwas anfing, zu glühen. »Wie schön, dich zu sehen!« Er war gekommen! Er wollte sie besuchen! Ihre Arme reckten sich ihm wie von selbst entgegen.

In diesem Moment trat Sigurd Falck durch die Tür. Sein verblüffter Blick wanderte zwischen Petra und Maik hin und her.

»Nanu, ihr kennt euch?«

»Flüchtig«, hörte Petra den Mann sagen, mit dem sie zwei leidenschaftliche Nächte und einen überaus romantischen Tag verbracht hatte. Ein Zusammensein, das sie so schnell nicht vergessen würde.

»Die Stadt ist ja recht übersichtlich«, hängte Maik überflüssigerweise noch dran.

Petra war, als habe sie einen Kübel mit Eiswasser über den Kopf bekommen. Die Hitze schoss ihr gleich darauf in die Wangen und sie trat einen Schritt zurück.

»Na dann«, meinte Falck leichthin. Petra starrte Maik an. Fassungslos, verletzt, wütend. Er gab ihren Blick kühl zurück und folgte Sigurd Falck die Treppe hinunter. Am Absatz drehte er sich ganz kurz um und schaute zu ihr hinauf. Es schien, als wolle er noch etwas sagen. Er tat es nicht und setzte seinen Weg fort.

Petra stakste ins Büro. Sie kam sich vor wie ein Zombie.

»Wer war das eben?«, hörte sie sich krächzen, als Sigurd Falks Sekretärin vorbeiging.

»Der Hammertyp?« Natalie grinste. »Der arbeitet für den *Knaller*. Sigurd und er wollen etwas gemeinsam auf die Beine stellen, ist aber alles top secret!«

»Er ist Journalist?« Petras Mund hatte sich scheinbar mit

Mehl gefüllt. Sie konnte kaum noch sprechen. Außerdem war ihr schlecht.

»Journalist? So würde ich das nicht nennen. Das, was in diesem Blättchen steht, fällt wohl eher in eine andere Kategorie.« Natalie sprach's und verschwand.

Petras Kopf fing an zu hämmern. Was hatte sie Maik im Taumel der Gefühle alles erzählt? Jetzt war ihr klar, dass es ihm nur um eine gute Story gegangen war. Er hatte sie benutzt! Und sie war darauf reingefallen!

Sie wandte sich ihrem PC zu, öffnete das Fenster für die Suchmaschine und gab den Namen *Maik Larsson* ein. Schwuppdiwupp hatte sie seitenweise Einträge. Sie überflog alles, vieles war doppelt und dreifach erfasst. Die aktuellsten Informationen zu seinem beruflichen Werdegang betrafen *Blond*, ein Boulevardmagazin, für das er zuletzt gearbeitet hatte. Davor war er Reporter für *Story!* gewesen. Vom *Knaller* stand da nichts. Vielleicht war sein Wechsel erst kürzlich erfolgt.

Was war das nur für ein Typ? Petra fluchte innerlich. Wenn der ihr das nächste Mal über den Weg lief, konnte er was erleben!

Sigurd kam alleine in die Redaktion zurück. Er rief Petra zu sich ins Büro und bat sie, die Tür hinter sich zu schließen.

»Deine Homestory von dem Unkelhäuser, da musst du noch mal ran«, begann er.

»Echt? Was gefällt dir daran nicht?«, wollte Petra wissen.

»Fragst du mich das wirklich?« Jetzt nahm Sigurd Falks Stimme einen unbekannten Unterton an. Er drehte den Bildschirm seines PC und las einzelne Worte aus ihrem Text.

»Sanierte Altbauwohnung mit Fachwerk, Bücher bis unter die Decke, Profiküche«, sein Blick kehrte zu ihr zurück. »Wenn ich das gelesen habe, weiß ich, dass der gute Mann dreißig Rezepte für Frankfurter Grüne Soße kennt und ein Dutzend Leute linkshändig bekochen kann.«

Petra murmelte etwas vor sich hin.

»Petra, das ist deine erste Geschichte über einen Politiker. Sie ist nett geschrieben, heimelig. Doch das Wichtigste fehlt. Die Essenz. Das, was wir brauchen, um den richtigen Lesestoff für dieses Thema zu bieten. Kurz gesagt, die Leute wollen nicht wissen, was es zu essen gibt, sie wollen wissen, wen sie wählen sollen. Schau dir deine Notizen noch mal an, wenn nötig, geh ein zweites Mal hin, schärf sein Profil. Denn er hat eines, sonst würden nicht so viele Menschen in unserer Stadt hinter dem politischen Nobody Unkelhäuser stehen.« Er beugte sich zu ihr. »Das ist kein Anschiss. Du machst deinen Job gut, dir fehlt einfach noch ein bisschen Erfahrung.«

»Okay, ich kümmere mich drum«, murmelte sie.

»Noch etwas.« Jetzt wurde sein Blick wieder distanzierter. »Die Sache mit dem Schwatzke und alles, was dazugehört, übernehme ich ab sofort selbst.«

»Chefsache?« Ihre Stimme wurde ganz leise bei dem Wort.

»Genau.« Er schwieg und schob die Lippen nach vorn.

»Du traust mir nicht zu, dass ich das Ding schaukele. Willst du das damit sagen?« Sie war in der Sache drin. Sowas von drin. Und jetzt wollte ihr Chefredakteur sie einfach abschießen?

»Petra, du hast das bisher gut gemanagt. Nun braucht es etwas mehr an Erfahrung. Maik Larsson, der Kollege vom *Knaller,* und ich werden das machen.«

»Aber ...«.

»Nix aber! Die Sache ist mit Nick Tabor so abgesprochen und so bleibt es. Für dich habe ich etwas anderes.« Er schob ihr ein Blatt Papier zu.

»Archibald Papenhagen, was hat der denn Neues zu verkünden?«

»Er ist nächste Woche zu Gast in einer literarischen Talkshow. Gut, wenn wir vorher was Aktuelles mit ihm haben. Ich dachte an eine Seite in der Wochenendausgabe.«

Das klang nach Sigurds Versöhnungsangebot an sie.

»Soll ich den zu Hause aufsuchen?«, fragte sie. Immer noch

mit einem beleidigten Unterton in der Stimme.

»Genau. Und was du über ihn schreibst, ist mir wurscht. Hauptsache, es kommen sein Buch, sein Wohnort, sein Bekanntheitsgrad als Bestsellerautor und der Hinweis auf die Talkshow darin vor.«

Falks Telefon klingelte und er nickte ihr deutlich verabschiedend zu, als er nach dem Hörer griff.

»Ah - Nick! Das passt ja gut«, hörte sie ihn noch ausrufen, bevor sie ihren Schreibtisch ansteuerte.

Dieser Maik! Es schüttelte sie so richtig, wenn sie an ihn dachte. Mistkerl! Sie auszuhorchen, nur um ihr dann schnurstracks die Story wegzunehmen. Sie schwor sich, ihm das nie, nie, nie zu verzeihen.

29

»Huhuhu«. Petra hockte auf ihrer Couch, neben ihr saß Karina, vor den Freundinnen stand eine bereits halb geleerte Flasche Wodka auf dem Tisch, der Boden war von zerknüllten Papiertaschentüchern übersät.

»Ach herrje«, sagte Karina ein ums andere Mal.

Petra heulte weiter. Zwischendurch drangen Satzfetzen durch ihr Weinen.

»... dachte, er meint es ernst mit mir ... doch nur so ein Mistkerl ... nimmt mir auch noch den Artikel weg«, schluchzte sie.

Karina nippte an ihrem Glas und tröstete die Verzweifelte, so gut es ging. Es war kein schöner Abend für die beiden Freundinnen. Nach der Wut kam der Frust, gefolgt vom Katzenjammer.

»Ein umfangreicher Bericht über unseren Schreiberling Papenhagen ist ja auch nicht zu verachten«, versuchte Karina ihre Freundin aufzumuntern. Sie war erst gegen neun Uhr abends gekommen, weil sie vorher noch an einem Treffen der Unterstützer der Stadtbücherei teilgenommen hatte.

»Du kannst ihn ja gleich fragen, ob er eine Benefizlesung dort macht«, schlug sie Petra nun vor. »Jeder Cent wird gebraucht, weil Bertel zum x-ten Mal die Stellschrauben im städtischen Haushalt enger ziehen musste.«

Sie seufzte, ahnte sie doch, dass es genau das war, was Unkelhäuser im Wahlkampf gierig zum Thema machen würde.

»Huhuhu«, lautete Petras vielsagende Antwort. Sie war begleitet von einem neuerlichen Griff zur Flasche.

»Du solltest was essen!«, verlangte Karina. Der desolate Zustand ihrer Freundin gefiel ihr gar nicht.

»Nichts im Haus«, nuschelte Petra und putzte sich geräuschvoll die Nase.

»Dann fahr ich schnell ins *Valentina* und hole uns eine Pizza«, befand Karina.

Petra murmelte etwas, das als Zustimmung durchgehen konnte.

Bevor Karina ging, stellte sie ihrer Freundin mit aufforderndem Blick eine Flasche Mineralwasser auf den Tisch.

Sie ahnte, dass in dieser Situation Hopfen und Malz verloren war. Noch nie hatte sie Petra so erlebt. Der Typ musste ihr übel mitgespielt haben!

»Auf jeden Fall sieht der echte Ryan Gosling um Klassen besser aus, das wollte ich dir noch sagen«, warf sie triumphierend in die Luft, bevor sie ging.

In der Pizzeria *Valentina* an der Berliner Allee war im Gastgarten fast jeder Platz besetzt, drinnen jedoch aß lediglich ein älteres Ehepaar an einem der hinteren Tische. Karina suchte zwei Pizzen aus, für sich eine vegetarische Variante, für Petra eine mit allem drum-und-dran und doppelt Käse, um den Hochprozentigen aufzusaugen.

Sie wartete an einem kleinen Tisch in der Nähe der Tür, trank eine Cola und daddelte auf ihrem Smartphone herum. Auf der App »bürgermeisterwahl-langen« kam soeben das Ergebnis der neuesten Umfrage herein. Es sah nicht gut aus für Bertel Morgenroth.

Sie war so vertieft in die Kommentare, die unter den Umfragewerten nun minütlich aufploppten, dass sie gar nicht mitbekam, wer nach ihr das Lokal betrat. Dass sich Sigurd Falck zwei Tische weiter niederließ, bemerkte sie erst, als er mit seinem Begleiter ein Gespräch begann. Den dunkelhaarigen Mann, der bei ihm war, hatte Karina noch nie gesehen. Auf Sigurd Falck hatte Karina einen Brass, seit Petra ihr von den Geschehnissen des Tages erzählt hatte. Wie konnte er ihre Freundin nur so gemein behandeln!

Sie spitzte die Ohren, verstand aber nur Bruchstücke der halblaut geführten Unterhaltung. Dann fiel ein Wort, das Karina sofort elektrisierte. Innerhalb von Sekunden wusste sie, dass sie wissen musste, wie dieses Gespräch weiterging. Fieberhaft uberlegte sie, wie sie das anstellen konnte. Einfach den Platz wechseln? Das war zu auffällig. Genauso wenig konnte sie sich in der Nähe des Tisches herumtreiben. Ihr Blick fiel auf ihr Smartphone. Natürlich! Das war die Lösung.

Die Männer schauten nicht einmal auf, als eine Frau an ihrem Tisch vorbei zu den Toiletten ging. Und sie bemerkten rund zehn Minuten später auch nicht, dass dieselbe Person erneut die Waschräume ansteuerte. Kurz, nachdem sie ihre Pizzen erhalten und bezahlt hatte.

Als Karina das *Valentina* verließ, stieg auf der gegenüberliegenden Seite der Straße ein Mann aus einem flaschengrünen Sportwagen. Er ging eilig auf den Eingang zu, während Karina sich in Richtung zur *Sehringhalle* bewegte, um auf der anderen Seite das Gelände zu verlassen. Kaum in ihrem Auto, spulte sie die Aufnahme zurück, die ihr Smartphone gemacht hatte. Weder Sigurd Falck noch sein Begleiter hatten mitbekommen, wie Karina es beim Hin- und Hergehen hinter einen Pflanzentopf auf der halbhohen Mauer direkt neben dem Tisch der beiden platziert hatte.

Atemlos lauschte sie den Worten der beiden Männer. Obwohl sie den Aufnahmeregler so hoch wie möglich gedreht hatte, gab es immer wieder Stellen, die undeutlich waren. Dennoch, als sie alles abgehört hatte, stieß sie einen entsetzten Laut aus. Was immer Maik Larsson mit den beiden anderen jetzt noch zu besprechen hatte, Karina war sich sicher, das Wesentliche bereits zu kennen.

»Huhuhu« tönte es Karina bereits im Hausflur entgegen. Kopfschüttelnd trug sie die beiden Pizzen nach oben und war bass erstaunt, Petra still auf ihrem Sofa sitzend anzutreffen. Sie hatte sich das Gesicht gewaschen, die Nase geputzt, die Haare gekämmt und sah trotzdem immer noch aus wie ein Häuflein

Elend.

»Du heulst ja gar nicht mehr«, stellte Karina fest. »Ich hätte schwören können, dass ich dich eben noch gehört habe.«

»Muss wohl jemand anderes sein. Warum sollte ausgerechnet ich die Einzige im Haus sein, die Kummer hat?«

Wohl wahr, dachte Karina und platzierte die Kartons auf dem Couchtisch.

»Ich weiß, wer den Reporter umgebracht hat«, platzte es aus ihr heraus.

»Was? Wer denn?« Petra hatte bereits zugegriffen und hungrig abgebissen. Jetzt kaute sie mit vollen Backen und schaute ihre Freundin neugierig an.

»Der Unkelhäuser war's!«

»Hä?« Petra verschluckte sich an Salami, Käse und Tomate und bekam einen hochroten Kopf. Karina war gezwungen, ihr kräftig auf den Rücken zu klopfen, bevor sie fortfuhr.

»Du glaubst nicht, wen ich im *Valentina* gesehen habe.«

Sie schaute ihre Freundin Aufmerksamkeit heischend an.

»Mach's nicht so spannend«, forderte die und griff nach einem Glas. Gottseidank war dieses Mal Mineralwasser drin.

»Deinen Chefredakteur. Zusammen mit einem Mann, den ich nicht kenne.« Sie gab eine Beschreibung des Fremden und Petra wurde blass.

»Das ist Nick Tabor, der Chefredakteur vom *Knaller*«, meinte sie dann tonlos. »War ... war *er* auch da?«

»Du meinst den Kerl, dessen Namen ich in deiner Gegenwart nicht mehr aussprechen darf, wenn mir mein Leben lieb ist? Nein, der war nicht dabei.«

Sie wollte Petra schonen und verschwieg, dass Maik Larsson einfach nur später gekommen war. Das Gespräch, um das es ging, wurde jedenfalls zwischen Sigurd Falck und Nick Tabor geführt.

»Sie haben über den Unkelhäuser gesprochen. Dass der Schwatzke hinter ihm her war wegen einer undurchsichtigen

Angelegenheit. Sie nannten es nur verklausuliert >Das dunkle Geheimnis des ... <, und ich bekam lediglich mit, dass es sich um etwas handelt, das mit Frankfurt zu tun hat. Und jetzt kommt's: Die beiden glauben, dass der Unkelhäuser dort über ziemlich kriminelle Kontakte verfügt. Der Mann ist gefährlich! Für den Schwatzke wurde es bestimmt brenzlig, als er dahinterkam.«

Petra hatte aufgehört zu essen. Sie starrte ihre Freundin mit großen Augen an.

»Gefährlich? Der? Dass ich nicht lache. Außerdem frage ich mich schon, warum Sigurd mich ein zweites Mal zu dem Mann nach Hause schickt, wenn er so viel Schlimmes bei ihm vermutet.«

»Wusste er vielleicht heute Nachmittag noch nicht«, brummte Karina. Die Informationen waren Wasser auf ihre Mühlen. Sie hätte sich, wäre es nötig gewesen, ja schon längst höchstselbst zwischen ihren obersten Chef im Rathaus und seine Kritiker geworfen, wenn es denn etwas gebracht hätte.

»Pffft«, machte Petra, begleitet von einer wegwerfenden Handbewegung. Dann, mit einem Schlag, wurde sie müde. »Sorry, ich muss ins Bett«, schnaufte sie nur noch. Karina stellte vorsichtshalber die Wodkaflasche weg, bevor sie ihre Freundin verließ.

Petra war viel zu betrunken gewesen, um die Brisanz der Informationen in ihrer Tragweite zu erfassen. Morgen, wenn sie den Vollbesitz ihrer geistigen Kräfte wiedererlangt hatte, würde sie sicher ganz anders darüber denken. Das musste Karina nicht abwarten. Diesem Unkelhäuser, dem konnte sie auch selbst eines auswischen.

30

Petra erwachte durch ein anhaltendes Klingeln an ihrer Tür und im sicheren Gefühl, sie sei von einer Dampfwalze überfahren worden. Die Situation kam ihr bekannt vor. Hatte es nicht schon einmal so nachhaltig geklingelt? Heute Nacht womöglich? War da nicht etwas gewesen? Ruckartig setzte sie sich auf, nur um sofort mit einem lauten Stöhnen zurück auf ihr Kissen zu sinken.

Das Klingeln nahm kein Ende, jemand musste mit dem Daumen auf dem Knopf vor ihrer Tür stehen.

»Moment, ich komme«, rief sie. Vielmehr wollte sie rufen. Es kam lediglich ein heiseres Krächzen aus ihrer Kehle.

Langsam, wie in Zeitlupe, fiel ihr wieder ein, was los war. Maik, Sigurd, der Wodka.

»Wasser«, murmelte sie und griff nach der Flasche, die neben ihrem Bett stand. Dabei fiel ihr Blick auf ihre Kleidung. Sie trug Jeans und Shirt vom Vortag.

»Frau Koslowski?«, rief jemand und klopfte zu allem Überfluss auch noch an die Tür. »Sie sind doch da?«. Erneutes Klingeln, das schmerzhaft in ihre Ohren drang. Das würde wohl so schnell nicht aufhören.

Petra schlurfte zur Tür.

»Sie?«, rief sie überrascht aus, als sie ihre Nachbarin erkannte. »Was ist los? Brennt das Haus?«

Das blonde Gift von gegenüber schnappte bei Petras Anblick hörbar nach Luft und trat mit einem Naserümpfen zurück.

»Wie sehen Sie denn aus? Geht es Ihnen nicht gut? Sie schwanken wie ein Schilfrohr im Wind.«

»Ich stehe fest auf meinen Beinen, nur der Boden unter mir bewegt sich«, erwiderte Petra mit so viel Würde, wie sie eben noch aufbringen konnte.

»Aha«, lautete die spitzlippige Antwort.

»Haben Sie vorhin schon mal geläutet?«

»Nee, es ist ja grade mal Viertel nach sieben!«, sagte die Blonde knapp, bevor sie wieder näher trat. »Sie sind doch bei der Presse?«, wollte sie wissen. Petra nickte und griff sich sofort darauf stöhnend an den Kopf. Da hämmerte etwas ganz fürchterlich.

»*Langener Morgenpost*«, präzisierte sie.

»Genau! Und für die habe ich eine tolle Story parat. Betrifft diesen Schönheitsdoc. Übelhau!« Das letzte Wort spuckte sie fast aus.

»Haben Sie Krach mit ihm?« Die Frage war schon raus, da fiel Petra ein, dass sie das nichts anging.

Die Blonde blies die Backen auf und wurde knallrot. »Ist egal, oder?«, meinte sie dann schnippisch. »Für Sie dürfte von Bedeutung sein, dass er sich verschnippelt hat an einer mittelalterlichen Dame aus Neu-Isenburg. Die zerrt ihn jetzt vor Gericht. Wegen erwiesener Unfähigkeit. So!«

Petra starrte ihr Gegenüber verständnislos an.

»Warum erzählen Sie mir das? Sie sind doch mit dem Doc befreundet?«

»War! War befreundet!« Die Blonde schnaubte verärgert.

»Habe ich Sie beide nicht am Samstag noch auf dem Altstadtmarkt gesehen? Sie haben sich unterhalten.« Na ja, als Unterhaltung ging das wohl nicht mehr durch, fiel ihr ein. Es handelte sich eher um einen handfesten Streit.

»Er meinte, ich habe ihm aufgelauert. Ihm und seiner Frau. Um ihn zu einer Entscheidung zu drängen. Dabei wollte ich nur einkaufen. Seither drückt er meine Anrufe weg und ist nicht mehr in seiner Praxis erreichbar. Er hat mich einfach aus seinem Leben gekickt.«

Jetzt glitzerten die Äuglein der Nachbarin verdächtig feucht. Ob sie an das versprochene Cabriolet dachte, das ihr entging, oder ob sie den Doc wirklich gernhatte?

»Sie wollen also den Mann, mit dem Sie bis vor wenigen Tagen ein Verhältnis hatten, ans Messer liefern? Weil er bei einer Patientin Mist gebaut hat? Obwohl das seinen Ruin als

Schönheitsdoc bedeuten könnte?«

Die rachsüchtige Geliebte druckste eine Schamsekunde lang herum, bevor sie bejahte. »Ich bin bereit, Ihnen sämtliche Details zu nennen.«

Der Name, den sie in den Ring warf, sorgte bei Petra trotz ihres Zustands für einen überraschten Ausruf. Die Dame war in der Umgebung keine Unbekannte. Trotzdem, und trotz des Ausnahmezustands, der immer noch in Petras Kopf herrschte, klangen ihre nächsten Sätze ganz klar.

»Ich schlage vor, Sie schlafen eine Nacht über das, was Sie mir sagen wollen. Und ich auch. Man soll solche Dinge nicht überstürzen. Bis dahin ist Ihr Geheimnis bei mir gut aufgehoben.«

Die Blonde schaute recht zögerlich drein.

»Ich muss jetzt duschen, sonst komme ich zu spät ins Büro«, beendete Petra die Konversation.

Eine halbe Stunde später bestieg sie ihr Rad. Zwei große Pötte Kaffee, eine Aspirin und eine Flasche Wasser hatte sie intus und hoffte, es würde, trotz Kater, Kreislaufschwäche und gebrochenem Herzen irgendwie schon gehen.

Gott sei Dank traf sie in der Redaktion weder auf Sigurd noch auf Maik. Beide befanden sich in einer streng geheimen Mission außer Haus, wie es hieß.

Petra seufzte und zog ihren Block mit den Notizen des Besuchs bei Rigobert Unkelhäuser heraus. Die nächste Stunde überarbeitete sie anhand dieser Unterlagen ihren Text. Da noch Fragen offen waren, wählte sie Unkelhäuser auf seinem Mobiltelefon an. Er zeigte sich aufgeräumt und locker. Petra konnte sich beim besten Willen nicht vorstellen, dass er ein dunkles Geheimnis hüten sollte. Was hatte Karina da gestern bloß erzählt? Schemenhaft erinnerte sie sich an etwas so Beunruhigendes wie Lückenhaftes. Egal, sie kam nicht mehr drauf, Karinas genaue Worte hielten sich im Wodkanebel des

Vorabends versteckt. Petra war so in ihre Arbeit versunken, dass sie zunächst gar nicht mitbekam, was an den Schreibtischen um sie herum los war. Urplötzlich lag eine aufgeregte Atmosphäre in der Luft, die sich von einem zum anderen verbreitete.

»Was ist los?«, fragte sie den Kollegen, der am Schreibtisch schräg gegenübersaß.

»Das ist los!«, antwortete er und winkte sie heran. Auf seinem PC war das Fenster eines sozialen Netzwerks geöffnet. Eine Nutzerin namens »Langener Girrrl« schrieb: »Der Mörder ist entlarvt! Noch heute im Laufe des Tages wird der Name derjenigen Person öffentlich gemacht, die am Dienstag nach dem Ebbelwoifest den Journalisten Leontin Schwatzke ermordet hat.«

»Ach du liebes Lieschen«, knurrte Petra. »Wer macht denn so was?«

Als Letztes wandte sich die Userin dann direkt an den Mörder und schrieb: »Wenn Sie Mumm haben, stellen Sie sich. Falls nicht, wird hier gegen siebzehn Uhr ganz Langen Ihren Namen erfahren.«

»Wer mag wohl hinter diesem Posting stecken?«, fragte Petra.

»Egal, wer es ist, die Person zeigt sich reichlich naiv bei dem, was sie tut. Gut, dass sie anonym geblieben ist. Wer so was macht, bringt sich in Gefahr. Einem Mörder öffentlich zu drohen. Tzz!« Petras Kollege schwenkte den Bildschirm zurück und vertiefte sich in die dazu bereits reichlich verfassten Kommentare.

31

Archibald Papenhagen zeigte sich bei Petras Anruf hocherfreut. Ja, er sei in der kommenden Woche Gast in einer TV-Talkshow. Vorab ein Porträt von ihm in der *Langener Morgenpost*? Herzlich gerne. Er gab ihr seine Adresse durch und sie vereinbarten einen Termin für Mittwoch.

Nach diesem Telefonat arbeitete Petra den Polizeibericht ab. Mitten im Text über den nächtlichen Versuch eines Unbekannten, im Nordend ein hochpreisiges Auto zu klauen, hielt sie inne und griff zum Hörer.

»Polizeistation Langen, Hanfstängel«, meldete sich eine ihr wohlbekannte Stimme. Petra zog eine Grimasse. Als ob in der Sterzbachstadt nicht genügend andere Polizisten im Einsatz wären, traf sie immer auf den einen! Sie erkundigte sich nach dem Stand der Dinge in Sachen Schwatzke. Hatte jemand etwas gehört oder gesehen? Gab es gar schon einen Verdächtigen? Nein, lautete die Antwort. Man war damit beschäftigt, ausfindig zu machen, wer im Internet angegeben hatte, Schwatzkes Mörder zu kennen.

»Diese Person ist so sorglos und bringt sich selbst in Lebensgefahr dabei«, brummte der Polizist. »Der Mörder wird sie suchen. Ganz abgesehen davon, dass so eine Information unverzüglich uns mitzuteilen wäre!«

In Petras Kopf fing ein kleines, rotes Lämpchen an zu blinken. Durch den Nebel ihres Katers hindurch versuchte sie, sich an etwas zu erinnern. Was genau hatte Karina ihr am Vorabend erzählt? Es war, als griffe sie nach einem Faden, der ihr ständig wieder aus den Fingern rutschte. Dann, beim fünften Versuch, fiel es ihr ein. Sigurd und sein alter Freund Nick hatten den Mörder enttarnt! Rigobert Unkelhäuser war es! Aber würden zwei gestandene Journalisten so einen Blödsinn im Internet verzapfen? Sicher nicht. Die würden eher nach weiterem Beweismaterial suchen und das Ganze als Riesenartikel bringen.

Aber wenn die beiden nicht hinter dieser Aktion steckten, wer dann? Himmel! Sollte etwa Karina... Sie war die Einzige, die außer den beiden Bescheid wusste!

»Wie weit sind Sie denn schon gekommen bei der Suche nach der Person?« Hanfstängel kam nicht mehr dazu, zu antworten. Plötzlich brüllte im Hintergrund jemand: »Der Post kam von einem Server im Rathaus! Wir gehen da sofort rüber!«

Oh Gott, dachte Petra. Jetzt ging es Karina an den Kragen. Das konnte sie nicht zulassen. Sie beendete das Gespräch und tippt in Windeseile die Nummer ihrer Freundin ein. Das Polizeirevier lag ja direkt neben dem Rathaus, ihr blieben nur Sekunden.

»Du bist enttarnt«, flüsterte sie, als Karinas Stimme erklang. »Die Polizei ist gleich bei dir. Verwisch deine Spuren, wenn du noch kannst.«

»Hä?«, drang es aus dem Hörer, der Rest ging in lautem Poltern unter. Es klang, als ob ein SEK in dieser Sekunde in Karinas Büro eingedrungen wäre. Die schrie empört auf, dann war die Leitung tot.

Sigurd war nicht an den Apparat zu kriegen. Sein Handy gab seit Stunden stoisch die Auskunft, der Teilnehmer sei momentan nicht erreichbar. Die Mobilbox war ausgeschaltet, sodass Petra keine Nachricht hinterlassen konnte. Sie saß wie auf heißen Kohlen. Ihre Situation wurde noch brenzliger, als in der Redaktion zwei Polizisten auftauchten. Hanfstängel war gottlob nicht dabei.

»Wer von Ihnen hat diese Durchwahl?«, hörte sie die an Sigurds Sekretärin gerichtete Frage. Die starrte auf das Blatt Papier, das der Gesetzeshüter ihr unter die Nase hielt. Ihre Durchwahl musste das sein. Es konnte sich nur um den Anruf bei Karina handeln, war sich Petra sicher. Würde sie womöglich als Komplizin verdächtigt? Sie war schon dabei, sich zu erheben, um sich ergeben abführen zu lassen, als Sigurds Sekretärin mit den beiden Polizisten abdrehte und sie in das Büro des

Chefredakteurs bat. Petra sank auf ihren Stuhl zurück. Was hatte das zu bedeuten? Ging die Angelegenheit direkt zum Chef?

Gespannt beobachtete sie die Tür. Die drei kamen erst nach einer guten Viertelstunde wieder heraus. Natalie ernst und sehr blass, verabschiedete die beiden und kehrte in ihr eigenes Büro zurück. Petra musste den Impuls unterdrücken, sofort zu ihr zu laufen, um zu fragen, was es mit diesem Besuch auf sich hatte. Als die Tür zum Sekretariat mit Nachdruck geschlossen wurde, wusste sie, dass etwas gewaltig am Stinken war.

Als Sigurd in die Redaktion zurückkehrte, hatte Petra sich durch ihre sämtlichen Fingernägel gekaut.

»Ich muss dich sprechen!«, rief sie und lief auf den Chefredakteur zu. Zu spät, seine Sekretärin schaffte es vor ihr und bugsierte ihren Boss in sein Büro. Aufgeregtes Stimmengemurmel drang durch die Tür, das nach einer Weile abebbte. Als Natalie herauskam, wirkte sie weniger angespannt als nach dem Besuch der Polizei. Petra fragte gar nicht erst lange nach, sie schlüpfte gleich ins Büro, bevor die Tür wieder zufiel.

»Sigurd, ich muss dich was fragen.« Sie flüsterte fast.

»Falls es um den Artikel über den Mord an Schwatzke geht - vergiss es.« Er war nicht wirklich gut gelaunt.

»Wisst ihr, wer der Mörder ist?«

Sigurd starrte sie an. »Wie kommst du denn darauf?«

Was nun? Sie konnte Karina unmöglich ans Messer liefern. Nicht nur Sigurd würde dann sofort Eins und Eins zusammenzählen und ihre Freundin als »Langener Girrrl« identifizieren. »Drucks nicht so rum, sprich dich aus«, knurrte Sigurd, als sie nicht so recht mit der Sprache rausrücken wollte.

»Jemand hat gestern Abend in einem Lokal etwas aufgeschnappt.«

»Jemand?«, fragte Sigurd gedehnt.

»Ein anonymer Anrufer«, log sie tapfer.

»Wo und was hat das mit mir zu tun?«

Sie besah ausgiebig ihre Fußspitzen, bevor sie antwortete.

»Der Beschreibung nach könnte es sich um dich und deinen alten Kumpel, diesen Tabor, handeln.« So, jetzt war es raus.

»Mensch Petra, bist du bekloppt? Wenn ich wüsste, wer der Täter ist, würde ich das nicht in irgendeiner Kneipe mit dem Chefredakteur eines Sensationsblattes besprechen, sondern in unserer Zeitung schreiben.«

»Dann ist Unkelhäuser unschuldig?«

Sigurd Falck sah seine Mitarbeiterin verständnislos an.

»Was soll Unkelhäuser mit dem Mord an Schwatzke zu tun ...« mitten im Satz brach er ab, sein Blick wurde starr.

»Jetzt will ich genau wissen, was der Anrufer gesagt hat!«

Petra wurde es unwohl. Volle Kanne in einen stinkenden Kuhfladen getreten zu sein, konnte sich kaum unangenehmer anfühlen. Wenn sie sich doch nur besser daran erinnern könnte, was genau Karina ihr erzählt hatte!

»Ähm ... also ... dass du ... also ihr beide davon gesprochen habt, dem Unkelhäuser auf die Schliche gekommen zu sein. Dass der Schwatzke hinter ihm her war.«

War das alles gewesen? Petras Gehirn streikte. Nie wieder Wodka! Alles nur wegen diesem ...

»Maik!« Sigurds Blick war über Petras Schulter gewandert. Die drehte sich schwungvoll um. Da stand dieser Kerl, der Auslöser des Tals der Tränen, durch das sie am Vorabend gewatet war, an der Tür und grinste sie an, als wäre nichts gewesen!

»Hallo«, antwortete er gedehnt. Dabei sah er Petra einen Tick zu lange an. Warum nur löste dieser Mann noch immer ein Kribbeln auf ihrer Kopfhaut und werweissnochwo aus? Sie hob das Kinn und kühlte ihren Blick auf die Temperatur eines Eiswürfels herunter.

»Dann gehe ich jetzt wohl besser«, sagte sie mit höchster Selbstbeherrschung.

»Du bleibst hier.« Sigurd bedeutete Maik, die Tür zu schließen.

»Wer auch immer gestern Abend etwas von dem Gespräch

zwischen mir und Nick mitbekommen hat, was ich unter normalen Umständen für unmöglich halte, das nur nebenbei, hat es völlig falsch interpretiert. Da du nun mal in die Angelegenheit hineingezogen wurdest, will ich dir sagen: Es ging bei unserem Gespräch um Unkelhäuser. Wir wissen inzwischen mit hoher Wahrscheinlichkeit, weswegen Schwatzke hinter ihm her war. Schwatzke fand ein paar unschöne Sachen, die man ihm nachsagen könnte, wenn man bereit wäre, sehr tief zu graben. Und, das ist meine persönliche Meinung, das, was man findet mit viel Fantasie aufzublasen. Nick und ich werden da heute Abend noch ein paar Recherchen anstellen. Davon, dass Unkelhäuser Schwatzke ermordet haben soll, ist kein Wort gefallen.«

»Aber die Polizei, was wollte die denn vorhin hier?« Petra brummte der Kopf, dieses Mal von den vielen Fragen, die darin herumschwirrten wie ein Schwarm aufgescheuchter Bienen.

»Ach, das!« Sigurd winkte ab und ließ sich in seinen Bürostuhl nach hinten fallen. »Jemand hat von einem Computer im Rathaus eine kryptische Nachricht gepostet, den Mörder Schwatzkes betreffend. Und dieser Computer steht ausgerechnet im Büro des Bürgermeisters. Der mich fast zeitgleich von dort aus angerufen hat. Es ging um die Spendengala heute Abend im *Sterzbacher Hof*. Er will einen Scheck überreichen und braucht ein Foto und einen Bericht. Anton schießt die Fotos. Den Artikel wirst du schreiben. Ich hoffe, du hast noch nichts anderes vor.« Er fuhr sich mit einer müden Geste übers Gesicht.

»Und wenn doch?« Sie war jetzt richtig gegen den Strich gebürstet.

»Müsstest du es absagen.«

»Danke, dass ich das so frühzeitig erfahre«, antwortete Petra mit einem leicht patzigen Unterton. War sie hier nur noch das Mädchen für alles?

»Sieh es positiv. Nicht jede Praktikantin kriegt die Chance, sich bei einem solchen Event zu beweisen.«

Sie trollte sich, ohne Maik eines Blickes zu würdigen.

32

Valentina Ohl trug mindestens ein Haarteil auf dem Kopf, eine
Menge glitzernden Schmuck auf sämtlichen freien Flächen ihres
Körpers und ein smaragdgrünes Haute Couture Kleid am Leib,
das überraschend geschmackvoll wirkte. Sie wuselte im Großen
Saal des Hotels zwischen den Gästen herum, die nach und nach
eintrafen und mit einem Aperitif in der Hand
herumschlenderten. Eine Combo aus vier Herren in schwarzen
Smokings spielte wohltemperierten Swing, der die
Geräuschkulisse aus Gläserklingen, Lachen und Stimmen
perfekt unterlegte. Die Gastgeberin wechselte hier und da ein
paar Worte, legte gelegentlich die Fingerspitzen auf Schultern
oder Ellbogen und lachte zwischendurch so perlend, als habe sie
eine Flasche Kohlensäure inhaliert. Petra kam nicht umhin, sie
zu bewundern. Für ihr Engagement und ihre Fähigkeit, Reiche
und Berühmte zu so einer großen Spendengala
zusammenzutrommeln.

»Alles ist hier, was Rang und Namen hat«, verkündete Anton,
bevor er sich mit seiner Kamera ins Gewimmel stürzte. Petra
erkannte Berühmtheiten aus Sport und Politik sowie Promis aus
Film, Funk und Fernsehen. Darunter Scarlett Bohnenberger, sie
war in Begleitung eines Fußballspielers. Auch Nino Blankenburg
war anwesend. Der konnte inzwischen offensichtlich wieder
sitzen und turtelte fotogen mit Lukrezia. Als er Petra erspähte,
winkte er fröhlich zu ihr herüber. Die beiden Paare hatte Frau
Ohl gottlob an weit voneinander entfernt stehenden Tischen
platziert. Aus Zufall, oder hatte sie von den Animositäten gehört?
Petra zückte ihren Block und schrieb die Namen der wichtigsten
Anwesenden auf. Später würde sie sie mit Antons Fotos
abgleichen und diejenigen, die er bisher nicht vor seiner Linse
gehabt hatte, noch ablichten lassen. Die *Langener Morgenpost*
würde, dem Anlass entsprechend, eine Sonderseite drucken. Die
Presse hatte nur bis zum Beginn des Essens Zutritt, danach

würden sie außerhalb des Speisesaals warten müssen, bis der allgemeine Teil des Abends begann, bei dem dann auch wieder Fotos und Interviews zugelassen waren. Petra hatte vor, noch ein paar Statements einzuholen. Erfahrungsgemäß ging das sowieso geschmeidiger vor sich, wenn die Gäste bereits ein, zwei Gläser Wein getrunken hatten.

»Nehmen Sie sich ruhig einen Champagner an der Bar«, raunte ihr die Ohl beim Vorübergehen generös zu. »Ihr Kollege hat sich auch schon bedient.«

Verständnislos sah Petra zu Anton, der zwei kichernde Teenager, Promitöchter eines Frankfurter Schauspielers und einer Designerin, vor der Linse hatte.

»Den da neben dem Kultusminister meinte ich«, konkretisierte Valentina Ohl, nickte zu jemandem in Petras Rücken hinüber und verschwand, eine Wolke von Chanel hinter sich herziehend. Langsam drehte Petra sich um, das Schlimmste befürchtend. Es kam schlimmer. Ausgerechnet Maik verabschiedete sich von dem Politiker und kam grinsend auf sie zu, ein schlankes Glas in der Hand.

»Was machst du denn hier?«, zischte sie ihm zu.

»Dasselbe wie du. Ich bin Journalist, schon vergessen? Der *Knaller* lässt sich so eine Veranstaltung nicht entgehen. Jetzt, wo Leo tot ist und ich direkt vor Ort bin …« Er blickte einen Moment betrübt zu Boden, um gleich darauf das Glas zu erheben. »Auf dein Wohl«, murmelte er dabei.

»Pah!«, machte Petra und drehte ihm den Rücken zu.

»Ich war gestern Abend bei dir. Du warst nicht da«, fuhr er mit leiser Stimme fort. Sein Atem streifte ihr Ohrläppchen, brachte die feinen Härchen zum Vibrieren. Sie wedelte mit der Hand, wie nach einer lästigen Fliege.

»Blödsinn«, knurrte Petra. »Ich war den ganzen Abend zuhause. Hatte Besuch.«

»Ach so!«, seine Stimme klang nun völlig anders, nicht mehr sanft, sondern angestrengt. »Deshalb hast du nicht geöffnet«.

Warum wirkte er so bedrückt bei diesen Worten? War er es nicht gewohnt, dass jemand ihm, dem großen Verführer, widerstand?

Sie sagte nichts von Karina, sollte er doch denken, was er wollte. Eine Weile standen sie schweigend da, bevor die Neugier die Überhand gewann.

»Nur mal so interessehalber, was wolltest du denn von mir?«

»Dir etwas erklären«, antwortete er prompt.

Was, dazu kam er nicht mehr. Die Musik verstummte, ein Gong erklang und Valentina Ohl erklomm die kleine Bühne. Sie hielt eine kurze Ansprache, in der sie sich bei den Anwesenden herzlich bedankte (»Ihr Engagement macht so viel Gutes möglich!«), allen einen schönen Abend wünschte und danach das Galadiner eröffnete. Das war das Zeichen für die Journalisten, den Saal zu verlassen. Im Hinausgehen erspähte Petra zunächst die Ohl, die ebenfalls eilig auf den Flur hinaustrat. Ihr folgte in kurzem Abstand ein Gast. Jetzt, wo das Essen begann? Äußerst ungewöhnlich. Noch ungewöhnlicher war die Identität des Mannes.

»Nappes«, flüsterte Petra. Ohne seine Schiebermütze und seinen Hund hätte sie ihn fast nicht erkannt. Er trug einen Anzug im Trachtenlook, der am Bauch etwas spannte, und schien just an diesem Tag beim Friseur gewesen zu sein.

Er verschwand in dieselbe Richtung, die die Ohl eingeschlagen hatte. Petras Neugier war geweckt. Ohne lange zu überlegen, folgte sie ihm. Dass er eine Einladung zu dieser edlen Veranstaltung bekommen hatte, wusste sie ja bereits von ihrer Großmutter. Dennoch irritierte es sie, ihn hier zu sehen.

Des Spaarbreedche.

Wohin er wohl wollte? Sie schlich ihm nach, was nicht schwierig war. Der Rentner hatte es so eilig, dass er nicht nach rechts oder links blickte. Glücklicherweise schluckte der Teppichboden Petras Schritte. Nappes blieb vor der Tür zur Damentoilette stehen. Er schien tief Luft zu holen, stieß die Tür auf und marschierte energisch hinein. Petra musste einen

Überraschungslaut unterdrücken. Kaum war der Nachbar ihrer Oma im Waschraum verschwunden, eilte sie ihm nach. Die Tür stand noch einen kleinen Spalt offen. Sie stellte ihren Fuß dazwischen, damit sie sich nicht ganz schloss. So wurde sie Zeugin einer denkwürdigen Unterhaltung.

»Bist du verrückt!«, zischte Frau Ohl. »Ich habe dir doch gesagt, dass man uns nicht zusammen sehen darf.«

»Wally, ich muss dich sprechen«, stotterte Nappes.

Petras Brauen wanderten zum Haaransatz. Wally?

»Aber doch nicht hier!«, das war wieder die Ohl.

»Wo und wann denn dann? Seit Tagen versuche ich, dich zu erwischen. Du rufst noch nicht einmal zurück.«

»Natürlich nicht. Niemand soll wissen, dass wir uns kennen! Wie oft muss ich dir das denn noch sagen? Gottlob ist mein Mann heute nicht anwesend, sonst wäre was los!«

Petras Ohr wanderte von näher zur Tür. Worum ging es bei diesem Gespräch?

»Du glaubst wohl, die anderen sind taub und blind?«, ereiferte sich Nappes nun.

»Ach was, fünfundvierzig Jahre bin ich schon weg von hier. Kein Mensch weiß, dass Valentina Ohl mal Walburga Knarz geheißen hat.« Ihre Stimme wanderte leicht ins Hessische bei diesen Worten.

»Ich! Ich habe dich erkannt! Sofort, als ich damals dein Foto in der Zeitung sah!«

Die Ohl murmelte etwas Unverständliches.

»Wally, ich war dir immer ... zugetan. Seit damals, am Birnbaum, im Schrebergarten meiner Mutter ... wir haben es uns geschworen.«

»Himmel! Karl! Das ist fast fünfzig Jahre her. Eine Jugendschwärmerei, mehr nicht. Begreif es endlich.«

Nur noch weinerliche Wortfetzen drangen durch den Türschlitz. »... dir ein Vermögen überwiesen ... immer auf dich gewartet ... nie von dir hören lassen ...«

»Papperlapapp«, unterbrach ihn seine Jugendfreundin harsch. »Das Geld ist für den guten Zweck. Alles andere - vergiss es jetzt. Ich habe meine Herkunft hinter mir gelassen, den Namen gewechselt, sehe der Wally von damals keineswegs mehr ähnlich und bin offiziell fünfzehn Jahre jünger als du. Sieh es ein, deine Schulfreundin gibt es nicht mehr!«

An diesem höchst interessanten Punkt der Konversation angekommen, stockte das Gespräch. So etwas wie ein Schluchzen schwebte durch den schmalen Spalt zu Petra heraus.

Als Valentina weitersprach, war ihre Stimme weicher geworden. »Schau mal Karl, du und ich, das wäre doch nie gut gegangen. Du der Bub von den betuchten Kolonialwarenhändlern. Ich das arme Mädchen aus der Siedlung. Kannst du dich nicht erinnern, wie mich deine Mutter einmal von eurem Hof gejagt hat?«

Beim letzten Satz wirkte ihre Stimme wie mit Metall unterlegt. Nappes seufzte. Ob er daran dachte, dass sich die Verhältnisse inzwischen umgekehrt hatten?

»Ich gehe jetzt zurück in den Saal«, erklärte die Charitylady ihrem Verflossenen. »Und du tust dasselbe mit einem gewissen zeitlichen Abstand. Nach diesem Abend sehen wir uns nie wieder. Denk dran, ich bin verheiratet und habe zwei erwachsene Kinder. Ich kann nicht einfach aus diesem Leben davonlaufen. Und ich will es auch nicht.«

Nein, sicher nicht. Sie war bereits einmal davongelaufen. Der arme Nappes! Jetzt kannte Petra den Grund für sein ewiges Singledasein. Ihre Oma hatte ihn einen Sonderling genannt. Dass eine alte, nie erfüllte Liebe dahintersteckte, konnte ja niemand ahnen.

Valentina Ohl schmatzte ihrem Jugendfreund noch einen Kuss zu und Petra realisierte, dass die Gastgeberin des Abends die Damentoilette gleich verlassen würde. Blitzschnell drehte sie sich um, doch der Flur war einfach zu lang, um unbemerkt verschwinden zu können. So hüpfte sie einfach hinter die nächste

Tür, es war die zur Herrentoilette. Keine Sekunde zu früh. Petra linste durch den Spalt der Tür und sah die Ohl, in ihre Chanelwolke gehüllt, mit Lichtgeschwindigkeit vorbeirauschen. Nappes kam, Augenblicke später, hinterhergetrottet. Er wirkte wie jemand, der etwas Wertvolles verloren hatte.

Petra atmete auf. Doch gerade, als sie die Herrentoilette verlassen wollte, nahte neues Ungemach in Gestalt von Doktor Botox, der direkt auf sie zusteuerte.

33

»Doktor Greifvogel bitte«, sprach Übelhau in sein Mobiltelefon. Petra hockte hinter der angelehnten Tür einer der Kabinen und hoffte, dass ihr Atem ruhig genug ging, damit die hallende Akustik in diesem Raum sie nicht womöglich verriet. Weit entfernt davon, sich belauscht zu fühlen, breitete der Schönheitsdoc indessen sein berufliches Elend aus.

»Die Dame hatte mich nicht darüber informiert, dass sie an einer Silikonallergie leidet. Können wir das verwenden?« Was der Greifvogel darauf antwortete, konnte Petra nicht hören. Sie kannte den Namen des Promianwalts. Der hatte einige Berühmtheit dafür erlangt, seinen durchweg betuchten Klienten Tag und Nacht zur Verfügung zu stehen. Er erzielte sensationelle Ergebnisse, wenn es um Reich gegen Arm ging. Aber in diesem Fall? Die Klägerin war alles andere als unbekannt und darüber hinaus wohlhabend.

Petra spitzte die Ohren. Was für ein seltsamer Abend. Erst wurde sie Zeugin einer intimen Unterredung zwischen Valentina Ohl und Karl Nappes und jetzt noch das.

»Keine Frage. Ich bin gerne bereit, nachzubessern.«

Na, wenn das mal gut ging. Wer einmal verschnippelt worden war, legte sich sicherlich nicht freiwillig erneut unters Messer.

»Hm, hm«, hörte sie Botox murmeln, bevor er eine Tirade gegen seine unzufriedene Patientin losließ.

»... schlaffes Gewebe ... erschwerte Bedingungen ... wurde auf Risiken hingewiesen ...«, vernahm Petra, die unguterweise nun einen ziemlichen Druck auf der Blase verspürte. Ob es der Ort des Geschehens war, der diese momentan höchst unpassende körperliche Reaktion auslöste?

Eine Weile blieb es still, Doktor Botox schien im Waschraum auf und ab und zu tigern. Dabei gab er hin und wieder zustimmende Laute von sich.

»Vergleich? Absolut in Ordnung.«

»Kein Gerichtsverfahren? Perfekt! Was will die alte Schabracke dafür?«

»WAS?? bisschen viel, in der Tat.« Er schien sich stumm zu winden, der nächste Satz ließ auf sich warten.

»Nun gut. Sagen Sie zu.«

Die Auseinandersetzung war damit wohl beendet, das Gespräch ebenfalls. Petra bekam mit, wie sich der Doc noch ausführlich die Hände wusch und dabei leise vor sich hinpfiff, bevor er die Herrentoilette verließ. Erst, als die Tür schon eine Weile hinter ihm zugefallen war, traute sich Petra aus der Kabine. Sie musste nun ganz dringend ein anderes Örtchen aufsuchen. Das nebenan.

Eilig rannte sie zur Tür. Riss sie auf. Schnappte entsetzt nach Luft und blieb wie angewurzelt stehen.

»Was machst du denn auf der Herrentoilette?«, fragte Maik, der direkt vor ihr stand.

»Das geht dich gar nichts an«, fauchte sie zurück, kaum dass sie sich gefangen hatte.

»Du hattest doch kein Rendezvous mit unserem Schnippler?« Seine Augen wurden eine Spur dunkler. Petra spürte immer noch einen Druck auf der Blase, der nun sekündlich stärker wurde.

»Lass mich mal durch«, brummte sie und schob Maik zur Seite. Als sie Minuten später aus der Damentoilette kam, war er verschwunden. Sie atmete auf, ein merkwürdiges Gefühl blieb. Maik hatte sich ihr gegenüber unmöglich benommen, trotzdem kam sie nicht gegen das Herzklopfen an, das sein Anblick immer noch bei ihr auslöste.

»Pah«, murmelte sie vor sich hin. Schnurstracks lief sie den Gang entlang, um wieder zu den übrigen Journalisten zu stoßen, als der Auslöser ihrer widersprüchlichen Gefühle plötzlich neben ihr auftauchte.

»Hast du mir aufgelauert?«, pampte sie ihn an.

»Ach was. Ich musste auch mal. Aber - wo wir hier gerade so

nett beisammen sind - verrate mir doch mal, was du im Herrenklo gemacht hast. Im Gegenzug kriegst du auch was von mir.«

Himmel! Wenn er wüsste, was sie sich wünschte. Sobald sie ihn ansah, ploppte die Erinnerung an die Nächte mit ihm in ihrem ganzen Körper auf wie ein unliebsames Werbefenster im Internetbrowser. Sie schüttelte die lästigen Gefühle ab und fokussierte den fachlichen Inhalt des Gesprächs.

»Zuerst du«, forderte sie und verschränkte dabei demonstrativ die Arme vor der Brust. Noch einmal würde er sie nicht aufs Kreuz legen. In keiner Form.

Maik zog die Brauen nach oben und seufzte. »Du kannst mir vertrauen«, verlangte er. Petra schüttelte den Kopf. »Ich sage dir, was Sigurd und Nick über Unkelhäuser herausgefunden haben.« Petras Nase zuckte ohne ihr Zutun. Ein untrügliches Zeichen für eine Story, die wie die Wurst vor ihrer Nase hing. Rigobert Unkelhäuser gehörte nicht zu den Gästen dieses Abends. Es konnte also durchaus sein, dass die beiden Chefredakteure ihm anderswo auf den Fersen waren!

»Schwatzke war hinter etwas her, das mit ihm zu tun hat. Aber erst jetzt haben sie herausgefunden, was es war. Es geht um seine Herkunft.«

Sollte Unkelhäuser dasselbe Problem wie die Ohl plagen?

»Kommt er aus einem sozialen Brennpunkt? Das ist doch in manchen Parteien heutzutage eher förderlich.«

»Nee. Die Mutter hatte Geld wie Heu. Lebte im Frankfurter Westend.« Maik legte eine Kunstpause ein und hob den Zeigefinger, um zu signalisieren, dass jetzt ein wichtiges Detail der Geschichte folgen würde. Leider wurde er genau an dieser Stelle unterbrochen. Anton, der Fotograf kam nämlich schnellen Schrittes den Flur herunter.

»Es geht weiter, gleich habe ich die politische Prominenz vor der Linse und du kannst deine Fragen stellen«, rief er Petra zu. Zu Maik gewandt fuhr er fort: »Dieser Sänger und die

Schauspielerin habe ich für den *Knaller* schon im Kasten, auch unsere Scarlett. Wen willst du noch für euer Klatschblatt?«

Petra kicherte gemein beim letzten Wort. So trennten sich ihre Wege. Sie würde dem Ministerpräsidenten und dem Bürgermeister Fragen stellen dürfen, Maik musste sich mit den Allerwelts-Promis begnügen. Sie eilte an der Seite von Anton davon.

»Denk dran, du bist mir eine Information schuldig«, rief Maik ihr nach.

Na, da wäre ja immer noch zuerst er dran!

Archibald Papenhagen war in seinem Element. Wie ein verhinderter Fred Astaire schwenkte er die Gastgeberin des Abends durch die Gegend, sein Schriftstellerhaar wehte im Luftzug der temporeichen Drehungen und Wendungen elegant um ihn herum. Valentina Ohl lag wie hingegossen in seinem Arm. Sie kicherte hin und wieder wie ein junges Mädchen, ließ sich den teils wilden Tanzstil ihres Partners jedoch gerne gefallen, ohne über ihre hohen Hacken zu stolpern. Karl Nappes stand mit finsterer Miene im Hintergrund und beobachtete das Treiben mit vermutlich sehr gemischten Gefühlen. Doch trotz der teils akrobatisch anmutenden Figuren des sich wie enthemmt gebärdenden Bestsellerautoren und seiner Tanzpartnerin waren nicht sie das Paar des Abends.

Marie-Luise Übelhau schwebte mit Bertel Morgenroth über das Parkett, und das schon seit Stunden. Niemandem im Saal, auch nicht den wenigen noch anwesenden Pressevertretern, war dieser Umstand entgangen. Die Gattin des Schönheitschirurgen schien von innen her zu leuchten, und das ganz ohne Zutun ihres Ehemannes.

Zunächst hatte kein Mensch drauf geachtet, nach einer Weile folgten belustigte Kommentare, inzwischen glotzten viele bereits ganz offen und hechelten das Thema an den damastgedeckten Tischen durch.

»Wie die sich aufführt«, murmelte jemand.

»Unser Bürgermeister wandelt auf Freiersfüßen«, mutmaßte ein anderer Gast.

»Beim nächsten Tanz holt der Übelhau sein Skalpell und fordert ihn zum Duell«, kicherte eine Stimme dazwischen.

Petra verfolgte die Tanzerei ebenfalls aufmerksam, aus privatem Grund. An derlei Klatsch war man bei der *Langener Morgenpost* nicht interessiert. Einmal, das Paar wirbelte direkt an ihr vorbei, schwirrte ein Satzfetzen an ihr Ohr. »Oh, das warst also du?« säuselte die Arztgattin. Petra erinnerte sich an das, was Karina ihr über ihren obersten Chef erzählt hatte. Waren seine Rosen für Marie-Luise bestimmt gewesen? Hatte er sie anonym abgelegt? Während sie noch darüber sinnierte, was dieser Abend bereits alles an Erkenntnissen zutage gefördert hatte, wanderten ihre Blicke zu Nino Blankenburg. Er saß inmitten einer gut aufgelegten Runde am Tisch, Lukrezia hingegen war nirgendwo zu sehen. Scarlett ihrerseits amüsierte sich köstlich mit Champagner und dem Fußballspieler. Gottlob war der nicht verheiratet, sonst hätte Maik vermutlich etwas von einem »Auswärtsspiel« getitelt.

Mit Fortschreiten des Abends lichteten sich die Reihen. Einige ältere Semester und ein paar stadtbekannte Gesichter, die sich generell stets gerade lange genug blicken ließen, um Erwähnung zu finden, ohne dabei allzu viel von ihrer kostbaren Zeit zu investieren, waren bereits gegangen.

Papenhagen hatte offensichtlich genug von der Tanzerei, er schlich auf einmal mit einem undefinierbaren Gesichtsausdruck herum und schielte dabei ständig auf sein Handy. Als Petra ihn grüßte, murmelte er geistesabwesend etwas vor sich hin. So, als wisse er gar nicht mehr, wer sie war. »Wir sehen uns ja morgen«, wollte sie ihm noch zurufen, da war er schon an ihr vorbei gerauscht.

»Lass uns beide auch mal tanzen«, raunte eine bekannte Stimme in ihr Ohr. Bevor sie sich zur Wehr setzen konnte, hatte

Maik sie am Arm auf die Tanzfläche gezogen. Ohne unerwünschte Aufmerksamkeit zu erregen, würde sie da jetzt nicht mehr runterkommen.

Marie-Luise Übelhau schwebte, leicht wie eine Feder in Bertels Armen, an ihnen vorbei. Der Bürgermeister führte sie geschickt und schmachtete seine Tanzpartnerin mit verklärtem Blick an.

»Oh weia, da sehe ich dunkle Wolken am Ehehorizont heraufziehen«, flüsterte Maik in Petras Ohr. Er hatte sie so dicht herangezogen, dass sie meinte, er müsse ihren Herzschlag spüren.

»Der Doc geht seit Jahren fremd. Der darf sich nicht aufregen«, entgegnete sie unvorsichtigerweise. Bevor sie noch mehr ausplauderte, biss sie sich auf die Lippen.

»Ist es das, was früher am Abend bei eurem Tête-à-Tête auf der Herrentoilette geschah? Oder hat er dir seine Telefonnummer zugesteckt?« Maik sah ziemlich angefressen aus.

»Natürlich nicht«, protestierte Petra. »Was traust du mir denn zu?«

Etwas blitzte in seinen Augen auf, verschwand aber viel zu schnell wieder.

»Worum ging es dann?« Seine Hand lag so sanft und fest zugleich auf ihrem Rücken, es hätte nicht viel gefehlt, und sie hätte geschnurrt wie eine Katze im Wohlfühlmodus.

»Um eine unzufriedene Kundin, mehr sage ich dir erst, wenn du mir die Story mit dem Unkelhäuser erzählst.«

»Okay«, antwortete Maik gedehnt und brachte zwei weitere Paare zwischen sie und den Bürgermeister. Seine Lippen dicht an ihr Ohr gelegt, offenbarte er ihr das Geheimnis.

»Unkelhäusers Mutter führte zu Lebzeiten ein Edelbordell in Frankfurt. War mit den ganzen Großkopferten auf Du und Du. Nur handverlesene Gäste. Von ihr hat der Herausforderer ziemlich viel geerbt. Geld, das er im Wahlkampf einsetzen kann. Das sind die bestätigten Fakten. Außerdem sagt man ihm nach, immer noch rege Kontakte ins Milieu zu haben, insbesondere zum Besitzer eines Securityunternehmens, der öfter mal Streitigkeiten nach Wild-West-Art regelt. Letzteres ist definitiv übles Gerede, das unsere beiden Chefredakteure nicht verifizieren konnten. Was sagst du nun?«

Nichts. Sie sagte nichts, weil ihr diese Information im wahrsten Sinne des Wortes die Sprache verschlug.

»Jetzt du!«, forderte er sie auf.

Ein Schwenk nach links, ein Schwenk nach rechts begleitete das Gesagte. Sanft bog er gleich darauf Petras Rücken nach hinten, wirbelte sie anschließend herum und fing sie wieder auf. Leicht außer Atem hob sie den Kopf. Seine Augen glitzerten direkt vor ihren, er war so nah und dabei doch so fern durch das, was er ihr angetan hatte.

»Warum hast du mir die Story weggeschnappt?«, fragte sie. Maiks Miene verdüsterte sich. »Kann ich dir noch nicht sagen, das habe ja nicht ich alleine entschieden«, antwortete er. »Bist du sauer auf mich?«

Sauer? So würde sie das nicht nennen. Fuchsteufelswild traf es besser.

»Komm, jetzt sag mir, was mit dem Doc los ist«, wechselte er das Thema.

Er hatte sein Wort gehalten, nun hielt sie ihres.

»Hat bei einer Kundin Mist gebaut. Die wollte ursprünglich vor Gericht ziehen. Was ihn mit Sicherheit die Reputation gekostet hätte. Seit heute weiß ich, dass die Frau ihn nicht verklagen wird. Sie haben sich außergerichtlich geeinigt.«

»Wenn Leontin das mit der anstehenden Verhandlung rausgekriegt hat, hätte der Doc ebenfalls ein Mordmotiv.«

»Für ihn geht es um viel Geld und seinen Ruf. Aber tötet man aus diesem Grund?«

»Ach Petra. Menschen machen die schlimmsten Sachen aus noch wesentlich niedrigeren Beweggründen heraus.«

Sie tanzten noch zwei Songs lang, enger aneinandergeschmiegt, als Petra es sich noch vor einem Tag hätte vorstellen können. Danach entschuldigte Maik sich kurz. Als er zehn Minuten später in den Saal zurückkam, war er nicht allein. Ausgerechnet Lukrezia hing an seinem Arm. Sie wirkte ziemlich angeschickert, das machte die Sache nicht besser. Nino Blankenburgs Freundin hatte eindeutig einen im Tee und scharwenzelte um den Reporter herum wie eine rollige Katze.

»Pah!«, dachte Petra. »Wie konnte ich nur schon wieder auf seinen Charme hereinfallen«. Den er offensichtlich nicht nur bei ihr einsetzte. Sie hatte alles beisammen für ihren Artikel. Das war der Grund ihres Hierseins. Jetzt, nach einem Moment der Schwäche, konnte sie wieder klar denken und nach Hause gehen.

Von Maik verabschiedete sie sich nicht.

34

In dieser Nacht träumte Petra von einem Ball. Glückliche Paare tanzten an ihr vorbei, sie selbst schwebte auf einer rosaroten Wolke, die Maik ihr zu Füßen gelegt hatte. Selig schnurrend schmiegte sie sich in seine Arme, als plötzlich ein grelles Geräusch das romantische Schluchzen die Violinen unterbrach.

»Wasisslos«, murmelte sie erst verdattert. Als Nächstes setzte sie sich ruckartig im Bett auf.

Das Geräusch war real, es war ihre Türklingel, die sie so unsanft aus ihrem zuckersüßen Traum riss. Ein Blick auf den Wecker zeigte 00.35 an.

»Wehe ...«, murmelte sie. Wenn das jetzt das blonde Gift von gegenüber war, würde sie sie mit Silikon bewerfen!

Sie war es nicht. Ein großer Strauß roter Rosen stand vor ihrer Tür.

»Hä?« Petra rieb sich die Augen. Die Blumen wanderten nach unten, darüber kam Maiks zerknirschte Miene zum Vorschein.

»Petra ...«, setzte er an.

Er kam nicht weiter, weil sie die Tür schwungvoll zuwarf.

»Lass mich rein! Ich muss dir was erklären!«

Petras Stirn sank gegen die Türfüllung. Sie kochte vor Wut. Einerseits. Sie sehnte sich nach ihm, ganz besonders nach den Gefühlen, die der Tanz mit Maik bei der Spendengala und ihr rosaroter Traum von soeben in ihr ausgelöst hatten. Andererseits.

Das Gefühlschaos in ihr fühlte sich an wie ein Ball, der von innen gegen ihr Herz getreten wurde.

»Ich schlafe«, verkündete sie tapfer.

Er klopfte gegen die Tür.

»Du bist wach genug für das, was ich dir zu sagen habe. Nur fünf Minuten!«

Petras Blick fiel in den Spiegel. Wie sah sie überhaupt aus? Die Haare standen zu Berge und sie trug ein übergroßes Schlaf-Shirt, das seine besten Tage schon lange hinter sich hatte.

»Petra, sei nicht zickig.«

Wenn er so weitermachte, weckte er die gesamte Nachbarschaft. Sie öffnete die Tür einen klitzekleinen Spalt. »Wenn ich dich ganz kurz reinlasse, gehst du auch gleich wieder?«

»Versprochen.« Er unterstrich seine Worte mit einer Geste, in der er ihr den Rosenstrauß entgegenstreckte.

Dann war er in der Wohnung. Sie nahm die Blumen entgegen und tapste auf bloßen Füßen in die Küche, um sie in eine Vase zu stellen.

»Wollte Lukrezia die nicht?«, fragte sie schmallippig. Das Bild, wie Ninos Freundin an Maiks Arm gehangen und ihn angestrahlt hatte, stand überdeutlich vor ihrem inneren Auge.

»Lukrezia? Warum sollte ich der rote Rosen schenken?« Maiks Verblüffung schien echt.

»Sie klebte an dir wie Kaugummi.«

Maik starrte sie mit verständnislosem Blick an.

»Sie wollte nichts von mir. Hatte einen gehörigen Schwips und war nicht mehr ganz sicher auf den Beinen, darum hängte sie sich bei mir ein. Dabei tippte sie ununterbrochen auf ihrem Handy herum. Ich glaube, wir haben kaum drei Worte miteinander gewechselt.« Dann brach er in lautes Lachen aus. »Herrje«, japste er. »Du müsstest mal dein Gesicht sehen. Du bist ja eifersüchtig.« Er stupste seinen Finger auf ihre Nase und sie spürte, wie sie errötete.

»Lass das. Sag mir lieber, was du von mir willst.«

»Ist das nicht offensichtlich?« Sein Kinn zeigte in Richtung der Rosen.

Einen Moment lang sahen sie sich schweigend an.

»Mir ist kalt«, murmelte Petra und schob sich an Maik vorbei. Im Schlafzimmer lag ein Berg Klamotten auf einem Sessel. Sie zog unter dem Wust eine Strickjacke heraus und zog sie über. Als sie sich umdrehte, stand ihr Besucher direkt hinter ihr. Sein Blick war dunkel und ernst. Einen Augenblick lang war es, als hätte es die Differenzen der letzten Tage nicht gegeben. Petra sehnte sich danach, in seinen Armen zu versinken, um dort weiterzumachen, wo sie am Sonntagabend aufgehört hatten. Hier, in genau diesem Schlafzimmer. Und er sah aus, als ginge es ihm genauso. Gleich darauf fiel ihr wieder ein, warum sie so wütend auf ihn war. Sie zerstörte die verführerische Stimmung durch ein raues »Gehen wir wieder in die Küche.«

Dort hockte sie sich auf einen Stuhl, zog ein Bein nach oben und stützte ihr Kinn darauf ab. Maik blieb, an die Arbeitsplatte neben dem Herd gelehnt stehen.

»Ich bin dir noch eine Antwort schuldig«, setzte er an. »Dass du wütend auf mich bist, kann ich verstehen. Immerhin habe ich mich nicht als Journalist geoutet. Als ich Sigurds Angebot annahm, mit ihm gemeinsam an der Unkelhäuser-Story weiterzuarbeiten, musstest du natürlich glauben, dass ich mit dir ein falsches Spiel gespielt habe.« Petra sagte nichts, sie zwirbelte eine Haarsträhne und starrte auf einen Fleck auf der Tischplatte.

»Dabei ging es darum, dich nicht in diese Sache mit hineinzuziehen. Wir wussten anfangs nicht, ob was an den Gerüchten dran ist. Unkelhäuser schien durch seine angeblichen Verbindungen in die Halbwelt verdächtig.« Seine Stimme war drängend. »Sigurd wollte keinesfalls, dass außer ihm, mir und Nick jemand etwas darüber erfährt. Er ist sowieso der Meinung, dass diese Geschichte nicht in die Öffentlichkeit gehört.« Maik starrte kurz auf seine Fußspitzen, bevor er weitersprach. »Das war der Grund, warum ich nicht wollte, dass er von der Sache zwischen mir und dir erfährt. Ich habe so getan, als würden wir uns nicht kennen. Montagnacht war ich hier, wollte dir alles erklären. Doch auf mein Klingeln hast du nicht geöffnet.« Ein leicht beleidigter Blick streifte sie. »Du hattest ja Besuch.«

Aha. Also war auch er eifersüchtig!

»Verzeihst du mir?«

Dieser Blick!

Petra schnaubte kurz. Dachte an den Wodka und die Nacht der Verzweiflung, nachdem sie sich von Maik verraten geglaubt hatte.

»Das sage ich dir morgen«, antwortete sie. Er ahnte vermutlich nicht mal annähernd, wie viel Selbstbeherrschung sie dafür aufbringen musste.

»Gut. Bis morgen. Gute Nacht.« Noch bevor sie ihn daran hindern konnte, zog er sie an sich und küsste sie sanft auf die Stirn. Gleich darauf hatte er sich umgedreht und ihre Wohnung verlassen. Erst jetzt nahm sie den Duft der Rosen wahr. Schwer und süß und verdammt verwirrend.

35

Das Klatsch-Gespräch des Tages zog sich bereits am nächsten Morgen wie ein buntes Band die Bahnstraße entlang. Wohin Petra auch kam, wurde über Bertel Morgenroth und Marie-Luise Übelhau gesprochen.

»Unser Bürgermeister wandelt auf Freiersfüßen«, erfuhr sie am *Kiosk an der Post*, quasi als Zugabe zu ihrer Zeitschrift.

»Doktor Botox war heute schon hier. Er schäumt vor Wut«, verriet die Bäckersfrau, während sie eine Brezel und ein Stückchen in die Tüte packte.

Und im Schreibwarenladen wurde sie gefragt, ob sie mit dem neuen Stift in ihr neues Notizbuch denn schon was über das Eifersuchtsdrama der letzten Nacht schreiben wolle.

Sigurd kam aus seinem Kabuff und schüttelte den Kopf, als er sie sah. »Sag mal, spinnen die alle oder stimmt das? Der Morgenroth und die Frau vom Übelhau? Gestern auf der Spendengala?«

Petra winkte ab und ließ ihre Tasche neben dem Schreibtisch zu Boden fallen. »Ein heftiger Flirt, das war nicht zu übersehen. Aber ob die zarten Bande, die da geknüpft wurden, auch im hellen Licht des heutigen Morgens noch Bestand haben - wer weiß das schon?« Ihr Blick glitt weiter, durchs Fenster in die Unendlichkeit des blauen Himmels, gleichzeitig spürte sie ein Lächeln auf ihren Lippen, das ohne ihr Zutun immer breiter zu werden schien.

Sigurd sah sie verständnislos an. »Und auf welcher Wolke schwebst du?«, fragte er.

Im selben Moment flog die Tür auf und Maik Larsson betrat die Redaktionsräume.

»Hi, Petra«, er grinste zu ihr herüber und hob grüßend die Hand. Ihr Blick verflocht sich mit seinem, fing die stumme Frage auf. Als Antwort begann die Luft zwischen ihnen zu brennen.

»Ach so«, machte Sigurd und sah mit hochgezogenen Brauen

zwischen ihnen hin und her.

Maik räusperte sich bedeutungsvoll, anschließend beeilte er sich, an seinen provisorischen Schreibtisch im Besprechungsraum zu kommen.

»Zarte Bande also, hm, hm«, hörte Petra ihren Chefredakteur murmeln, während er in sein Büro zurückging.

Petra grinste vor sich hin und packte Notizblock und Diktiergerät aus. Die nächsten zwei Stunden verbrachte sie konzentriert an ihrem PC und übertrug sämtliche Eindrücke des vorangegangenen Abends in einen Artikel. Prachtvoll, unterhaltsam und ergiebig war die Spendengala gewesen. Die Gäste hatten das Hotel satt, zufrieden und gut gelaunt verlassen - zumindest die meisten. Und die Charitylady Ohl war, ob des unvergleichlich hohen Spendenaufkommens, mit der Sterzbachstadt am Ende versöhnt.

Lediglich Nappes und Übelhau hatten wohl keine prickelnde Erinnerung an den Abend. Aber derlei Themen waren sowieso nicht Gegenstand von Petras Berichterstattung.

Gegen Mittag verschwand Maik mit geheimnisvoller Miene. Kurz darauf ploppte eine SMS von ihm auf Petras privatem Handy auf.

»Bin im Teeladen auf der Bahnstraße. Kommst du nach?«

Sie hatte schon den Finger auf der Tastatur, um ihm zurückzusimsen, als das Telefon auf ihrem Schreibtisch klingelte.

»Karina!«, rief Petra erleichtert aus, als sie die Stimme ihrer Freundin erkannte. »Ich habe mir schon Sorgen um dich gemacht.«

»Hast du meine SMS nicht bekommen? Ich schrieb doch, dass alles in Ordnung ist und die Polizei mich nicht im Verdacht hat.«

Doch, ja. Petra war erleichtert gewesen, nachdem Karina Entwarnung gegeben hatte. Wer im Rathaus die geheimnisvolle Meldung gepostet hatte, schien nach wie vor unklar.

»Ich kann mir keinen Reim darauf machen. An Bertel Morgenroths PC kommt ja eigentlich niemand.«

»Als ich das Posting sah, glaubte ich schon, es sei von dir«, gab Petra zu.

»Wenn ich ehrlich bin - darüber nachgedacht habe ich. Nachdem ich glaubte, dass Unkelhäuser der Mörder ist.«

»Stopp!«, rief Petra. »Das ist alles ganz anders. Vergiss die Geschichte bloß ganz schnell wieder. Unkelhäuser hat überhaupt nichts mit der Sache zu tun. Du hast doch hoffentlich niemandem davon erzählt?«

Am anderen Ende blieb es beunruhigend lange still. »Nur einer Kollegin. Sie absolviert zurzeit ein Praktikum in der Presseabteilung.«

Presseabteilung! Petra wusste sofort, wer gemeint war. Jung, weiblich, ehrgeizig. Morgenroth-Fan. Mit tausend Hashtags auf Twitter und sonstwo engagiert.

»Um Himmels willen. Kommt sie an Bertels Computer?«

Karina gab einen erschrockenen Laut von sich. »Eigentlich nicht. Wenn er das Ding nur nicht immer anließe, während er im Haus Termine hat.«

»Also kommt sie dran«, stellte Petra dumpf fest.

»Sie hat ziemlich viel bei ihm zu tun«, musste Karina kleinlaut zugeben. Vermutlich wurde ihr jetzt erst klar, was sie angerichtet hatte mit ihren unbedachten Worten.

Vor dem Besuch bei Papenhagen blieb gerade noch Zeit für einen Eistee im kleinen Hofgarten des Teeladens. »Ich lade dich heute Abend zu einem schönen Essen ein«, kündigte Maik an. »Nur wir zwei. Ganz in Ruhe.«

Voller Vorfreude auf den Abend schwebte Petra nach dieser Ankündigung fast schon in die Vierhäusergasse, in der Papenhagen ein idyllisch verwinkeltes Häuschen bewohnte.

»Hereinspaziert«, bat er. Petra fiel sofort auf, wie blass und nervös er wirkte. Der Erfolgsschriftsteller schien die Strapazen des vorangegangenen Abends nicht gut weggesteckt zu haben.

Ihr Gastgeber führte sie in ein leicht verwinkeltes Wohn- und

Arbeitszimmer mit niedriger Decke. Zwei wuchtige Ledersessel standen sich dort gegenüber, ein Couchtisch aus dunklem Holz dazwischen. An der Wand hingen zwei Gemälde, die das alte Langen zeigten, zeitgenössische Motive des Langener Malers Johannes Georg Görg. Zu weit weg, um einen neugierigen Blick darauf zu werfen, stand unter einem kleinen Sprossenfenster ein Schreibtisch, darauf ein Computer, umrahmt von Papierstapeln.

»Kaffee? Tee? Wasser?« Händereibend unterbrach der Erfolgsautor die gegenseitige stumme Musterung.

»Ein stilles Wasser wäre gut«, bat Petra. Sie ließ sich in einem der Sessel nieder und kramte ihren Notizblock hervor. Papenhagen verschwand in der Küche, kam gleich darauf mit dem Wasser zurück und ließ sich Petra gegenüber in einen Sessel fallen.

»Womit fangen wir an?«, wollte er wissen. Sein linkes Augenlid zuckte nervös, als würde er das erste Mal interviewt. Petra wollte gerade die einleitende Frage stellen, wie er sich auf eine anstehende Lesetour im deutschsprachigen Ausland vorbereite, als durch das geöffnete Fenster ein ohrenbetäubender Lärm hereindrang.

»Bauarbeiten im Haus nebenan«, schrie Papenhagen und schloss das Fenster mit Nachdruck. Der Lärm war nun gedämpft, aber immer noch zu hören.

Die Frage beantwortete er danach lang und breit und mit sichtlichem Stolz. Immerhin wurde die Einladung zu den Lesungen durch ein renommiertes Literaturinstitut ausgesprochen. Petra kam während des ausufernden Monologs nicht zu Wort. Sie schrieb die wenigen interessanten Details mit und trank ihr Wasser.

Bei einer Atempause ihres Gegenübers hakte sie schnell ein, um voranzukommen. So arbeitete sie eine nach der anderen Frage ab, bis sie zu der vorletzten kam. Ob es stimme, dass die Filmrechte an *Das späte Glück des Berthold Gregorius* verkauft seien?

»Ja«, hub Papenhagen an. »Die Rechte sind verkauft. Es wird einen Fernsehzweiteiler geben.« Weiterhin ließ er sie wissen, welche Mitspracherechte er sich, selbstredend, habe einräumen lassen. Das fing mit einem bestimmten Musikstück an, das »unbedingt« im Film gespielt werden musste, und ging bis hin zu den Darstellern einiger Figuren. »Ich habe da Präferenzen«, teilte er Petra mit.

»Scarlett Bohnenberger?«, fragte sie hoffnungsvoll. »Wäre doch eine schöne Langener Connection.«

»Äh - nein. Fräulein Bohnenberger passt sicherlich nicht in ein so anspruchsvolles Projekt«, antwortete er salbungsvoll und Petra strich die Frage auf ihrem Block durch. Das Starlet hatte schon genug Häme am Hals, da musste man so etwas nicht auch noch schreiben.

»Wollen Sie das Musikstück mal hören?« Gerade war draußen Ruhe eingekehrt. Bevor Petra sich äußern konnte, schritt Papenhagen bereits zu seinem CD-Player und schob eine Scheibe ein, woraufhin ein gewaltiges Brausen aus Blas- und Streichinstrumenten ertönte.

»Gustav Mahler«, erläuterte Papenhagen, schloss die Augen, legte die Fingerspitzen aneinander und den Kopf in den Nacken. Petra lauschte dem gewaltigen Musikstück schweigend. Etwas anderes konnte man bei dieser Geräuschkulisse nicht tun. Oder doch? Ihre Blase drückte bereits wieder.

»Herr Papenhagen, kann ich mal Ihr Bad benutzen?«, schrie sie ihm ins Ohr, woraufhin er aus seiner Versenkung hochschreckte. »Aus dem Zimmer, hoch in den ersten Stock, rechts den Gang entlang, die letzte Tür links«, instruierte er sie, sichtlich irritiert über ihre mangelnde Hingabe an die Musik.

Petra suchte sich den Weg den schmalen, ungeraden Flur entlang. An einer Tür hing ein kleines gerahmtes Foto, das ein hölzernes Plumpsklo mit einem Herzchen drin zeigte. Hier war sie richtig. Die Tür klemmte, sie musste kräftig drücken und dagegentreten, bevor sie überhaupt aufging. Im Nachbarhaus wurden die Bauarbeiten mit Vehemenz fortgesetzt. Sie spürte die Erschütterung unter ihren Füßen und sinnierte dabei über die letzten beiden Fragen nach, die sie Papenhagen stellen wollte. Wenn ihre Verabredung mit Maik nicht platzen sollte, musste sie den Redeschwall des Autors bremsen. Nur wie? Der Mann war so eitel, dass es nicht mehr schön war.

Sie seufzte leise und griff nach dem Halter mit Toilettenpapier. Fehlanzeige! Der fühlte sich leider nur kühl und glatt an, es hing keine Papierrolle drauf.

Lautlos fluchend sah Petra sich in dem winzigkleinen Gästeklo um. Kein Papier, weit und breit. Papenhagen zu rufen, kam nicht infrage. Einerseits würde er sie in dieser Lärmkulisse wohl kaum hören. Andererseits war die Situation schon peinlich genug. Petra untersuchte ihre Hosentaschen und fand zu ihrer Erleichterung ein frisches, sauber gefaltetes Papiertaschentuch, das nun zum Einsatz kam. Sie zog die Wasserspülung, wusch sich die Hände mit einer herb duftenden Seife, strich ihr Haar zurecht und wollte die Gästetoilette verlassen. Sie drehte den Schlüssel, drückte den Türgriff und zog. Nichts tat sich. Sie zog erneut, noch immer nichts. Die Tür klemmte tatsächlich arg. Petra ging jetzt aufs Ganze, sie rüttelte so kräftig an der Tür, dass diese mit einem heftigen Ruck aufsprang, der sie rückwärts ins Taumeln brachte. Fast wäre sie erneut auf der Kloschüssel gelandet, sie konnte sich gerade noch rechtzeitig abfangen.

»Verdammt, diese alten Häuser«, murmelte sie zu sich selbst, während sie, endlich befreit, von außen die Tür kräftig ins Schloss zog.

Die Mahlersinfonie hatte sich unterdessen in die Höhe geschraubt und war danach fast schon abrupt zu Ende gegangen, gleichzeitig mit dem Lärm der Bauarbeiten nebenan. Es war auf einmal unwirklich still in der Wohnung. Bis auf einen Rumms, der aus dem unteren Teil des Hauses kam. Aus unerklärlichem Grund überlief Petra ein kalter Schauer.

»Herr Papenhagen?«, rief sie in die Stille hinein. Sie war an der

Treppe stehengeblieben. Unten rührte sich nichts. Langsam stieg sie ins Erdgeschoss hinunter. Im Flur angelangt, sah sie, dass die Haustür offenstand. Hatte er sie nicht gehört, weil er nach draußen gegangen war? Sie blickte hinaus. Auf der Gasse war kein Mensch, in dem winzigen Vorgarten ebenso wenig. Sie drehte sich um und in diesem Moment sah sie ihn. Papenhagen lag zwischen Diele und Küche auf dem Bauch, an seinem Kopf klaffte eine blutende Wunde und neben ihm lag ein hölzerner Fleischklopfer. Den jemand so zweckentfremdet wie gezielt eingesetzt hatte!

36

»Herr Papenhagen!« Petra eilte zu dem Darniederliegenden und hielt ihm einen Finger unter die Nase. Gottseidank, er atmete! Verbandszeug musste her. Aber zunächst warf sie einen Blick ins angrenzende Wohnzimmer. Es war leer. Wer immer dem Schriftsteller eins auf die Rübe gegeben hatte, hatte bereits das Weite gesucht. Der Verbandskasten fand sich in der Küche unter der Spüle und beinhaltete eine dicke Mullbinde. Die wickelte Petra dem Besinnungslosen um den Kopf. Als er erst einmal versorgt war, tippte sie die Nummer des Notarztes ein. Der kam gottlob ganz schnell und nach einem hastigen Informationsaustausch hob man Papenhagen auf eine Bahre und schleppte ihn in den Krankenwagen. Erst jetzt realisierte Petra, dass sie auch die Polizei anrufen musste. Sie stopfte den Rest der Mullbinde wieder in den Verbandskasten und trug ihn in die Küche. Als sie ihn unter die Spüle zurückstellte, fiel ihr am Boden ein Päckchen auf, das vorhin noch hinter dem Verbandskasten verborgen gewesen war. In Zeitungspapier gewickelt, lag dort etwas von der Größe eines dicken Heftes. An einer Stelle war das Papier aufgerissen. Selbst in dem diffusen Halbdunkel, das unter Papenhagens Spüle herrschte, war zu erkennen, dass der Inhalt rot war. Petras Herz fing plötzlich an, heftig zu klopfen. Sie schob Flaschen mit Spül- und Putzmitteln beiseite und griff nach dem Päckchen. Durch die aufgerissene Stelle schimmerte rotes Leder. Sie wusste sofort, dass sie den Inhalt bereits einmal gesehen hatte. Ohne zu zögern, riss sie das Papier ab. Falls sie sich irrte, würde sie Papenhagen eben erzählen, das Malheur sei passiert, als sie den Verbandskasten herausgeholt hatte.

Sie irrte sich nicht, sondern erkannte das Notizbuch, noch bevor sie es geöffnet hatte. Es war die Kladde, die sie aus Schwatzkes Hotelzimmer geholt hatte!

37

Nach der ausführlichen Befragung durch zwei Polizisten konnte Petra es kaum erwarten, nach Hause zu kommen. Dort warf sie sich sofort aufs Sofa, kramte das Notizbuch aus ihrer Tasche und blätterte eilig darin herum. Je mehr sie las, desto wütender wurde sie. Dieser Schwatzke hatte keine Scham und keine Grenze gekannt. Wann immer er etwas über halbwegs prominente Leute herausfand, setzte er sich wie ein Trüffelschwein auf deren Fährte und wühlte sich ganz tief hinein in den Schmutz.

Während sie atemlos las und blätterte, summte ihr Handy. Nicht das erste Mal an diesem Abend. Doch sie war so absorbiert gewesen von dem, was sie las, dass sie es einfach ignoriert hatte. Jetzt griff sie geistesabwesend danach.

»Wo bist du?« Es war Maiks Stimme. Sie schwankte zwischen Sorge und Verärgerung.

»Ich? Zu Hause. Du glaubst gar nicht ...«, sie kam nicht weiter.

»Petra, ich sitze im Restaurant *Merzenmühle* und warte seit einer halben Stunde auf dich. Hast du meine SMS nicht bekommen?«

Ach herrje! Das hatte sie total vergessen.

»Bleib, wo du bist. Ich komme! Und ich habe Neuigkeiten!«

Das würde ihn vom Hocker hauen.

Oder?

Eben war sie noch drauf und dran gewesen, ihm alles zu erzählen, Sekunden später nagten Zweifel an ihr. Maik war ein Kollege des Ermordeten. Sein Chefredakteur hatte ihn nach Langen geschickt, um die Storys von Schwatzke zu Ende zu schreiben. Wenn sie ihm von dem Notizbuch erzählte, würde er sie natürlich auffordern, es ihm auszuhändigen. Genau das wollte sie keinesfalls.

Sie schob das Notizbuch unter ein Sofakissen, fuhr sich mit dem Kamm durch die Haare, legte ein wenig Lippenrot auf und besprühte sich mit ein paar Tropfen Parfüm. Eine Viertelstunde später stieg sie vor dem Restaurant *Merzenmühle* aus dem Taxi.

Maik saß an einem Tisch im hinteren Teil des Restaurants. Eine offene Flasche Wasser vor sich. Als sie zu ihm trat, legte er sein Smartphone weg und stand auf, um sie zu umarmen.

»Was war los? Du klangst am Telefon sehr aufgeregt.«

»Gleich«, bat sie um Geduld. Der Restaurantleiter brachte die Karten, gab ein paar Empfehlungen ab und ließ sie dann in Ruhe aussuchen. Petra war erst das zweite Mal in dem noblen Lokal. Sie entschied sich für ein Fischgericht, während Maik das Lamm nahm. Erst, als sie auch den passenden Wein ausgesucht hatten und das Amuse Geule sowie der Aperitif auf dem Tisch standen, beugte sich Petra zu ihm hinüber.

»Papenhagen ist überfallen worden. In seinem Haus. Und ich war dort«, raunte sie Maik zu.

Das Lokal war gut besucht, da war es besser, nicht gar zu laut zu reden.

»Um Himmels willen!« Maik wurde blass bei dieser Information. »Ist dir was passiert?«

Petra schüttelte den Kopf. »Ich war im Gästeklo eingesperrt.« Wider Willen musste sie kichern, als sie ihn über ihren Aufenthaltsort während des Anschlags auf den Schriftsteller aufklärte.

»Also hat jemand geklingelt, er hat die Tür geöffnet, wurde niedergeschlagen - was du alles nicht mitbekommen konntest, wegen des Baulärms und der lauten Musik? Die Person ahnte nicht, dass Papenhagen Besuch hatte. Sie muss erschrocken sein, als du nach unten gerufen hast, und verschwand sofort.« Maik sah nicht belustigt aus, als er die Dinge so zusammenfasste.

Petra wurde im Rückblick ebenfalls mulmig. Was, wenn sie dem oder den Tätern in die Hände gelaufen wäre?

»Was wollte man von Papenhagen?«

Petra zuckte die Schultern. »Es sah nicht so aus, als sei was gestohlen worden.«

»Das spricht dafür, dass der Täter von dir gestört wurde.«

Ihr lief es eiskalt den Rücken hinunter. Aber mehr noch als die Frage, wer den Schriftsteller überfallen hatte, plagte sie die, wie er zu dem Notizbuch gekommen war. Und was er damit wollte. Denn Papenhagens Name, so viel konnte sie bereits jetzt schon sagen, tauchte in Leontin Schwatzkes Unterlagen überhaupt nicht auf.

»Auf diesen Schreck trinken wir erst einmal was.«

Sie hoben die Sherrygläser. »Trotz allem - auf einen schönen Abend!«

Sie hatten hervorragend gegessen, ihren Wein genossen und gingen nun, leicht beschwingt, den spärlich beleuchteten Fußweg zum Parkplatz hinauf.

»Ich fahre dich nach Hause«, sagte Maik, als sie sich im Mondlicht an seinem Auto gegenüberstanden. Eine Sekunde, bevor er sich zu ihr beugte und mit seinen Lippen ihre Wange streifte. Ihr Blut begann augenblicklich schneller zu fließen, ihr wurde warm. Als er sie küsste, war Hopfen und Malz verloren. Ihr Gehirn schaltete auf genau die Weise ab, die dazu führte, dass sie sich nur zwanzig Minuten später mit ihm auf ihrer Couch wiederfand. Kichernd, als er ihr ins Ohr pustete und nur leise protestierend, als er seine Hand unter ihr Shirt schob.

Petra räkelte sich wohlig schnurrend unter Maiks wissenden Händen. Mit geschlossenen Augen genoss sie seine Zärtlichkeiten. Als er sich abrupt aufsetzte, öffnete sie schmollend die Augen. Und erstarrte.

»Das kenne ich!«, erklärte Maik und zog Schwatzkes Notizbuch unter dem Sofakissen hervor. Himmel! Warum hatte sie vorhin nicht daran gedacht, es dort wegzunehmen.

»Wie kommst du denn zu Leontins Notizbuch? Das angeblich spurlos verschwunden war?«

Das Misstrauen in seinem Blick war nicht zu übersehen.

Petra wand sich innerlich. Noch bevor sie etwas sagen konnte, sprang Maik auf.

»Das ist jetzt Eigentum des *Knaller*. Und du wirst zu erklären haben, wie du in Besitz von Leontins Aufzeichnungen gekommen bist.«

Wie weggewischt war die sanfte Stimmung. Dahin das sinnliche Knistern, das bis eben in der Luft lag.

»Aber nein, es ist nicht so, wie du denkst«, versuchte sie, das Unvermeidliche aufzuhalten. Dass er sie für eine Lügnerin hielt, für eine Diebin und für jemanden, die sogar ihrem Lover eine erfundene Story auftischte. Nun gut, wenn sie es genau nahm, hatte er mit all dem nicht unrecht. Dennoch war alles ganz anders, als es gerade wirkte.

»Ich habe das Buch gefunden«, startete sie erneut hektisch eine Erklärung. Doch Maik winkte genervt ab. Sein Mobiltelefon klingelte jetzt auch noch. Im verdammt falschesten Moment!

»Was? Was sagen Sie?« Er drückte das Handy fest ans Ohr.

Während er hektisch hineinsprach, schlüpfte er in seine Jacke. Petra überlegte, ob es sinnvoll war, ihm das Notizbuch zu entreißen, doch das würde die Sache nicht besser machen. Immerhin wusste sie, was drinstand.

»Maik!«, rief sie, als der nun, wieder vollständig angekleidet, noch immer das Handy am Ohr, in den Flur ging. »So warte doch!« Er wartete nicht. Die Wohnungstür fiel mit einem lauten Knall so nachdrücklich zu, dass Petra begriff, wie wütend Maik darüber war, dass sie ihn hintergangen hatte.

38

Nino Blankenburg rief kurz nach acht Uhr morgens an. Am Abend wollte er im *Café Beans* auftreten, der Langener Fanclub unter Leitung von Karinas Tante Karla-Maria würde vollständig versammelt sein. Der Schlagersänger zeigte sich überaus gerührt über die Loyalität seiner Anhängerinnen und hatte versprochen, ein sehr feines, kleines Repertoire zu spielen. »Ein bisschen Schlager, ein bisschen Jazz«, mehr war aus ihm nicht herauszuholen gewesen.

Der Grund seines Anrufs hing nicht mit dem Konzert zusammen.

»Lukrezia ist verschwunden«, teilte er Petra atemlos mit. »Sie wollte gestern etwas erledigen, da habe ich sie das letzte Mal gesehen. Ich habe die ganze Nacht kein Auge zugetan vor Sorge.«

Die Polizei fand, dass es noch zu früh für eine Vermisstenanzeige war.

»Wie könnte ich Ihnen denn behilflich sein?«, wollte Petra wissen.

»Sie kommen doch sicher schon früher als die Öffentlichkeit an den Polizeibericht? Wenn ihr etwas zugestoßen ist ... ein Autounfall oder so ...«

Die Hilflosigkeit und Sorge ihres Gesprächspartners war schon fast mit Händen greifbar.

»Haben Sie schon im Krankenhaus angerufen?« Hatte er, ohne Ergebnis.

Petra versprach, zu tun, was sie konnte. Kaum hatte sie aufgelegt, bohrte sich ein gemeiner Gedanke in ihr Hirn. Hatte Lukrezia nicht doch mit Maik geflirtet? Vielleicht waren die beiden sich am Vorabend ja noch über den Weg gelaufen? Oder war es gar Ninos Verlobte, die Maik angerufen hatte – mitten in der Nacht? Hatte sie die Gelegenheit ergriffen, ihn zu trösten? So sehr sie auch versuchte, den Gedanken abzuschütteln, er war wie ein Bumerang.

Sie beschloss, Maik anzurufen, erreichte aber nur seine Mobilbox. Sie hinterließ keine Nachricht. Vermutlich war er sowieso in der Redaktion.

Doch da war er nicht.

»Ist unterwegs. Tat geheimnisvoll. Hat wohl irgendetwas mit diesem toten Schwatzke zu tun«, informierte sie Natalie.

In Petras Magen machte sich bei diesen Worten ein flaues Gefühl breit. Konnte es sein, dass sie etwas übersehen hatte und Maik in der Nacht in Schwatzkes Notizbuch auf etwas Wichtiges gestoßen war?

Erneut versuchte sie, ihn anzurufen. Wieder Fehlanzeige. Dieses Mal bat sie um Rückruf, mit neutraler, sachlicher Stimme, wie sie hoffte. Innerlich befand sich alles in Aufruhr. Was, wenn Maik in Gefahr war? Und wo war eigentlich Lukrezia? Hirngespinste sind etwas Hartnäckiges. Je mehr man versucht, sie zu verscheuchen, desto stärker klammern sie sich fest. In dieser Situation war Petra zu nichts zu gebrauchen. Sie schrieb einen kurzen Artikel über den Angriff auf Papenhagen für die heutige Online-Ausgabe und einen ausführlicheren Text für die morgige gedruckte Version der *Langener Morgenpost*.

Während sie ihre Unterlippe zernagte, las sie zunächst den Polizeibericht durch - nichts, was auf Lukrezia hindeuten könnte. Danach versuchte sie, sich einen Plan zurechtzulegen. Es galt zunächst, Maik aufzustöbern und ihm die Wahrheit zu sagen darüber, woher sie das Notizbuch hatte. Und dann die immer wiederkehrende Frage - warum hatte Papenhagen Schwatzkes Aufzeichnungen an sich genommen, wenn er doch überhaupt nicht erwähnt wurde?

Petra griff zum Telefonhörer und rief im *Sterzbacher Hof* an. Noch bevor abgehoben wurde, legte sie wieder auf. Nein, das waren zu heikle Fragen, um sie am Telefon zu stellen. Sie packte ihren Kram, rief Natalie zu, sie recherchiere etwas und war bereits durch die Tür, bevor eine Nachfrage kommen konnte.

An der Hotelrezeption herrschte an diesem Donnerstag reges

Treiben. Ungeduldig trat Petra von einem Bein aufs andere, bis endlich eine Mitarbeiterin frei war.

»Es geht um die Vorbereitung einer Lesung in Ihrem Haus mit Herrn Papenhagen. Leider liegt er momentan im Krankenhaus, sodass ich die Sache übernommen habe«, log sie ohne rot zu werden. »Er wollte sich die Örtlichkeiten hier schon einmal ansehen. Letzte Woche. Am Donnerstag. Ich müsste wissen, ob das geklappt hat.«

»Donnerstag?« Die Mitarbeiterin zog die Brauen hoch. »Ich weiß nicht«, meinte sie etwas hilflos.

»Es war der Vormittag des Tages, an dem Nino Blankenburg von einem Hund gebissen wurde«, half Petra der Erinnerung nach.

Die junge Frau überlegte einen Moment. Ihre Miene hellte sich auf. »Ja, natürlich, jetzt erinnere ich mich. Herr Papenhagen war kurz hier. Aber von einer Lesung weiß ich nichts.«

»Die wird noch organisiert, sobald es ihm wieder besser geht«, versprach Petra.

Sie wollte sich verabschieden, als ihr noch ein Gedanke kam.

»Mein Kollege, Maik Larsson, ist der im Haus?«

Die Finger der Rezeptionistin huschten flink über eine Tastatur. Sie schüttelte bedauernd den Kopf.

Nein, natürlich nicht. Das wäre auch zu einfach gewesen. Petra ließ sich dafür bei Nino Blankenburg anmelden und fuhr hinauf in die Suite des Schlagerstars.

»Nichts Neues?«, fragte sie. Unnötig, denn seine betrübte Miene sprach Bände. »Der Polizeibericht gibt nichts her. Könnte sie einen Anderen haben?« Sie sah gleich, wie wenig gut ihr Gegenüber es aufnahm, wie sie mit der Tür ins Haus fiel und biss sich auf die Lippen. Was, wenn Lukrezia hier im Hotel war? Nur durch ein Stockwerk von ihrem Verlobten getrennt? Im Bett eines verdammt attraktiven Halb-Isländers? Sie verscheuchte den Gedanken. Eifersucht ist etwas Quälendes, das hatte sie schon viel zu lange vergessen gehabt.

Blankenburg fuhr sich durchs Haar, das kreuz und quer auf seinem Kopf stand. »Ich mache mir Sorgen um sie. Sie wirkte in den vergangenen Tagen so bedrückt und gleichzeitig entschlossen, als habe sie etwas vor. Leider ahne ich noch nicht einmal, was es sein könnte.«

Was er wusste, war nicht viel: Seine Verlobte hatte am Nachmittag des Vortags ihr Hotelzimmer verlassen. Wohin sie ging und wann sie zurück sein wollte, sagte sie dabei nicht. Nino selbst war so intensiv mit den Vorbereitungen für seinen Gesangsabend beschäftigt, dass ihm erst am späten Abend auffiel, dass Lukrezia nicht zurückgekommen war.

»Ob ihr jemand etwas angetan hat? Diese Scarlett womöglich? Aus Neid um die Rolle?«

Petra schüttelte vehement den Kopf. »Das glaube ich nicht. Scarlett ist, nun ja, nennen wir es einmal temperamentvoll. Aber sie ist bisher nie als gewalttätig aufgefallen.« Der Verlust ihrer Serienrolle schmerzte sie allerdings sehr. Wenn die beiden Frauen erneut aneinandergeraten waren, wer konnte schon wissen, ob die Situation nicht doch eskaliert war?

»Ich muss wieder los«, meinte Petra bedauernd. »Meinen Kollegen suchen«, hängte sie mit scherzhaftem Ton dran.

»Der wollte wohl im Laufe des Tages zum *Weißen Tempel*«, antwortete Blankenburg zerstreut. »Habe ich vorhin am Empfang mitbekommen. Er hat nach dem Weg dorthin gefragt.«

Während Maik seiner Story nachzugehen schien, entschied Petra sich dafür, Archibald Papenhagen auf den Zahn zu fühlen. In der Asklepios Klinik schickte man sie in den fünften Stock. Auf ihr Klopfen antwortete niemand. Vielleicht war der Starautor noch besinnungslos? Petra vergewisserte sich, dass es die richtige Zimmernummer war, bevor sie eintrat. Der Schriftsteller musste einen guten Versicherungsschutz besitzen, denn er war offensichtlich alleine in dem Krankenzimmer untergebracht. Ein zweites Bett war an die Wand gerückt worden, das Laken darauf glatt und festgezurrt.

Ein leichter Duft nach einem herben Rasierwasser lag in der Luft. Papenhagen selbst befand sich jedoch nicht in seinem Bett.

»Herr Papenhagen. Sind Sie hier?«, rief Petra in Richtung Badezimmer. Niemand antwortete. Die Bettdecke war aufgeschlagen, das Kissen zerwühlt, der lädierte Autor hatte die Nacht hier verbracht. Aber war er denn bereits wieder so gesund, dass er draußen herumlaufen durfte?

Petra klopfte gegen die Badezimmertür, und als sich erneut nichts rührte, sah sie hinein. Leer!

Sie ging in den Flur zurück und hielt eine gerade vorbeieilende Krankenschwester auf.

»Herr Papenhagen? Der müsste doch in seinem Zimmer sein«, murmelte die. Als sie das leere Bett sah, zuckte sie allerdings lediglich mit den Schultern. »Es ging ihm schon viel besser heute früh. Vielleicht ist er in der Cafeteria.« Auch da fand Petra ihn nicht.

Petra wurde mulmig zumute. Wo konnte der Erfolgsautor bloß stecken? Sie kehrte auf die Station zurück, wo sie alles unverändert vorfand. Papenhagen war nirgends zu sehen. Mist! Sie musste ihn unbedingt damit konfrontieren, was er getan hatte. Inzwischen stand für sie außer Frage, dass er es war, der sie vor dem *Sterzbacher Hof* niedergeschlagen und ihr das Notizbuch abgenommen hatte. Bloß warum, das erschloss sich ihr nicht.

Irgendwie war es seltsam – erst wurde sie niedergeschlagen. Dann er. Ruckartig drehte sie sich um und verließ Papenhagens verwaistes Krankenzimmer. Was, wenn der oder die Täter ebenfalls hinter dem Notizbuch her waren? Immerhin hatte Schwatzke recht viele pikante Details gesammelt, nicht nur über Langener Promis. Was, wenn der Täter nach dem Anschlag zurückgekehrt war, um das Buch zu suchen? Hatte er nun Papenhagen entführt, um ihm sein Geheimnis zu entlocken?

»War jemand bei ihm?«, wollte sie von der Schwester wissen.

Die schüttelte irritiert den Kopf. »Die Polizei hat ihn heute früh befragt. Sonst habe ich niemanden gesehen, aber ich habe auch Besseres zu tun, als auf jeden Besucher zu achten«, brummte sie.

Petra verließ die Klinik. Draußen blieb sie zunächst unschlüssig stehen, bevor sie ihr Rad abkettete. Was nun? Irgendwie schien sich der heutige Tag ereignisreicher zu präsentieren, als einem lieb sein konnte. Lukrezia – verschwunden. Papenhagen ebenfalls verschwunden. Und Maik? Welcher Sache ging er nach? Was suchte ein Klatschreporter ausgerechnet im Wald, beim *Weißen Tempel*? Ob es mit dem Telefonat von heute Nacht zusammenhing?

Petra radelte über die Frankfurter Straße in Richtung der Großmärkte. Als sie auf die *Winkelswiese* einbog, wo man vor lauter Baukränen kaum noch geradeaus gucken konnte, bremste ein Wagen direkt quer vor ihr mit quietschenden Reifen ab.

»Schauen Sie nicht, wohin Sie fahren?« Scarlett Bohnenberger giftete da aus dem offenen Verdeck ihres Flitzers heraus, mit dem sie vom Parkplatz des DM-Marktes geschossen war.

»Hallo? Geht's noch«, rief Petra zurück, die sich immerhin auf der Straße befand. Außerdem schien die Schauspielerin noch nichts davon gehört zu haben, dass man am Steuer seines Wagens nicht telefonierte. Ungeniert hob sie nämlich in just dem Moment ein klingelndes Smartphone ans Ohr. Das sofort darauf in hohem Bogen davonflog, als ihr jemand hintendrauf krachte.

»Himmelherrgottsakrament, du Labbeduddel«, brüllte der Fahrer, ein stiernackiger Typ, der sogleich eine Schimpfkanonade losließ, in die er mindestens ein halbes Dutzend nicht jugendfreier Wörter einbaute. Wutschäumend stieg Scarlett aus ihrem Wagen. »Schnauze, Sie Hitzgickel!«

Woraufhin der Mann mit offenem Mund verstummte, sie anstarrte, als sei sie eine Lichtgestalt, und sich schließlich bei ihr entschuldigte. Scarlett schien nicht nachtragend, vielleicht wollte sie die Fans, die ihr noch geblieben waren, nicht wegen einer lediglich leicht verbeulten Stoßstange verprellen. Vor Petras erstaunten Augen bat der Mann um ein Autogramm, »hier, auf mein T-Shirt. Bitte über dem Sixpack«, schoss noch ein Selfie mit einer angestrengt lächelnden Scarlett, danach stiegen beide sich eben noch in erbittertem Streit befindlichen Parteien wieder in ihren Autos und fuhren davon. Zurück blieb ein kleines, silbrig glänzendes Teil, das auf der Straße lag. Petra hob es auf, aber Scarlett war bereits außer Sichtweite. Würde sie ihr ihr Handy eben später wiedergeben. Nur, dass es erneut klingelte und Petras Neugier Oberhand gewann.

»Hallo?«, meldete sie sich, fast schon automatisch.

»Herr Papenhagen? Sind Sie das? Sie waren eben so schnell weg.« Papenhagen? Wieso das denn? Petra starrte verständnislos vor sich hin.

»Bohnenberger hier ... also ich meine, das ist der Apparat von Frau Bohnenberger.« Bevor sie dazu kam, eine Erklärung dazu abzugeben, wer sie war und wie sie dazu kam, auf Scarletts Handy zu telefonieren, tönte bereits die Stimme wieder durch den Äther. »Ach, ich sehe es gerade. Die letzte Ziffer stimmt nicht. Sorry.« Aufgelegt.

Komisch. Petra holte ihr eigenes Smartphone heraus. Sie hatte dort Papenhagens Mobilnummer und verglich sie mit der von Scarlett Bohnenberger. Tatsächlich – die beiden Nummern wichen lediglich durch die letzte Ziffer voneinander ab, die Sechs und die Neun waren vertauscht.

Plötzlich poppte eine Textnachricht auf. Gewohnheitsmäßig, anders konnte sie es sich nicht erklären, tippte Petra mit dem Finger dran. Liebe Güte. Es war der Fußballspieler. Das, was sie las, hätte sie am liebsten gleich wieder vergessen. So sicher wie am Ball war er mit Worten nicht!

Nun siegte ihre weibliche und vielleicht auch journalistische Neugier. Ob da was lief? Sie scrollte in der Liste weiter und entdeckte nichts mehr von dem Rasengott, lediglich vier Nachrichten von einem anonymen Absender. Schon die ersten Worte waren der Hammer. Auf einmal klopfte Petras Herz ganz heftig. War das, neben dem allgemein bekannten Rauswurf aus der Soap, ebenfalls ein Grund für Scarletts schlechte Laune? Sie tippte die Kurznachrichten einzeln an, um den ganzen Text zu lesen.

»Du bist entlarvt«, stand da. »Ich weiß, was du getan hast.« Und: »Du kommst nicht ungestraft davon damit«. Gefolgt von »Bald werden es alle wissen!«

Himmel, was sollte eine Scarlett verbrochen haben, das solche Drohungen rechtfertigte? Trotz der unfreundlichen Art, die Scarlett ständig an den Tag legte, hatte Petra immer noch Mitgefühl mit der Frau, die so blitzartig am winzigen Sternenhimmel der Langener Prominenz aufgegangen war und nun drohte, wieder ganz davon zu verschwinden.

So plötzlich, wie die Nachrichten gekommen waren, so plötzlich hörten sie auch wieder auf. Falls Scarlett nichts gelöscht hatte, war seit dem letzten Dienstag keine neue Nachricht mehr eingetroffen. Ob sie herausgefunden hatte, wer ihr da schrieb? Unwillkürlich musste Petra an Lukrezia denken. Die beiden Frauen waren sich unübersehbar spinnefeind. Eventuell wusste Lukrezia von Scarletts Besuch bei Doktor Übelhau. Aber rechtfertigte das solche Drohungen? Zumal sie die andere bereits ausgestochen hatte.

Petra warf beide Mobiltelefone in ihre beutelähnliche Umhängetasche und stutzte, als sie am Boden dort etwas klimpern hörte. Verwundert zog sie einen Schlüsselbund heraus und besah ihn fragend. Es dauerte einen Moment, bis der Groschen fiel. Papenhagen - es war sein Hausschlüssel. Nachdem sie ihn abtransportiert hatten und die polizeiliche Befragung vorbei war, hatte sie ganz automatisch die Haustür abgesperrt und den Schlüssel in ihre Tasche geworfen. Sie erschrak. Was, wenn der Autor jetzt vor seiner eigenen Haustür stand und nicht mehr hineinkam? Scarlett musste auf die Rückgabe ihres Handys warten. Petra wendete ihr Rad. Gleich darauf düste sie in einem Affentempo in Richtung Pestalozzistraße. Fluchte, weil wieder mal links und rechts alles dermaßen zugeparkt war, dass jedes ihr in dieser schmalen Fahrbahn entgegenkommende Fahrzeug ein lebensbedrohliches Hindernis für sie darstellte. Keine zehn Minuten später bog sie in die Vierhäusergasse ein. Und bremste so abrupt, dass sie fast vornüber vom Rad gefallen wäre.

Die Gruppe Menschen vor Papenhagens Haus blickte traurig zu ihr herüber. Eine ältere Dame betupfte sich die Augen, zwei weibliche Teenager suchten aneinander Halt. Ein Paar mittleren Alters zündete ein Windlicht an. Ein Schild mit der Aufschrift »Warum?« lehnte an der Steinumrandung des winzigen Vorgartens. Kerzen brannten, Blumen waren niedergelegt worden.

Petra konnte einen entsetzten Aufschrei nicht unterdrücken. Darum also war Papenhagens Bett in der Klinik leer gewesen. Der Schriftsteller war tot!

»Papenhagen nach Überfall verstorben«. So oder so ähnlich würde die Schlagzeile der morgigen Zeitung aussehen. Vermutlich mit einem persönlichen Erfahrungsbericht derjenigen Journalistin versehen, die während der ruchlosen Tat in Papenhagens Gästeklo eingesperrt gewesen war!

Petra stieg ab und ging zu der Gruppe hinüber. »Wann ist es geschehen?«, fragte sie mit leiser Stimme.

»Gestern. Man weiß noch nicht, wer es war«, murmelte jemand.

Gestern? Gestern fand der Überfall statt. Aber wann war er gestorben? Es dauerte ein paar Sekunden, bis Petra begriff, dass die Leute hier nicht das Ableben des Schriftstellers betrauerten, sondern ihr Entsetzen über den Überfall - »ein Überfall, der uns Langener alle trifft. Wir sind eine Stadt!« - ausdrückten.

Die Frage, ob Papenhagen an den Trauernden vorbei versucht hatte, ins Haus zu kommen, erübrigte sich. Petra seufzte. Nun musste sie noch einmal in die Klinik zurück, um dem Schriftsteller seinen Schlüssel zu geben.

Just in diesem Moment beschlossen die Bauarbeiter im Nebenhaus, eine Pause einzulegen.

»Heern Se des aach?«, fragte gleich darauf der Mann mittleren Alters in die Runde.

»Do schreit aans«, ergänzte seine Frau.

Die beiden mussten Ohren haben wie Luchse, denn tatsächlich hörte Petra erst einmal nichts, geschweige denn einen Schrei. Dann, sämtliche Anwesenden waren wie auf Knopfdruck verstummt und hielten die Köpfe dem Haus entgegengestreckt, vernahm sie es auch. Ein dumpfes Poltern, gefolgt von einem erstickten, klagenden Laut.

Erschrocken richteten sich alle auf. Die beiden Teenager quiekten und hielten sich gegenseitig noch fester fest.

»Polizei«, rief die ältere Dame und schlug sich gleich darauf die Hand vor den Mund.

Petra, die an ihre unfreiwillige Gefangenschaft in Papenhagens Gästeklo dachte, reagierte bedächtiger.

»Ich habe einen Schlüssel«, verkündete sie und schob ihn bereits ins Schloss. Das Ehepaar beeilte sich, mit ihr ins Haus zu schlüpfen, aber Petra schüttelte vehement den Kopf. »Bleiben Sie hier. Für alle Fälle.« Die beiden nickten synchron, mit großen Augen.

Die Diele war dunkel und kühl. Oder fror Petra aus einem anderen Grund? Mit leichtem Unbehagen dachte sie daran, wie sie Papenhagen gefunden hatte. Auf dem Boden liegend, mit einer blutigen Wunde am Kopf. Der Eindringling musste heftig zugeschlagen haben, denn der Autor war wohl erst wieder am heutigen Morgen im Krankenhaus zu sich gekommen. Jetzt, wo sie im Haus war, hörte sie nichts mehr.

»Hallo?«, rief sie in die Dunkelheit hinein. »Ist da jemand?« Nichts. Stille.

Sie wandte sich zur Küche. Der Fleischklopfer lag nicht mehr da, vermutlich hatte die Kripo ihn mitgenommen. Petra drehte sich einmal um ihre eigene Achse. Dabei stieß sie an eine Tasse, die klirrend in die Spüle fiel. Im selben Moment rumpelte es erneut. Eine erstickte Stimme drang von irgendwoher zu ihr durch. Petra erschrak so sehr, dass sie einen Sprung zur Seite machte. Woher kam der Ruf? Da war doch nichts! Nur ein weit in den Raum hineinragender Küchenschrank. Sie beugte sich vor. Da sah sie es: zwischen dem Schrank und der Wand hing ein Vorhang. Sie riss ihn zur Seite. Ein Eimer, ein Besen, ein Staubsauger. Dahinter, erst auf den zweiten Blick zu erkennen - eine schmale Holztür, an der der weiße Anstrich schon länger abblätterte. Hastig räumte Petra die Putzutensilien zur Seite und griff nach der massiven Türklinke. Drückte sie nach unten, zog. Nichts rührte sich. Die Tür war abgeschlossen. Inzwischen hörte sie es ganz deutlich. Jemand steckte dort fest und machte sich mit erstickten Lauten bemerkbar. Womöglich klemmte auch diese Tür und dahinter befand sich die Person, die Papenhagen überfallen hatte? Petra wollte sich schon zurückziehen, um Verstärkung zu holen, da merkte sie, wie falsch sie mit ihrer Vermutung lag. Jemand musste ja von der Küche aus die Putzutensilien vor die Tür gerückt haben.

»Moment, ich hole Hilfe«, rief sie der Person hinter der Tür zu. Doch das war nicht mehr nötig. Beim Umdrehen fiel ihr Blick auf den Eimer. Dort drin lag ein dicker, schwarz angelaufener Schlüssel. Zitternd vor Ungeduld schob Petra ihn ins Schloss, drehte ihn und atmete erleichtert auf. Er passte! Sie riss die Tür auf und erstarrte vor Überraschung, als sie in die Kammer spähte und sah, wen sie vor sich hatte.

39

Lukrezia, wieauchimmersienochweiterhieß, hockte wie ein Häuflein Unglück in Archibald Papenhagens Besenkammer. Sie war kaum wiederzuerkennen. Das sonst so schimmernde Haar - ein Krähennest. Die kunstvoll aufgetragene Schminke - ein vielfarbiges Bild der Zerstörung. Die spöttisch dreinblickenden Augen - verheult und verquollen. Nur das Mundwerk, das war wie immer.

»Himmel nochmal«, schrie sie, kaum hatte ihr Petra die Hand- und Fußfesseln gelöst und den Seidenschal, den man ihr als Knebel umgebunden hatte, aufgeknotet. »Wie lange muss man denn hier um sich treten und rufen, bis einen jemand findet!« Sie schäumte vor Wut. Statt Petra zu danken, stieß sie sie zur Seite und stapfte aus dem Kabuff hinaus in die Küche. Ohne ein weiteres Wort beugte sie sich dort über den Wasserhahn und trank geräuschvoll. Danach spritzte sie sich Wasser ins Gesicht. Petra betrachtete die Andere staunend. Wie kam sie in Papenhagens Besenkammer?

Etwas erfrischt drehte Lukrezia sich um. Sie sah nicht viel besser aus als vor wenigen Minuten. Aber wesentlich entschlossener. Sie trat direkt vor Petra, sah sie an. Und legte ihr auf einmal weinend die Arme um den Hals.

»Danke«, schluchzte sie, wischte sich das Wasser aus den Augen und blickte dann irritiert in den Flur hinaus. Dort, vor der Haustür, machte sich nun die Gruppe lautstark bemerkbar.

»Ich muss Bescheid sagen, dass ich Sie gefunden habe«, informierte Petra sie.

»Nein!« Lukrezias Hand schoss vor und legte sich wie ein Schraubstock um Petras Arm. »Niemand soll das wissen!«

»Aber ... das geht nicht. Wir müssen die Polizei verständigen. Jemand hat Sie hier eingesperrt, oder?« Petras Verwirrung wuchs. Was war denn mit Lukrezia los?

»Bitte nicht. Ich erkläre Ihnen alles. Sie sind doch diese

Journalistin, zu der mein Verlobter so einen guten Draht hat, ja?« Sie schenkte Petra ein Kleinmädchenlächeln, das diese ganz und gar nicht bezauberte.

»Was hat Nino Blankenburg mit all dem zu tun?«

»Nichts. Mein Süßer hat nichts damit zu tun. Ich wollte nur ... ich dachte ...«

Es blieb im Dunkeln, was sie dachte. Petra schüttelte den Kopf. »Ich kann doch nicht einfach so tun, als sei nichts gewesen! Sie hocken hier in einer Kammer, gefesselt, geknebelt, aber Ihr Stampfen und das Rufen haben die Leute draußen gehört! Ich gehe da jetzt nicht hinaus und sage, es war nichts.«

»Doch. Doch! Das können Sie. Bitte! Ich muss jetzt dringend aufs Klo.«

Lukrezia bog ihr Kreuz durch und schaute Petra auf eine schwer zu beschreibende Art an. Fordernd, hilflos, bittend, aufgelöst - alles zugleich.

Das schrillende Geräusch der Türklingel unterbrach sie. Jemand da draußen wollte wissen, was los war.

Petra warf Lukrezia einen finsteren Blick zu, bevor sie zur Tür stapfte.

»Der Fernseher?«

»Ja, irgendeiner dieser Krawallsender, die schon am frühen Tag irgendwelche Dokus senden. Er lief noch.«

Petra kam sich vor, als würde sie einen Meineid ablegen. Alles nur, weil diese Lukrezia ein paar Tränen an ihrer Schulter vergossen und den netten Nino Blankenburg ins Spiel gebracht hatte.

»Rufen Sie ihn an, er kommt um vor Sorge«, empfahl sie der Schauspielerin, als sie zurück in die Wohnung kam. Die hatte sich inzwischen im Badezimmer etwas frisch gemacht und wirkte nun beinahe wieder so kratzbürstig wie bei ihrer Begegnung mit Scarlett Bohnenberger vor dem *Café Beans*.

»Dieser Typ hat mein Handy«, fauchte Lukrezia.

Als ob ich da was für kann.

Fast bedauerte es Petra schon, die andere aus ihrer misslichen Lage befreit zu haben. Ob sie den Knebel wieder zum Einsatz bringen sollte?

»Erklären Sie mir bitte mal, was eigentlich los war. Warum hat Herr Papenhagen, ich nehme mal an, dass er es war, Sie eingesperrt?«, fragte sie stattdessen.

Lukrezia stieß laut einen Schwall Luft aus, dann fiel sie in sich zusammen und sank auf einen der Ledersessel im Wohnzimmer. Dort, wo noch einen Tag zuvor Archibald Papenhagen Petra Rede und Antwort gestanden hatte.

»Sie sind doch Journalistin?«, wollte sie mit einem misstrauischen Blick wissen.

»*Langener Morgenpost*, genau.«

»Versprechen Sie mir, dass Sie über diese Sache nichts schreiben, was nicht mit mir abgesprochen ist?« Lukrezias Lippen zitterten leicht bei dieser Frage.

»Ob ich was darüber schreibe oder nicht hängt davon ab, ob die Sache im öffentlichen Interesse liegt. Ich verbiege die Wahrheit jedenfalls nicht, wenn Sie das meinen.«

Lukrezia stierte sie an. Dann gab sie sich einen Ruck.

»Okay. Ich erzähle Ihnen, wie es war. Aber erst müssen wir diesen Papenhagen, diesen Schmierfinken, diesen Verbrecher, diesem ...«

»Stopp!«, unterbrach Petra genervt die Tirade. »Was müssen wir?«

»Ihn finden! Er hat mein Handy. Er weiß, mit wem ich verabredet bin. Heute.« Ihr Blick schwenkte hektisch zu der antiken Standuhr in der Ecke, dabei erbleichte sie sichtlich. »Jetzt!«, stieß sie hervor.

»Sie sind verabredet? Mit wem denn?«

»Mit Maik«, stieß Lukrezia hervor.

Mit Maik! Vor Petras Augen stiegen Bilder auf. Die Spendengala. Maik mit der kichernden Lukrezia am Arm. Also doch! Dieser Schuft! Und diese ... diese Schnalle! Die hatte sie auch noch gerettet, statt sie in ihrem Mauseloch schmoren zu lassen. Jetzt hätte sie ihr am liebsten die Vase auf den Kopf geschlagen, die neben ihr auf einer niedrigen Konsole stand.

»Nicht, was Sie jetzt denken.« Lukrezia schien Petras finstere Miene richtig zu interpretieren. »Ich bin ja schließlich glücklich verlobt.« Das klang schnippisch.

»So. Dann mal Butter bei die Fische. Welche Art von Verabredung haben Sie denn mit Herrn Larsson?«

»Eine geschäftliche. Ich wollte ihm Bescheid sagen. Über diesen, diesen ...«

»Ja, ja, schon gut.«

Himmel, nicht schon wieder eine Autorenbeschimpfung!

»Spucken Sie endlich aus, worum es geht, sonst hole ich die Polizei!«, drohte Petra der erschrocken aufspringenden Lukrezia.

»Wir müssen zu diesem Ding da, diesem ... im Wald das. Ich habe die Wegbeschreibung auf meinem Handy. Ach herrje, jetzt habe ich vergessen, was ich ihm geschrieben habe. Verdammt.«

Petra wurde schlagartig klar, worum es ging.

»Der *Weiße Tempel*?«, fragte sie atemlos.

Lukrezia nagte kurz und heftig an ihrem Daumennagel, bevor sie nickte. Nur unter Aufbietung all ihrer fachlichen Konzentration gelang es Petra schließlich, Lukrezia die weiteren Details dieser Verabredung zu entlocken. Danach rannte sie wie von der Tarantel gestochen zur Tür.

»Ich muss dahin«, keuchte sie dabei und eilte aus dem Haus, vor dem sich die trauernde Fangemeinde inzwischen aufgelöst hatte. Sie schwang sich auf ihr Rad und trat in die Pedale, als sei der Leibhaftige hinter ihr her.

»So warten Sie doch!«, rief Lukrezia ihr hinterher, aber Petra hörte nicht auf sie. Sie bog in die Wassergasse ein und bremste gleich darauf heftig ab. Hanfstängel!

Der hockte vor dem *Emma Café* und blickte betrübt in eine

Tasse Kaffee. Ein Stück weiter oben sah Petra seinen Streifenwagen stehen.

»Hanfstängel, Sie müssen mitkommen. Es geht um Leben und Tod!« Noch bevor der Polizist begriffen hatte, was sie da schrie, zerrte sie ihn schon von seinem Stühlchen, das prompt umfiel. Zwei ältere Damen blickten erschrocken von ihrem Käsekuchen auf.

»Los, zum *Weißen Tempel*, aber schnell.«

»Das geht nicht. Bin außer Dienst, musste nur noch den Wagen betanken.«

»Egal, es ist wichtig.«

Vielleicht war er zu verdattert, vielleicht konnte er sich aber auch nicht wehren gegen Petras Kräfte, die auf einmal denen eines Berserkers glichen. Auf jeden Fall saßen die beiden Sekunden später in Hanfstängels Streifenwagen und befanden sich auf dem Weg in das Waldgebiet zwischen Langen und Egelsbach.

40

»Sie? Das ist ja ein Ding. Geht es Ihnen wieder besser?« Maik saß bereits seit einer Weile auf der rund um einen dicken Holzstamm laufenden Bank im Inneren der alten Schutzhütte, als endlich die Person erschien, auf die er wartete. Der *Weiße Tempel,* ein Unterstand mit einem hohen, spitzen Dach aus der Zeit um 1850, lag im Koberstädter Wald am Schnittpunkt zweier Schneisen, sodass man von hier in vier Richtungen sehen konnte. Maik war viel zu früh zu seiner Verabredung erschienen und hatte sich schon gefragt, auf welchem Weg die geheimnisvolle Person, die ihn herbestellt hatte, wohl kommen würde. Nachdem er seinen Wagen abgestellt hatte, war er die wenigen, leicht brüchigen Steinstufen hinaufgestiegen, war einmal rund um die hölzerne Mittelsäule gelaufen, hatte die Inschrift >Wanderer, stehe still. Gedenke der im Weltkrieg Gefallenen<, entziffert, zu der jemand >Nie wieder< hinzugefügt hatte, und wartete schließlich mit Blick in die Richtung, aus der er selbst gekommen war.

Als Archibald Papenhagen jetzt erschien, erhob sich Maik, um dem Anderen ein paar Schritte entgegenzugehen. Papenhagen war auf keinem der vier Wege gekommen. Der Schriftsteller trat vielmehr hinter einem Baum hervor, als habe er dahinter ausgeharrt, um sicherzugehen, dass Maik alleine war. Der Autor trug einen Verband um den lädierten Kopf und dazu einen äußerst grimmigen Gesichtsausdruck. Er sagte nichts und Maik beschlich ein unbehagliches Gefühl.

»Haben Sie mir den Zettel in die Jackentasche gesteckt?«

Er konnte sich nicht erinnern, dem Autor bei der Spendengala derart nahe gekommen zu sein. Doch der Zettel, den er am nächsten Abend in seiner Tasche fand, musste ihm bei genau dieser Gelegenheit zugesteckt worden sein.

»Diese Schlampe«, knurrte der sonst so kultiviert auftretende Mann statt einer Antwort. War er durch den Schlag auf den Kopf vielleicht ein bisschen gaga geworden?

»Was hat Sie Ihnen noch erzählt?«, wollte er von Maik wissen. Dem wurde immer unbehaglicher.

»Von wem sprechen Sie denn? *Sie* wollten mir etwas sagen. Erinnern Sie sich nicht?« Zur Bekräftigung zog Maik einen zweimal gefalteten weißen Zettel aus der Jacketttasche.

»Kommen Sie am Donnerstag alleine um 13 Uhr zum *Weißen Tempel*. Dann erhalten Sie exklusiv DIE Story für Ihren *Knaller*. Kein Wort zu niemandem, sonst komme ich nicht.« Er sah Papenhagen an, der in mit zusammengekniffenen Augen musterte.

»Her mit dem Wisch«, knurrte der, und streckte die Hand aus.

In diesem Moment wurde Maik klar, dass etwas nicht stimmte. »Wissen Sie etwas über den Mord an Leontin Schwatzke? Darum geht es doch, oder?«

Papenhagens Gesichtsfarbe wechselte vom Blass zu Hellgrün. »Mord. Was reden Sie da. Es geht doch um …« Er hielt inne und Maik konnte beobachten, wie ganz unterschiedliche Gefühlsausdrücke über das Gesicht seines Gegenübers huschten.

»Sie sind vielleicht doch noch nicht ganz geheilt von den Folgen des Überfalls«, wandte er ein. »Oder die Nachricht ist überhaupt nicht von Ihnen, sondern von jemand anderem.«

Statt einer Antwort zog Papenhagen plötzlich eine Pistole.

»Her mit dem Zettel und her mit dem Handy.« Seine Stimme klang nun bedrohlich klar und entschieden.

Maik wich unwillkürlich einen Schritt zurück. Er war jünger und bestimmt sportlicher als der Autor, aber gegen eine Waffe kam er nicht an. Was, um Himmels willen, war in den Mann gefahren?

»Ruhig Blut, Herr Papenhagen. Ich lege den Zettel auf den Boden und mein Handy darauf. Dann gehe ich ganz langsam ein paar Schritte zurück. Sie können sich alles ansehen und danach geht jeder seiner Wege und wir reden nie wieder über diese kleine Zusammenkunft.«

Papenhagen zog eine Grimasse, die ihn nicht attraktiver machte. Vorsichtig zog sich Maik zurück, als der Autor nach dem Handy griff und hektisch darauf herumdrückte, ohne Maik aus den Augen zu lassen. Das Ergebnis schien ihn zufriedenzustellen. Er grunzte leicht, als er das Gerät einsteckte, um nach dem Stück Papier zu greifen. Auf das warf er nur einen flüchtigen Blick, schob es danach in seine Hosentasche.

»Gut, kann ich jetzt gehen?« Maiks Nervosität war immens gewachsen, er musste seiner Stimme Halt geben, um sich nicht anzuhören wie Mickey Mouse.

»Nicht so schnell, Freundchen. Wir machen jetzt einen kleinen Spaziergang. Sie voraus und ich mit der Waffe hinter Ihnen. Keine Fisimatenten, sonst kracht's. Haben wir uns verstanden?«

Maik spürte ein ungutes Vibrieren in den Eingeweiden. Was war mit Papenhagen bloß los? Was hatte es mit der seltsamen Einladung hierher auf sich? Wer, wenn nicht der Autor, hatte ihn herbestellt? Und - wo war die Person?

»Wird's bald!«, schrie der Schriftsteller und hob die Waffe.

»Okay, okay«, beruhigte Maik den vor Wut Schäumenden. Er drehte sich um und marschierte in den Wald hinein. Himmel! Die hessische Provinz war ihm völlig unbekannt. Ob sich seine Spur jemals würde verfolgen lassen können? Jetzt, wo er den Treffpunkt verließ?

41

»Weiter!«, forderte Petra, als Hanfstängel und sie den verwaisten Parkplatz am *Naturfreundehaus* passierten. »Nicht anhalten!«, rief sie aus, als der Polizist beim Anblick des Vereinsgeländes für Polizei- und Schutzhunde vom Gas gehen wollte. Vielleicht in der Hoffnung, dort Unterstützung zu finden. Doch das Tor war sowieso verschlossen. Auch auf dem Waldparkplatz kam er nicht zum Stehen. Maiks Auto befand sich nicht hier, also hetzte Petra den grimmig dreinsehenden Polizisten weiter.

»Da darf man nicht fahren«, wies Hanfstängel auf das Offensichtliche hin, als sie in die Höllschneise einbogen.

»Egal. Sie sind die Polizei, die darf das.«

Und Maik? War er auch hier entlanggefahren, unter Missachtung der Regeln? Oder befand sie sich auf dem Holzweg mit ihrer Vermutung, er sei hier? Petra kam ab und zu mit ihrem Rad hierher. Oft traf sie hier kaum jemanden an. Vielleicht eine Reiterin, oder ein paar Gassigänger. Ansonsten war die Gegend ein Paradies für Vögel, Schmetterlinge und Libellen, die vom Egelswoog her geflogen kamen und so vielfarbig wie waghalsig durch die Luft schwirrten. Heute hatte sie keinen Blick für die Schönheiten des Waldes.

Endlich tauchte das spitze Dach des *Weißen Tempels* am Horizont hinter dem schnurgerade darauf zulaufenden Weg auf. Schon von weitem sah Petra Maiks Sportwagen am Wegesrand geparkt stehen.

Sie sprangen beide aus dem Polizeiauto und blickten sich um. Kein Mensch weit und breit.

Das Treffen hätte vor zehn Minuten stattfinden sollen und Petra war inzwischen außer sich vor Sorge. »Um Gottes willen, wir kommen zu spät«, jammerte sie.

Ein Stück weiter vorn flog eine Amsel schimpfend auf.

»Dort hinüber. Schnell«, keuchte Petra und hetzte

Hanfstängel, der eindeutig mal an seiner Form arbeiten musste, weiter.

»Worum geht es denn eigentlich?« Hanfstängel schnaufte wie eine defekte Dampflok und stützte sich bereits nach wenigen Metern auf seinen Knien ab.

»Um jemanden, der ein Geheimnis hat und womöglich über Leichen geht, damit das nicht rauskommt. Das habe ich Ihnen doch schon gesagt.« Hanfstängel erhob sich ächzend aus seiner gebückten Haltung. Er schüttelte den Kopf.

»So ein Unsinn«, brummte er. »Warum habe ich mich nur darauf eingelassen.«

»Still!« Petra drehte langsam den Kopf.

»Da. Hören Sie es? Da hinten!« In der Richtung, in die sie zeigte, knackte ein Ast. »Da ist jemand.«

»Hoffentlich keine Wildsau«, bemerkte Hanfstängel.

Petra zog den Widerstrebenden hinter sich her in den Wald hinein.

»Schnell, schnell«, feuerte sie den trägen Gesetzeshüter an. Sie spürte ein dunkles Grollen im Magen. Unheil drohte. Maik befand sich in Gefahr, das wusste sie einfach. Womöglich sogar in Lebensgefahr. Das, was Lukrezia ihr erzählt hatte, reichte für den Autor eventuell aus, um gewalttätig zu werden.

Der Weg, den sie eingeschlagen hatten, führte mitten durchs Unterholz. Petra achtete nicht auf dornige Ranken an ihren Beinen oder Zweige, die ihr ins Gesicht schlugen. Sie wurde nur von einem Gedanken angetrieben - *Bitte lass uns auf dem richtigen Weg sein und nicht zu spät kommen.*

Schließlich wurde es vor ihnen lichter. Sie hielt darauf zu, den immer stärker keuchenden Hanfstängel im Schlepptau. Und dann, sie hatten die kleine Lichtung im Wald fast erreicht, fiel ein Schuss.

»Verdammt, Sie Idiot!« Maik lag am Boden, der Schuss war direkt über ihn hinweggegangen.

Papenhagen lag ein paar Meter hinter ihm und schüttelte mit Vehemenz eine Baumwurzel ab, in der sich sein Fuß verfangen hatte. Er wirkte selbst erschrocken darüber, dass sich ein Schuss gelöst hatte. Jetzt herrschte totale Stille.

»Aufstehen, Hände nach oben, weitergehen«, schrie Papenhagen und fuchtelte, noch am Boden liegend, mit seiner Waffe herum. Maik, der einen Moment lang gehofft hatte, dem Autor die Waffe zu entwinden und damit die Situation drehen zu können, biss die Zähne zusammen.

»Bevor Sie mich umbringen, sagen Sie mir doch wenigstens, warum. Ich habe keine Ahnung, wo ich hineingeraten bin«, versuchte er, die Konversation wieder aufzunehmen.

»Erst sind Sie dran, dann diese Schlampe. Eins nach dem anderen. Wenn Sie beide von der Bildfläche verschwunden sind, kann ich mein Leben endlich wieder in Ruhe weiterleben.«

»Wen meinen Sie?«, fragte Maik, den inzwischen die Angst beschlichen hatte, bei der anderen Person könne es sich um Petra handeln. Was, wenn sie einer Sache auf die Schliche gekommen war, die Papenhagen als Geheimnis hütete? War sie in Gefahr? Bei diesem Gedanken wurde ihm elend. Die vorwitzige, manchmal etwas kratzbürstige Petra. Die ihm auf Anhieb gefallen hatte.

»Wen ich meine?«, setzte unterdessen Papenhagen seine Rede fort. »Diese Möchtegern-Schauspielerin. Will mir alles wegnehmen, wofür ich so lange gekämpft habe.«

»Scarlett Bohnenberger? Was soll die Ihnen denn getan haben?«

Reden, Reden, den anderen immer im Gespräch halten.

»Die doch nicht«, schnaubte es hinter ihm. »Die andere. Diese Lukrezia. Schickt mir anonyme SMS, droht mir, taucht gestern plötzlich bei mir auf. Ich öffne, weil ich denke, das ist die Journalistin von diesem Langener Blatt. Aber nein, steht diese arrogante Person vor meiner Tür und fordert mich auf, meine Sünden zu bekennen.«

»Sünden? Wie eine Pastorin wirkt diese Lukrezia auf mich aber nicht«, bemerkte Maik.

»Pah. Sie wollte mein Leben zerstören. Mit ein paar dummen Worten. Das konnte ich nicht zulassen.«

»Oh Gott, Sie haben sie doch nicht etwa ...«

»Nein, das kommt erst noch. Bis dahin ist sie gut verstaut«, Papenhagen kicherte böse. »Heute kam ich nicht in mein eigenes Haus, standen so ein paar Gefühlsdusel davor. Hatte Glück, dass mein Wagen mit der Waffe drin in einer Garage etwas abseits parkte. Nachher, nachdem ich Sie in die ewigen Jagdgründe verfrachtet habe, ist diese Person die nächste, die dran glauben muss.«

»Und alles nur, weil ...«

Weiter kam Maik nicht, denn auf einmal rief eine männliche Stimme. »Halt. Stehenbleiben. Polizei.«

43

Petra linste über Hanfstängels rechte Schulter auf das Szenario vor ihnen. Maik, mit halb erhobenen Händen. Papenhagen mit einer Pistole dahinter. Es war beängstigend. Beängstigender aber noch war die Tatsache, dass Hanfstängels um seine Dienstwaffe gekrallten Hände zitterten wie Espenlaub.

»Fallenlassen.« Jetzt stotterte er auch noch.

Papenhagen war aus dem Konzept gebracht. Aufgescheucht sah er zu Hanfstängel und Petra herüber. Diesen Moment nutzte Maik. Er setzte dazu an, zu Papenhagen hinüber zu sprinten, doch der schwenkte im letzten Moment wieder in seine Richtung.

»Nein!«, schrie Petra.

»Stopp!«, schrie Hanfstängel.

»So nicht!«, schrie Papenhagen.

»Scheiße!«, schrie Maik.

Dann knallte erneut ein Schuss und alle vier gingen zu Boden.

Außer Atem erreichte Lukrezia die Wassergasse. Nur, um diese Journalistin und den Polizisten bereits davonfahren zu sehen. Was jetzt? Sie sah dem Wagen hinterher. Was eine Aufregung! Dieser Papenhagen, schon allein der Gedanke an diesen Mann brachte sie zur Weißglut. Der war noch schlimmer als diese Bohnenberger! Die, wie auf Kommando, jetzt ausgerechnet in ihrem Cabrio daherkam. Ihr Feuerhaar wirbelte durch das offene Verdeck im Fahrtwind wie eine Flamme.

»Wusch!« machte der Blitzer auf der Fahrgasse und Scarlett, die mit deutlich mehr als den erlaubten 30 Stundenkilometern unterwegs war, quiekte empört auf, bevor sie, - zu spät, zu spät -, in die Eisen ging.

»Stopp!«, schrie Lukrezia. Sie nutzte die Gunst der Stunde und trat auf die Straße hinaus, direkt vor Scarletts teure Kühlerhaube. Gottlob stoppte die den Wagen, statt ihre Widersacherin kurzerhand zu überrollen.

»Ich brauche dich. Wir müssen in den Wald. Zu diesem Tempel. Sonst geschieht ein Unglück.«

»Was ist los?« Scarlett sah aus, als wolle sie Lukrezia gleich wieder mit den Krallen ins Gesicht.

»Gib mir dein Handy«, verlangte Lukrezia, den Hintern bereits auf dem Beifahrersitz. Sie musste dringend Nino anrufen, damit er wusste, dass sie lebte.

»Muss irgendwo da hinten liegen«. Scarlett machte eine Kopfbewegung in Richtung des Rücksitzes. »Aber bevor du mir nicht sagst, was dieser Auftritt soll, fahre ich nirgendwohin.«

»Blöde Kuh«, fauchte Lukrezia, die im Auto kein Handy sah, und entriss kurzerhand einem weiblichen Teenager, der in der üblichen Haltung, Kopf vornüber, Blick aufs Display, dabei ohne sonstige Wahrnehmung des Lebens drum herum, durch die Straße gestolpert kam, das Smartphone.

»Du kriegst es gleich zurück«, versprach Lukrezia der

Schockstarren und wandte sich an ihre Kontrahentin. »Deine Telefonnummer«, schnauzte sie und Scarlett rasselte verdattert und eingeschüchtert zugleich ihre Nummer herunter. Vermutlich dämmerte ihr gerade, warum Lukrezia im Filmbusiness als »extrem durchsetzungsstark« galt. Die tippte die Nummer ein und stutzte plötzlich. Dann sah sie Scarlett mit einem merkwürdigen Ausdruck an.

»Klingelt nichts«, sagte die und schaute bedröppelt. »Mein Handy ...«.

»Ist jetzt auch egal«, war Lukrezias Meinung. Hinter ihnen hupte es bereits, der Teenager befand sich aufgrund des Abhandenkommens eines lebenswichtigen Teils ihrer selbst sichtlich auf Entzug. Das Mädel bekam schon Schnappatmung, die würde es nicht mehr lange machen. Bevor da noch was passierte, gab Lukrezia ihr das Smartphone zurück.

»Zum *Weißen Tempel*. Los jetzt. Es ist wirklich dringend.« Scarlett gab Gas, den Blitzer hatten sie ja bereits hinter sich.

45

»Lebe ich noch?« Petra hob den Kopf.

Hanfstängel lag neben ihr und murmelte etwas Wortloses.

»So was habe ich ja noch nie gesehen.« Maik hielt sich den Arm.

»Hilfe!«, schrie Petra, als sie das Blut sah, das unter seinem Hemd hervordrang.

»Hilfe. Hatten wir schon. Von woher auch immer.« Maik blickte auf den wie ohnmächtig daliegenden Papenhagen.

»Meine Wunde ist nicht schlimm, war ein spitzer Ast, auf den ich gefallen bin.«

»Keine Kugel?« Petras Augen wurden groß und rund. Und feucht.

»Er hat mich nicht getroffen«, antwortete Maik und legte den unverletzten Arm behutsam um sie. Einen kurzen Moment standen sie so, ganz dicht beieinander und hätten fast vergessen, dass sie nicht alleine waren.

Hanfstängel hatte sich ebenfalls erhoben und humpelte zu der Waffe, die ein Stück von Papenhagen entfernt am Waldboden lag. Anschließend legte er dem Mann Handschellen an.

»Was ist geschehen?«, fragte Petra atemlos.

»Unglaublich. Papenhagen wollte wohl gerade schießen, als ein riesiger Vogel hinter ihm auftauchte. Mit solchen Schwingen!« Er breitete die Arme weit aus.

Dass Männer in solchen Dingen immer derart übertreiben müssen!

»Das Tier traf ihn direkt am Kopf. Eine Eule, wenn mich nicht alles täuscht. Zwar löste sich beim Fallen ein Schuss, der ging aber gottlob ins Nirgendwo. Der Typ hat einen an der Waffel, der hätte uns alle umgebracht.«

»Sie sind verhaftet«, nuschelte Hanfstängel nun auf den inzwischen sich mühsam Regenden hinunter. Der fluchte, als der Polizist ihn auf die Beine stellte. Zu viert machten sie sich auf den

Weg zurück zum *Weißen Tempel*.

Sie staunten nicht schlecht, als sie dort auf Lukrezia und Scarlett trafen. Die beiden Kontrahentinnen schienen für den Augenblick versöhnt, so, wie sie da zu beiden Seiten des Wagens standen und dem Trupp entgegenblickten. Die Stille, die ein paar Momente lang über dem Waldstück gelegen hatte, wurde jedoch gleich wieder zerstört.

»Schlampe«, würgte Papenhagen bei Lukrezias Anblick hervor. Der Wortschatz des in seinem Bestseller so eloquent auftretenden Schriftstellers schien sich rapide verkleinert zu haben.

»Lügner«, schrie es ihm entgegen.

»Ruhe, sonst verhafte ich Sie gleich mit!« Das war Hanfstängel in einem Ton, der für verblüfftes Schweigen sorgte. Noch bevor der Polizist fragen konnte, warum die beiden sich eigentlich so angifteten, sprang Lukrezia bereits wieder in Scarletts Wagen. Die Arme vor der Brust verschränkt, hockte sie mit düsterem Blick da, als ihr noch etwas einfiel.

»Mein Handy. Das will ich zurück!«

Nachdem Petra mit Hilfe von Hanfstängels Verbandskasten Maiks Arm notdürftig verarztet, Lukrezia das ihr von Papenhagen geklaute Handy zurückerhalten, Scarlett ebenfalls ihr Handy zurückerhalten hatte, was zu einer kurzen Debatte darüber führte, wie Petra überhaupt dazu gekommen war und was sie womöglich damit gemacht hätte haben können, düsten die beiden Schauspielerinnen ab, um Maik zum Arzt zu bringen. Hanfstängel setzte sich ebenfalls ins Auto. Und stieg gleich wieder aus. Petra warf einen Blick auf den mit Handschellen gefesselten, im Fond sitzenden Papenhagen, bevor sie sich fragend übers Wagendach lehnte, dem Polizisten zu.

»Was ist los?«.

»Das ist los.« Er hob die Hände, die noch stärker zitterten als je zuvor. »Ich kann nicht fahren«, bekannte er danach kläglich. Um gleich darauf im nahegelegenen Unterholz zu verschwinden.

Würgende Geräusche durchbrachen die Stille des Waldes.

Eine willkommene Gelegenheit für Petra, sich Papenhagen zuzuwenden.

»Sie sind mir noch eine Erklärung schuldig. Warum haben Sie das Notizbuch entwendet? Wo doch rein gar nichts über Sie drinsteht, wie wir beide inzwischen wissen.«

Papenhagen fletschte die Zähne, als wolle er sie beißen. Dann lachte er hohl auf. Danach redete er. Zehn Minuten lang, ohne Punkt und Komma. Bis Hanfstängel zurückkam. Ab dem Moment klappte der Autor zu wie eine Auster.

Hanfstängel sah mitgenommen aus.

Petra schüttelte den Kopf. »Mein lieber Scholli, Sie sollten jetzt wirklich mal ...«

»Kein Wort mehr. Ich weiß. Alles bereits in die Wege geleitet. Aber jetzt ...« Er zuckte vielsagend die Schultern.

»Setzen Sie sich auf den Beifahrersitz«, befahl Petra, nahm den Autoschlüssel und klemmte sich hinters Steuer.

»Aber bitte langsam, ich glaube, mir ist immer noch schlecht«, flehte Hanfstängel und ließ auf seiner Seite die Scheibe herunter.

Eine knappe Viertelstunde später rollte der Wagen auf den Parkplatz vor der Polizeiwache. Petra stieg geschwind aus.

»Hoffentlich hat uns keiner gesehen«, murmelte sie.

»Im schlimmsten Fall erkläre ich den Kollegen einfach, was mit mir los war«, beruhigte Hanfstängel sie und zog so umständlich wie kräftig seine Hose hoch. Es fehlte nicht viel, und sie wäre unter den Achseln gelandet. »Ab übermorgen bin ich eh auf Kur«. Verschämt schaute er zu Boden. Petra konnte sich schon denken, warum.

»Das ist eine gute Idee, Herr Hanfstängel. Aber ich meine nicht Ihr ... Problem«, flüsterte sie so leise, dass nur er sie verstehen konnte. »Sondern etwas anderes, das Sie aber bitte sofort wieder vergessen. Es ist ... ich habe nämlich gar keinen Führerschein. «

46

Rund um den Lutherplatz war kein Stehplatz mehr zu kriegen. Eigentlich hätte Nino Blankenburg im *Café Beans* auftreten sollen. Da der Andrang bereits Stunden vor Konzertbeginn ungewöhnlich groß war, hatte man das Ganze nach draußen verlegt und vor der Musikalienhandlung *Luley* eine Bühne aufgebaut. Bertel Morgenroth hatte dem in einem Eilverfahren zugestimmt. Sicher auch, weil gefühlt sämtliche Bürgerinnen und Bürger, darunter einige hochrangige Persönlichkeiten, ihn mit Anrufen geradezu bombardiert hatten. Auf dem an diesem Abend für den Verkehr gesperrten Kreisel hatten einige Fans Klappstühle aufgestellt. Die Wirte der umliegenden Kneipen beeilten sich, genügend gekühlte Getränke parat zu haben. Der Himmel war klar und blau, die Stimmung grandios.

Karla-Maria war natürlich da, sie hatte Ninos gesamten Langener Fanclub mitgebracht. Nachdem die Mitglieder sich in den vergangenen Tagen die Finger wund geschrieben, dabei gezwitschert, geliked, geteilt und gepostet hatten, was das Zeug hielt, war vermutlich jeder Internet-affine Nutzer zwischen der Sahara und Grönland auf dem Laufenden: Nino Blankenburg war der süßeste, beste, beliebteste Schlagersänger auf diesem Planeten. Und er hatte auf jeden Fall die besten und rührigsten Fans. Die standen treu zu ihm. Hämische Regenbogenpresse, giftige Kommentare ewig Gestriger und böse Zungen ›befreundeter‹ Sangeskollegen hatten keine Chance gegen die fortlaufenden Candystürme, durch die der Schlagerstar seit seinem doppelten Coming-out - hin und wieder zurück -, glückstrunken taumeln durfte.

Karina, die neben ihrer Tante saß, winkte Petra schon von weitem zu. Die hielt indessen Ausschau nach Maik, der angekündigt hatte, nach seinem Arztbesuch ebenfalls zu kommen.

»Petra!« Plötzlich stand Nino vor ihr. Strahlend öffnete er die

Arme und zog sie an sein Schlagersängerherz. »Ich bin so froh, dass Sie Lukrezia aus ihrer misslichen Lage befreit haben«, flüsterte er ihr ins Ohr.

»Hat Sie Ihnen erzählt, was geschehen ist?«

Nino nickte betrübt. »Sie wollte nur mit ihm reden. Und dann das.« Er schüttelte den frisch gestylten Schopf.

Na ja, nach den SMS, die zunächst versehentlich an Scarlett Bohnenberger gingen, möchte ich nicht wissen, was sie alles noch an Papenhagen direkt geschrieben hat, nachdem sie ihren Irrtum bemerkte.

Petra wusste nach ihrem Gespräch mit Lukrezia bereits, dass alle Nachrichten dem Schriftsteller gegolten hatten.

Doch Nino schien lediglich eine entschärfte Version der Geschehnisse zu kennen, die seine Verlobte vermutlich in einem besseren Licht dastehen ließ, als es tatsächlich der Fall war.

»Wir reden nachher, ja? Vielleicht bei einem Glas Wein? Und einer leckeren Kleinigkeit? Die Leiterin meines Fanclubs hat für den engen Kreis im Restaurant *Zur Westendhalle* reserviert. Kommen Sie doch bitte nach dem Konzert auch dahin.«

Dann wurden sie auch schon getrennt.

Petra hatte Glück, sie fand noch einen Platz vor dem *Feinkost Palazzo*. Von dort aus hatte sie das Geschehen voll im Blick. Sigurd Falck stand auf der gegenüberliegenden Straßenseite neben seinem alten Kumpel Nick Tabor. Beide hoben lächelnd ihre Gläser und prosteten dem sich ebenfalls in der Nähe befindlichen Rigobert Unkelhäuser zu.

So, so, das ist ja interessant! Die scheinen ihre Rotlicht-Recherche abgeschlossen zu haben.

Petras blonde Nachbarin hockte wie ein Häuflein Elend am Brunnen. Offenbar hatte sie die Trennung von Doktor Botox noch nicht verdaut. Pfarrer Lichtblau stand mit beseeltem Lächeln und gefalteten Händen daneben. Ob die Nähe zu dem Gottesmann ihr über ihren schweren Verlust hinweghalf? Scarlett Bohnenberger, wieder mit ihrem Handy vereint, hatte nur Augen für ebendieses. Um ihre Mundwinkel spielte ein feines Lächeln.

Vermutlich wieder der Fußballspieler!

Strahlend stand auch Marie-Luise Übelhau in der Menge. Sie trug ein weißes Sommerkleid, daran angesteckt eine rote Rose.

Ich kann mir schon denken, von wem die ist.

Ein Impresario lobte von der Bühne herab den Bürgermeister, dessen schneller Entschluss das Event überhaupt möglich gemacht hatte. Wenig später kam dann Bertel Morgenroth himself. Er trug ein törichtes Grinsen im Gesicht, das gesellschaftlich allenfalls bei heftig Verliebten toleriert wird, und stellte sich neben die Arztgattin. Deren Lächeln wirkte in derselben Sekunde wie mit 1000 Watt verstärkt. Spätestens in dem Moment war sämtlichen Anwesenden klar, was sich da anbahnte.

Schließlich begann das Konzert. Petra griff nach ihrer Zitronenlimo. Stellte sie nach dem ersten Schluck wieder ab, um von ihrem Platz aufzuspringen und Maik zuzuwinken.

Endlich!

Als er auf sie zukam, nein, sich durch die Menge zu ihr durchkämpfte, sah sie ihn wieder wie beim ersten Mal. Wow! Er war einfach der Hammer mit seinem schmalen Kinn, diesen stahlblauen Augen und der sportlichen Figur. Unter dem dunkelblauen Hemd zeichnete sich ein Verband am Oberarm ab. Als er direkt vor ihr stand, berührte Petra die Stelle vorsichtig.

Er sah sie mit einem Lächeln an, reden konnte man eh nicht viel bei der Lautstärke, bevor er sich zu ihr herunterbeugte und sie küsste. Lange, zärtlich und auf genau die Art, die einer Frau einen Freiflug ins Universum verpasst.

»Meine Liebe, meine Seele, meine Träume«, sang Nino schmachtend und als Petra irgendwann, nach einer geschätzten Unendlichkeit, die Augen wieder öffnete, schien es ihr, als sänge Nino nur für Maik und sie.

Ach ja, auch so konnte das Leben sein. Romantisch, fluffig,

heiter. Sie lehnte sich mit dem Rücken an ihn, er hielt sie fest und beide vermieden es, in die feixenden Gesichter ihrer Chefredakteure zu blicken.

Das Leben war schön und unbeschwert.

Bis Professor Doktor Winfried Übelhau die Arena betrat.

Nino hatte einen seiner größten Erfolge gesungen, es ging, wie immer, um Sehnsucht und Herzschmerz vor der großen Erfüllung. Das Publikum hatte mitgesungen und geklatscht, nun applaudierte die Menge wie besessen, bevor er eine kleine Pause ankündigte.

»In zehn Minuten geht es weiter«, verkündete er, bevor er sich durch den Pulk seiner Verehrer kämpfte, und im Café verschwand. Leider hatte er vergessen, sein Bühnenmikro auszuschalten, das nun eine Konversation einfing, die nicht für die Öffentlichkeit bestimmt war. Direkt neben der kleinen Plattform standen nämlich Marie-Luise Übelhau und Bertel Morgenroth so dicht beieinander, dass kein Blatt Papier mehr dazwischengepasst hätte. Das schien auch Marie-Luises Gatte so zu sehen, der just in diesem Moment auf die beiden zutrat.

»Was fällt Ihnen ein!«, wies er Morgenroth zurecht. »Finger weg von meiner Frau!« Die Menge, eben noch im kollektiven Rausch der Schnulzen, verstummte ruckartig.

»Ich lasse mich scheiden«, lautete die überraschende Antwort aus Marie-Luises Mund. Übelhau wich zurück, als habe seine Noch-Gattin ihm einen Schlag versetzt.

»Aber Sternchen ...«, stammelte er und hob die Hände in ihre Richtung.

»Du hattest jahrelang aushäusig deinen Spaß. Ich habe das hingenommen. Für die Zukunft will ich etwas Besseres für mich«, verkündete das >Sternchen<, deutlich unterkühlt.

»Doch nicht etwa ... mit ... mit ... dem da?!« Übelhaus Stimme brach.

»Ich muss doch sehr bitten!« Das war Morgenroth, der

freudvoll überrumpelt schien von dem, was Übelhaus Noch-Gattin gerade von sich gegeben hatte. »Immerhin bin ich kein Irgendwer.«

»Bald schon. Kennen Sie Ihre Umfragewerte womöglich noch gar nicht?«, giftete Übelhau und griff nach dem Arm seiner Gattin, um sie zu sich zu ziehen.

»Finger weg!«, zischte die und riss sich los. So hatte man Frau Übelhau noch nie gesehen, geschweige denn gehört. Eine Stille trat ein, in der man eine Stecknadel hätte fallen hören können.

In diesem Moment ging den drei Personen auf, dass der gesamte Lutherplatz mithören konnte.

»Schalten Sie das Mikro aus!«, brüllte Übelhau. Gleichzeitig packte er Morgenroth an seiner Krawatte. »Sie Ehebrecher!«

Petra, die wie alle anderen fassungs- und regungslos dem Disput lauschte, sah aus den Augenwinkeln heraus, wie sich etwas Blondes am Brunnen erhob und mühsam auf die drei Streithähne zustakste.

»Ehebrecher? Das bist ja wohl du!«, damit landete der herrlich erfrischend aussehende Inhalt ihres Glases in Professor Übelhaus Gesicht. »Mich einfach so fallenzulassen«, schnaubte sie noch, bevor sie davonging.

»Eben reicht's!«, meldete sich nun Marie-Luise erneut zu Wort. Falls sie sich überhaupt noch in einem Zwiespalt befunden haben sollte, war es damit nun vorbei. Die öffentliche Zurschaustellung der Untreue ihres Gatten schien ihr den Rest gegeben zu haben.

»Sie Fremdgänger«, trompetete Morgenroth.

»Halten Sie die Luft an, Sie Poussierer, Sie!«, lautete Übelhaus Antwort.

Bertel Morgenroth beendete die hitzige Konversation nonverbal. Er riss seine Krawatte aus des Professors Faust wieder an sich und holte anschließend zu einem Schwinger aus. Der traf den durchnässten Übelhau am Kinn. Der Schönheitsarzt taumelte ein paar Schritte rückwärts, der amtierende

Bürgermeister setzte nach, holte erneut aus - und Übelhau ging zu Boden. *Pfft!* gab er noch von sich, dann kam nichts mehr.

»So«, sagte Morgenroth und drehte sich um. War es ein Zufall, dass er dabei sekundenlang seinem beruflichen Herausforderer Unkelhäuser direkt gegenüberstand? Der wich vorsichtshalber ein paar Schritte zurück.

»Mein Held!«, schluchzte Marie-Luise und warf sich in Morgenroths Arme. Derweil hockte sich Sigurd zu dem Bewusstlosen, während sein Freund Nick aufgeregt in sein Smartphone sprach.

»Lassen Sie mich das machen«, unterbrach eine dunkelhaarige Frau Falks Bemühungen, den Doc wieder wachzukriegen. »Ich bin seine Sprechstundenhilfe«. Sprach's, hockte sich neben ihren Boss und schlug ihm ein paar Mal links und rechts ins Gesicht. Vielleicht etwas zu heftig.

»Er kommt wieder zu sich«, murmelte Sigurd.
Petra musste sich bemühen, ernst zu bleiben. War sie die Einzige, die das fiese, kleine Lächeln der Frau gesehen hatte? Tja, Rache, für was auch immer, war eben süß.

»Da weiß man gar nicht, was man für die morgige Ausgabe alles schreiben soll.« Petra und Maik spazierten Hand in Hand die Bahnstraße hinunter. Maiks Flitzer stand noch am *Weißen Tempel*, Petras Fahrrad auf dem Parkplatz der Redaktion. Sie hatten beide Lust auf Bewegung und daher beschlossen, bis zur *Westendhalle* zu laufen.

»Du schreibst, dass Nino Blankenburg ein super Konzert gegeben hat, und dass Archibald Papenhagen in Polizeigewahrsam genommen wurde. Und ich schreibe über ein öffentlich ausgetragenes Eifersuchtsdrama und über das, was du mir hoffentlich gleich noch verraten wirst.«

Petra blickte ihn von der Seite her skeptisch an.

»Kein Klatsch und Tratsch«, forderte sie streng.

Maik seufzte. »Ich versprech's. Nur die Fakten. Außerdem

habe ich ja auch einige Beobachtungen zur Geschichte beizutragen.«

»Gut, dann lass uns einen Aperitif im *Eiscafé Venezia* nehmen, dabei erzähle ich dir, was ich weiß. Danach erzählst du mir, wie du in die ganze Sache reingeraten konntest.«

Sie besiegelten ihren Deal mit einem Handschlag und zwei Aperol Spritz.

»Lukrezia Mahlmann, so ihr voller Name, ist die uneheliche geborene Tochter der Berliner Bildhauerin Lilith Mahlmann. Entsprungen einer leidenschaftlichen Liaison mit einem Schweizer. Wer ihr Vater war, erfuhr sie erst nach dem Tod der Mutter. Lukrezia war nicht sein einziges Kind. Er schien, von der Öffentlichkeit weitgehend unbemerkt, ein recht reges Liebesleben geführt zu haben. Aus diesem Grund gab es nach dem Tod des Mannes Schwierigkeiten, das Erbe zu ordnen, was eine Weile dauerte. Fakt ist, dass Lukrezia von ihrem Vater - Achtung, jetzt kommt's - die Rechte seiner literarischen Werke geerbt hat. Es handelte sich nämlich um einen, zumindest in der Schweiz, recht bekannten Autor. Nachdem sie endlich Einblick in seine Unterlagen erhielt, stellte sie fest, dass es ein unvollendet gebliebenes Manuskript gab, an dem er zuletzt am Gardasee gearbeitet hatte. Da Lukrezia selbst literarisch nicht besonders bewandert ist, wollte sie das Manuskript von einem Ghostwriter fertigstellen lassen. Dabei stellte sich heraus, dass es die von ihm detailliert skizzierte Story bereits gab. Du ahnst, was jetzt kommt?«

Petra saugte undamenhaft heftig an ihrem Strohhalm, was ein lautes, gurgelndes Geräusch verursachte.

Maik zog die Brauen nach oben. »Doch nicht - *Das späte Glück des Berthold Gregorius*?«

»Genau, eben das.« Petra schob ihr leeres Glas von sich und beugte sich mit glänzenden Augen vor. »Daraufhin hat Lukrezia recherchiert und festgestellt, dass der Autor dieses Bestsellers, bis zur Veröffentlichung eben dieses Buches ein eher erfolgloser

Schriftsteller, zur selben Zeit wie ihr Vater im selben Hotel am Gardasee logierte. Die beiden Männer müssen dort Bekanntschaft geschlossen haben. Als der Schweizer beim Tretbootfahren einen schnellen Herztod erlitt, hat Papenhagen die Gunst der Stunde genutzt, um das fast fertige Werk an sich zu nehmen. Da es zunächst niemand zu vermissen schien und der Urheber offiziell ledig und kinderlos war, brachte Papenhagen das Buch nach einer Schamfrist unter seinem eigenen Namen heraus.«

»Puh!«, machte Maik.

»Genau. Puh!« Petra grinste.

»Statt nun Papenhagen anzuzeigen oder was man sonst in einer solchen Situation macht, begann Lukrezia, ihm fiese Textnachrichten zu schicken. Die, aufgrund eines zunächst unbemerkt gebliebenen Tippfehlers in der Nummer, zunächst ausgerechnet bei Scarlett Bohnenberger landeten. Die daraufhin sogar mich verdächtigte, die Absenderin zu sein. Na ja. Erst am Abend der Spendengala erhielt unser Papenhagen die ersten Hass-Nachrichten direkt.«

»Darum war er von einer zur anderen Minute wie ausgewechselt«, murmelte Maik.

»Lukrezia hat dir an diesem Abend einen Zettel zugesteckt. Bevor sie den Schriftsteller auffliegen lassen wollte, ging sie dennoch direkt zu ihm, ein letzter Versuch, sozusagen, mit offenem Visier. Vorher ahnte er wohl nicht einmal, wer ihm da drohte. «

»Was wollte sie denn von ihm?«

»Dass er öffentlich bekennt. Oder ihr das gibt, was ihr zusteht. Oder beides. In diesem Fall hättest du am *Weißen Tempel* lange warten können und dich vermutlich immer noch gefragt, wer dir den Zettel zugesteckt hat. Papenhagen nun dachte nicht daran. Damit sie ihn nicht verrät, überwältigte er sie und sperrte sie, gefesselt und geknebelt, in seine Besenkammer, weil er just zu der Zeit mich noch erwartete.«

»Das ist ja krass.«

Petra nickte. »Lukrezia hätte nach Beendigung meines Besuches das Haus nicht lebend verlassen, wenn nicht im selben Moment, als ich mich im oberen Stockwerk des Hauses aufhielt, ein weiterer Besucher gekommen wäre.«

»Der Papenhagen niederschlug.«

»Mit dem Fleischklopfer. Genau!«

»Wer war es?«

Petra zuckte die Achseln. »Papenhagen sagt, er kann sich nicht mehr erinnern. Partielle Amnesie.«

Beide schwiegen.

»Wenn das so ist, wird man wohl nie rausbekommen, wer da noch hinter dem roten Notizbuch her war«, meinte Maik.

»Haben wir was übersehen?«

Maik wusste inzwischen, wie sie an das Notizbuch gelangt war. Und sie wusste, dass er es, genau wie sie, von vorne bis hinten durchgesehen hatte. Er schüttelte den Kopf.

»Es könnte jeder sein. Die ganzen Namen und die vermeintlichen oder tatsächlichen Geheimnisse.«

Hinter eines jedoch war er nicht gekommen, wie Petra wusste. Aber das war so unbedeutend, dass sie es gar nicht erwähnte. Eine alte, unerfüllte Liebe war wohl doch zu wenig knallig für den Sensationsreporter, selbst wenn es sich bei dem weiblichen Part um die Societylady Valentina Ohl handelte.

»Was immer noch nicht erklärt, warum Papenhagen dich niedergeschlagen hat, um das Notizbuch an sich zu nehmen.«

»Er war's nicht.« Petra starrte in ihr leeres Aperol-Glas als wäre es die Kristallkugel ihrer Großmutter.

»Wenn er es nicht war, wie kommt er dann dazu?«

»Jemand hat ihm das Buch in den Briefkasten geworfen. Er wusste angeblich nicht einmal, wem es gehört. Nachdem er die Brisanz begriffen hatte, legte er es in ein Versteck.«

»Und das glaubst du ihm?« Maiks Empörung war offensichtlich.

»Das ist es, was er mir erzählt hat. Hanfstängel war nicht dabei, sonst hätte ich beichten müssen, dass ich auf nicht ganz legale Weise an dieses Notizbuch geraten bin. Mal sehen, was Papenhagen in der polizeilichen Vernehmung aussagt und ob er was über den Überfall von sich gibt.«

Maik streichelte mitfühlend ihre Hand.

»Weiß Lukrezia von dem Notizbuch?«, wollte er wissen.

»Nö.«

»Dann finden wir vielleicht noch eine Lösung. Komm, lass uns jetzt gehen, ich habe einen Bärenhunger.«

Er zahlte und sie brachen auf.

47

In der *Westendhalle* herrschte ausgelassene Stimmung. Nino herzte seine Lukrezia. Karina flirtete rotwangig mit einem Roadie. Karla-Maria und der Fanclub schossen ununterbrochen Selfies mit ihrem Star und zeigten sich fünfminütlich gegenseitig die aktuellsten Meldungen, auf welchen Platz gerade ein Song von Nino in einer der vielen Hitparaden geschossen war. Maik und Petra klemmten sich an einen der proppenvollen Tische. Überall wurde herzhaft zugelangt. Steaks, Schnitzel und Lendchen verbreiteten einen appetitlichen Duft. Auch Petra und Maik stellten alles hintan und machten sich erst einmal daran, ihren Hunger zu bekämpfen.

»Diese Eule, so was habe ich noch nie gesehen«, erklärte Maik irgendwann, auf seinem Steak kauend. »Der Vogel kam einfach aus dem Wald herausgeschossen, flog direkt auf Papenhagen zu und warf ihn buchstäblich um.«

Petra schaute ihn von unten her an. »Das kann ich dir erklären«, sagte sie langsam.

»So? Da bin ich mal gespannt.« Maik griff nach ihrer Hand und lächelte mit feiner Ironie im Blick.

Auf jeden Fall konnte sie ihm die Erklärung, die ihre Großmutter ihr geliefert hatte, geben. Maik zog amüsiert die Brauen hoch, als er von Hannas Profession erfuhr.

»Du glaubst doch nicht etwa an derlei Dinge?«, flüsterte er ihr ins Ohr.

»Nein. Doch. Ja. Also - bei meiner Oma ist das wirklich was ganz Besonderes.«

»Noch ein Weinchen?«, fragte die Kellnerin. Petra nickte eifrig, bevor sie sich wieder Maik zuwandte.

Wie sollte sie ihm das erklären? Als Petra ihrer Oma vor dem Konzert einen Besuch abgestattet hatte, schloss die sie in die Arme, als hätten sie sich monatelang nicht gesehen.

»Ich hab's bereits gehört«, waren Hannas erste Worte. Danach beschrieb sie, wie ihre *Wesen* sie über die drohende Gefahr für Petra unterrichtet hatten. »Da habe ich sie gebeten, dir zur Seite zu stehen. Heute, zwischen Mittag und drei Uhr, durchfuhr es mich ganz heftig. Da habe ich die Kristallkugel befragt. Sie hat mir gezeigt, was geschehen ist. Du warst in Gefahr, man hat dich gerettet!«

»Also Oma, das gibt es doch gar nicht«, widersprach Petra zaghaft. Ein bisschen gruselig war das alles schon.

»Vergiss es einfach«, meinte sie nun, an Maik gewandt. »Man muss es erleben, um es zu glauben.«

»Hauptsache, dir ist nichts passiert. Dafür lade ich deine Oma auch gerne mal zum Essen ein.«

Ja, warum eigentlich nicht?

»Du meinst, bevor du nach New York gehst?«

Maiks Kopf fuhr ruckartig nach oben bei dieser Frage.

»Ach so, das«, murmelte er.

»Lass mich raten. Du hast abgesagt?« Hörte sie sich wirklich so hoffnungsfroh an, wie es in ihren Ohren klang?

»Wie kommst du darauf?« Maiks Gabel sank auf den Teller.

»Nicht ich. Meine Oma. Sie meinte vorhin nämlich noch, ich hätte nicht nur Glück im Job, sondern auch Glück in der Liebe. Die sei und bliebe mir ganz nah.«

Sie klimperte ein wenig mit den Wimpern bei diesen Worten.

»DAS hat sie gesagt?« Maiks Augen wurden groß.

»Hat sie. Obwohl ich ihr von deinen USA-Plänen erzählt habe. >Das wird nichts<, antwortete sie. So, jetzt bist du dran.«

Maik brauchte einen Moment, um sich von dieser Ansage zu erholen. »Sie hat recht«, murmelte er dann. »Der Anruf, als ich bei dir in der Wohnung war - die Sache ist geplatzt.«

Na ja, Berlin ist auch weit weg, dabei immer noch näher als New York.

»Stimmt das mit dem Papenburg? Dass er verhaftet wurde?«
Petras Kopf ruckte nach oben. Sie stand in der Damentoilette am
Waschbecken, als eine der Frauen des Fanclubs sie ansprach.

»Er wird auf jeden Fall befragt«, wich sie aus.

»Ich kenne ihn ja nicht, aber er saß öfter mal hier am Abend.
War immer etwas schwierig, weil der ja Vegetarier ist und es
manchmal gar nicht so einfach war, dem Herrn ein Menü
zusammenzustellen.«

»Ja, ja«, sagte Petra und drehte energisch den Wasserhahn zu.
»Diese Künstler, immer wollen sie Extrawürste, und wenn's auch
nur vegetarische sind.«

Ungefähr zehn Minuten danach ging ihr auf, was sie da eben
erfahren hatte. Eine unverfängliche Frage später wusste sie von
der Bedienung, dass es stimmte. Papenhagen war Vegetarier.
Nur, wozu brauchte er da einen Fleischklopfer, so groß, dass man
Elefantenkoteletts damit hätte bearbeiten können?

»Wir müssen Schwatzkes Notizbuch noch einmal durchgehen.
Wort für Wort. Irgendwo da drin versteckt sich die Wahrheit.«

Sie hockten in Maiks Hotelzimmer auf dem Boden, das
Notizbuch lag zwischen ihnen. Maik hatte eine Kanne Kaffee und
Wasser bringen lassen. Nun steckten sie die Köpfe zusammen,
um sämtliche Aufzeichnungen gemeinsam anzusehen. Petra
hatte Bauchschmerzen, das Buch betreffend. Noch blieb dieser
Fall nebulös. Weder hatte Lukrezia den Eindruck erweckt, sie
wolle zur Polizei gehen, noch hatte Papenhagen irgendetwas über
den Überfall auf Petra gesagt, und damit auch über die Tatsache,
dass sie es war, die das Buch aus Schwatzkes Hotelzimmer
entwendet hat. Noch wusste die Polizei nichts von der Existenz
des Buches.

»Was, wenn es zu einem Beweisstück im Mordfall Schwatzke
wird? Dann kriege ich mächtig Ärger.«

»Nicht mehr als ich. Wir müssen den Fall lösen, damit wir aus
dem Schneider sind.«

Eine Stunde später, Maik hatte zwischendurch noch zwei Mal mit seinem Chefredakteur telefoniert, lagen etliche voll beschriebene Blätter auf dem Boden verstreut. Petra kaute angestrengt auf ihrer Unterlippe herum und hatte Mühe, die Augen offenzuhalten. Irgendwie machte der lange Tag sich jetzt doch bemerkbar.

»Hier liegt die Lösung«, brummte Maik und knuffte sie in die Seite.

»Leontin hat über Nino Blankenburg recherchiert und hatte den Sänger praktisch schon geoutet. Daneben war er hinter Valentina Ohl und ihrer kreativen Buchhaltung bei der Abrechnung ihre Charityprojekte her. Sie ist der eigentliche Grund, warum er nach Langen kam. Okay?«

»Soweit klar«, meinte Petra.

»Hier stößt er auf Rigobert Unkelhäuser. Seine Spürnase sagt ihm, dass er Mann was zu verbergen hat und er setzt sich auf seine Spur. Aber noch bevor er dessen Vergangenheit in Person seiner Mutter, und damit auch seine Geldquelle öffentlich macht, wird er ermordet.«

»Ausschließen können wir Übelhau, von dessen drohendem Gerichtsverfahren dein Kollege nichts wusste. Außerdem war der Schönheitsdoc in der fraglichen Nacht bei seiner Geliebten. Morgenroth können wir ebenfalls streichen. Der hat den Erlös des Grundstücks sofort bei Verkauf nämlich der Bürgerstiftung überwiesen und keinen Cent für sich behalten. Das hat mir Karina gesteckt. Scarlett Bohnenberger kommt in Schwatzkes Notizen überhaupt nicht vor.«

»Genauso wenig wie Papenhagen«, vervollständigte Maik betrübt.

»Stimmt. Aber im Gegensatz zu den anderen, die entweder ihre Dinge schon geregelt hatten oder - wie Scarlett -, noch gar nichts Berichtenswertes getan haben, oder die, wie die Ohl, ein hieb- und stichfestes Alibi vorweisen konnten, war er, neben dem Unkelhäuser, der Einzige, der etwas zu verlieren hatte. Vergiss nicht, dass er bereit war, Lukrezia dafür ins Jenseits zu befördern.« Petra zog ihr Handy hervor und scrollte zu ihren Fotos und der Aufnahme des Bewirtungsbelegs. »Schwatzke muss am Montag während des Ebbelwoifestes fast den ganzen Abend im *Treppchen* gewesen sein.« Sie blinzelte Maik zu. »Das ist das Lokal, in dem wir beide auch waren.«

»Ich erinnere mich«, grinste er wissend.

Petra räusperte sich, bevor sie fortfuhr. »Laut Bewirtungsbeleg, den er vermutlich für die Spesenabrechnung aufgehoben hat, hat er gegessen und zwei Bier getrunken. Danach noch einen Schnaps und Kaffee.«

»Von Nick weiß ich, dass Leontin ihn an diesem Abend angerufen hat. Und auch, was er ihm erzählt hat.«

»Nämlich?«

»Dass er einen ganz dicken Fisch an der Angel hat. Er erzählte ihm, dass das der Knaller überhaupt sei. Er sei demjenigen dicht auf den Fersen. Der könne sich, so wörtlich, seine Zukunft abschminken. Der Name Unkelhäuser muss am Anfang des Gesprächs ebenfalls gefallen sein.«

»Warum hat er Nick nicht erzählt, weswegen er ihm auf den Fersen war?«

»Pah«, machte Maik und verzog den Mund. »Leontin Schwatzke war ein Wichtigtuer. Einer, der immer nur Andeutungen machte und gerne andere im Unklaren über das große Ganze ließ. Er hat nie, NIE, die Katze aus dem Sack gelassen, bevor sein Artikel geschrieben war. Dabei nutzte er ausschließlich die handschriftlichen Aufzeichnungen in seinem Notizbuch, weil er befürchtete, jemand könne sich in sein Handy hacken.«

»Du willst doch damit wohl nicht sagen, er hat seinem eigenen Auftraggeber misstraut?«

»Was weiß ich. Ich kannte ihn kaum. Bin noch nicht so lange beim *Knaller*. Über ihn hat man sich natürlich viel erzählt. Der Starreporter mit der untrüglichen Spürnase für Skandale aller

Art!«

»Wir müssen den Mörder entlarven«, murmelte Petra, der jetzt die Augen mit Macht zufielen.

»Nicht heute. Morgen.« Er zog sie grinsend nach oben und bugsierte sie ins Bett. Sie schlief bereits, als ihr Kopf das Kissen berührte.

48

»Sie haben WAS?«

Petra rollte mit den Augen und gestikulierte mit der freien Linken, während sie mit der Rechten ihr Handy ans Ohr drückte.

»Was heißt denn keine Fluchtgefahr? Der Mann wollte jemanden umbringen ...«

Mit offenem Mund lauschte sie der Person auf der anderen Seite.

»Nicht erwiesen? Er hatte eine Waffe ...«

Einige Augenblicke später war das Telefonat beendet. Maik, der im Laufe des Gesprächs aus dem Badezimmer gekommen war, sah beunruhigt zu Petra hinüber.

»Was ist los?«

»Papenhagen wurde heute früh auf freien Fuß gesetzt. Sein Anwalt, Doktor Greifvogel, muss einen Riesenaufstand gemacht haben. Von wegen, die Waffe könne seinem Mandanten untergeschoben worden sein. Und ... ach herrje!« Sie seufzte und ließ kurz den Kopf auf die Brust sinken.

»Was - und?«

»Es wird angezweifelt, dass Hanfstängel sich in ordnungsgemäßem Zustand befand, um es mal vornehm auszudrücken. Immerhin war er nicht mehr im Dienst und Papenhagen hat behauptet, er wäre nicht nüchtern gewesen.«

»Das ist gelogen«, antwortete Maik wie aus der Pistole geschossen.

»Ich weiß. Wir müssen sowieso dazu aussagen, aber bis es dazu kommt, ist der Kerl frei.«

Maik schüttelte verständnislos den Kopf.

In diesem Moment klopfte es an der Tür. Petra ging öffnen und stand einer ausnahmsweise mal ziemlich heiter dreinschauenden Lukrezia gegenüber.

»Dachte ich mir doch, dass ich Sie hier finde«, schmunzelte sie und hob die *Langener Morgenpost* in die Höhe. »Danke, dass Sie es nicht erwähnt haben«, meinte sie noch, drückte Petra das druckfrische Exemplar in die Hand und verschwand.

»Was hast du nicht erwähnt?« Maik rubbelte sich mit heftigen Bewegungen die Haare trocken.

»Hier - lies.« Sie hielt ihm die Zeitung hin, Maik setzte sich aufs Bett und las.

Archibald Papenhagen - ist der Erfolgsautor ein Betrüger?
Von Petra Koslowski
Gestern am frühen Nachmittag wurde der bekannte Langener Schriftsteller Archibald Papenhagen festgenommen, nachdem er im Koberstädter Wald bei Langen, ganz in der Nähe des »Weißen Tempels«, mit einer Waffe angetroffen wurde. Er hat damit einen Berliner Journalisten bedroht, dessen Enthüllungen er fürchtete. Unbestätigten Gerüchten zufolge soll Papenhagens Bestseller »Das späte Glück des Berthold Gregorius« nämlich nicht aus seiner eigenen Feder stammen. Noch ist nicht klar, ob an den Anschuldigungen, die erhoben wurden, etwas dran ist. Papenhagen selbst hat sich bisher nicht geäußert. Sein Rechtsbeistand, der bekannte Frankfurter Jurist Doktor Greifvogel, betonte, sämtliche Vorwürfe gegen seinen Mandanten seien völlig aus der Luft gegriffen und bisher nicht bewiesen.

Erst einen Tag zuvor war Papenhagen in seinem Haus in Langen überfallen worden. Von dem oder den Tätern fehlt momentan jede Spur. Ebenso ist unklar, ob der Überfall etwas mit den Vorwürfen gegen ihn zu tun hat.

»Du bleibst ja ziemlich vage«, brummte Maik.

»Muss ich auch. Obwohl ich selbst im Wald dabei war, darf ich nur schreiben, was hieb- und stichfest ist. Nachdem Lukrezia nicht einmal Anzeige erstattet hat und noch keine Zeit war, ihre Version zu überprüfen, hielt ich es für das Beste, sie außen vor zu lassen.«

Sie trat vor den Spiegel, um ein bisschen an ihren Haaren herumzuzupfen, bis sie frech vom Kopf abstanden.

»Ich fahre schnell heim und zieh mich um. Wir sehen uns später in der Redaktion. Sigurd hat mir eine SMS geschrieben, dass um zehn eine Konferenz stattfindet, sodass es nicht schlimm ist, wenn ich heute später zur Arbeit erscheine. Dein Chef ist auch dabei.«

Maik trat von hinten auf sie zu und legte seine Hände um ihre Hüften. Sie blickten sich im Spiegel an und Petra spürte ein heftiges Ziehen in der Herzgegend. Wenn die Story durch war, würde Maik wieder nach Berlin fahren. Immerhin eine Großstadt, mit dem ICE waren es nur etwas über vier Stunden dorthin. Doch die Vorstellung, ihn wieder zu verlieren, jetzt, wo sie sich gerade gefunden hatten, machte sie traurig.

»Na, so nachdenklich?« Maik küsste sie aufs Ohr. Manno! Es durchrieselte sie von oben bis unten. Nein, darauf wollte sie nicht verzichten. Ob sie sich eine Stelle in Berlin suchen sollte?

»Ach, das ist gerade alles ein bisschen viel«, murmelte Petra.

»Eine tolle Story, die wir vermutlich zusammen schreiben, das finde ich gut«, antwortete Maik leichthin und ließ sie los, um seine Hose zu suchen.

»Bis nachher«, rief sie ihm zu, als sie das Hotelzimmer verließ.

»Vermisse dich jetzt schon«, rief er ihr hinterher. Sie seufzte. Nun war erst einmal Arbeit angesagt.

Im Foyer traf Petra auf Nino Blankenburg, der mit seiner gesamten Entourage auscheckte. Koffer, Trolleys und Tüten wurden zu Taxen getragen.

»Schön, dass wir uns noch sehen! Schauen Sie mal, was Karla-Maria mir gebracht hat«, rief Nino ihr zu und schwenkte zwei Stofftaschen mit dem Logo von Langen. Darin befand sich die gesamte Palette der beliebten Siebenschläfer-Produkte.

»Das sind wahrhaft leckere Erinnerungen an die Sterzbachstadt«, freute er sich.

Petra schluckte. Warum war ihr denn jetzt zum Heulen zumute? So gut kannte sie den Schlagersänger auch nicht. Ninos Herzlichkeit, mit der er sie in den Arm nahm und so fest drückte, dass ihr fast die Puste wegblieb, ließ den Kloß in ihrem Hals noch größer werden.

Lukrezia trat zu ihnen. Sie lächelte stumm und geheimnisvoll.

»Abfahrt! Dalli, dalli«, rief Ninos Pressedame resolut. »Der Flieger wartet nicht!«

»Wohin geht es denn?«, fragte Petra leise. »Nach Riga?« Nino schüttelte lächelnd den Kopf.

»Lissabon. Ein Gig mit einer Fadosängerin. Privatkonzert für die neue Flamme eines Fußballers. Romantik pur.« Er gluckste vergnügt, winkte ihr zu und schon waren er und seine Liebste weg, Arm in Arm schritten sie hinaus, ihrer rosaroten Zukunft entgegen.

Bevor sie ins Taxi steigen fiel Petra noch etwas ein. »Lukrezia«, rief sie. »Einen Moment noch!«

Die Schauspielerin drehte sich um und kam ein paar Schritte zurück in die Hotelhalle.

»Was wird denn jetzt mit dem Buch? Wie stellen Sie sich das vor?«

»Mein Anwalt wird das regeln«, meinte Lukrezia geschäftsmäßig.

Na klar, und der Rest fällt unter den Tisch.

Es war ihre Entscheidung, die Petra respektieren würde.

»Die Story ...«

»Kriegen Sie exklusiv von mir. Das bin ich Ihnen schuldig.« Lukrezia legte kurz ihre Hand auf Petras Arm, dann war sie endgültig weg.

Im Hausflur traf Petra ebenfalls auf einen heftig schwitzenden Taxifahrer, der drei riesige Koffer die Treppe hinunter in seinen Wagen schleppte. Hinter ihm stakste Petras Nachbarin, das blonde Gift, in einem luftigen Sommerkleidchen und auf halsbrecherisch hohen Sandalen die Stufen herab. Lippen, Nägel, Schuhe, alles leuchtete in einem unternehmungslustigen Signalrot. Bei Petras Anblick schob sie sich die Sonnenbrille ins Haar und musterte die Journalistin mit einem schwer zu deutenden Blick.

»Frau Koslowski«, sagte sie, unterstrichen von Körperkontakt. *Schon wieder jemand, der mir die Hand auf den Arm legt. Wenn das so weitergeht …*

»Was diese Sache betrifft. Die von neulich. Mein Bärchen betreffend …« Sie sah zerknirscht zu Boden. »Das war nicht richtig von mir. Vergessen Sie es. Ja?« Ein betörend bittendes Lächeln spielte um den kirschroten Mund.

Petra zog überrascht die Brauen hoch. »Mit Bärchen ist wohl Professor Doktor Übelhau gemeint?«

»Wir haben uns versöhnt. Jetzt fliegen wir in die Karibik, um unsere Beziehung zu festigen. Danach ziehen wir zusammen«, hauchte die Andere. Draußen hupte jemand, vermutlich das Taxi.

»Oh, da hat er das Ende seiner Ehe aber schnell verkraftet«, merkte Petra trocken an.

»Ich muss!«, damit war die Blonde weg.

Petra schüttelte den Kopf und schloss die Tür zu ihrer Wohnung auf. Das Erste, was ihr auffiel, war die Tatsache, dass ihre Tür nicht abgeschlossen, sondern lediglich ins Schloss gezogen war. Sollte sie gestern so zerstreut gewesen sein? Das Zweite war ein fremder Geruch. Nein, nicht ganz fremd. Noch bevor sie ihn zuordnen konnte, knallte etwas auf ihren Kopf und beförderte sie ins Land der schlechten Träume.

49

Petra kämpfte gegen einen Sog, der sie in die Dunkelheit ziehen wollte. Benommen bekam sie mit, wie jemand sie unter den Achseln packte und durch ihre eigene Wohnung schleifte, sie schließlich an ihr Sofa im Wohnzimmer lehnte. Die Person entfernte sich mit schweren Schritten. Petra begriff trotz des hämmernden Schmerzes am Hinterkopf, dass sie etwas tun musste, um aus dieser Situation heil herauszukommen, und dass ihr dazu nicht viel Zeit blieb. Trotz der Schwere hinter ihrer Stirn tastete sie nach der Tasche, die ihr noch über der Schulter hing. Ihr Handy war an, doch sie schaffte es kaum, es herauszuziehen. Ihre Hände zitterten. Vor ihren Augen schien sich ein dunkler Schleier zu befinden. Fast blind drückte sie schließlich irgendeine Taste in der Hoffnung, damit einen persönlichen Kontakt angewählt zu haben. Da kam ihr ungebetener Besucher bereits wieder aus der Küche zurück. Petra schob das Handy hastig unter ein Sofakissen und betete lautlos darum, dass sich nicht gerade im ungünstigsten Moment am anderen Ende der Leitung jemand lautstark melden würde.

»Was wollen Sie von mir?«, schrie sie ins Wohnzimmer hinein. »Warum sind Sie bei mir eingebrochen? Warum haben Sie mich niedergeschlagen!?«

Hoffentlich hört mich jemand. Omas Geister?

»Halt deinen frechen Mund, sonst werde ich ihn dir stopfen«, entgegnete Papenhagen, der sich mit einer Rolle Paketband und einer Wäschekordel bewaffnet hatte.

Sein Rasierwasser! Wusste ich doch, dass ich den Duft von irgendwoher kenne!

»Damit kommen Sie nicht durch«, kreischte Petra und versuchte, aufzustehen.

Alles, bloß nicht gefesselt und geknebelt werden!

Ihre Beine knickten weg und Papenhagen versetzte ihr zusätzlich noch einen kräftigen Stoß gegen die Schultern.

Stöhnend sank Petra zu Boden. Erst jetzt bemerkte sie die Unordnung im Raum. Sämtliche Schubladen ihres Schreibtischs standen offen, Papier lag herum, ihr Laptop war eingeschaltet. Papenhagen wirkte fahrig und nervös. Sie begriff, dass der Schwindel-Autor nicht damit gerechnet hatte, sie anzutreffen. Dachte, sie wäre bereits im Büro. Vermutlich wollte er sich in aller Ruhe umsehen, ob und welche Informationen sie über ihn hatte.

Reden, reden, reden. Der Kerl ist eitel wie ein Pfau. Ich muss ihn dazu bringen, dass er mir sagt, was er denkt, was ich bereits wüsste.

»Papenhagen, was soll das?« Sie redete immer noch, so laut sie konnte, und hoffte, er würde es ihrem Schrecken zuschreiben.

»Sie haben mich schon einmal niedergeschlagen, ich finde, es reicht jetzt allmählich!«

Ihr Gegenüber fletschte die Zähne, seine Augen flackerten wie Irrlichter. Petra bekam Angst. Der Kerl war nicht mehr zurechnungsfähig. Vermutlich war er beim Einsturz seines Lügengebäudes unter den Trümmern begraben worden. Da konnte Doktor Greifvogel machen, was er wollte, aus dieser Nummer kam sein Klient nicht mehr raus. Und das wusste der selbst auch. Es sei denn ... Petra würde das hier nicht überleben.

Oma, schick mir deine Geisterwesen zu Hilfe, ich werde auch nie wieder darüber lächeln.

»Musstest du deine Nase auch in fremde Angelegenheiten stecken?« Papenhagen richtete sich zu seiner vollen Größe auf und schaute finster auf sie hinab. »Ich habe dich gesehen, als du das Hotelzimmer dieses Schmierulanten Schwatzke verlassen hast. Mit dem roten Notizbuch in der Hand! Ich durfte nicht zulassen, dass es in falsche Hände kommt.«

»Aber es steht doch nichts über Sie drin. Schwatzke war hinter jemand ganz anderem her.«

»Ah!«, stieß Papenhagen aus und begleitete seinen Ausruf damit, die Arme in die Luft zu werfen.

»Dieser Schmierfink.« Er sank auf einen ledernen Pouf und hielt sich den Kopf. Ein Abbild des Elends.

»Was ist geschehen am Montagabend des Ebbelwoifestes«, fragte Petra nun geradeheraus. »Sind Sie ihm im Gasthaus *Zum Treppchen* begegnet?«

Papenhagen hob den Kopf. Er stierte sie an, als habe sie Koreanisch gesprochen. Dann durchlief ihn ein Ruck. Er richtete sich auf. Und erzählte.

»Ich saß im Hofgarten, hatte bereits meine Mahlzeit beendet. Am Nebentisch saß schon eine ganze Weile dieser Kerl, den ich noch nie vorher gesehen hatte. Manchmal schaute er so merkwürdig zu mir rüber und daddelte auf seinem Smartphone herum. Erst dachte ich, er erkennt mich und will bestimmt gleich ein Autogramm.«

Petra hätte ihm am liebsten eine geschmiert für sein selbstgefälliges Grinsen und den verklärten Blick. Sonnte er sich etwa immer noch im erschwindelten Ruhm? Das war ja ekelhaft!

»Irgendwann ging er raus. Zufällig schlug ich den gleichen Weg ein. Mein Wagen stand noch am Parkplatz vom Schwimmbad, weil ich nach einem Termin in Frankfurt dort am späten Nachmittag noch ein paar Runden gedreht hatte, bevor ich aufs Fest ging. Der Fremde lief direkt hinter dem *Stumpfen Turm* auf und ab, sodass er mich nicht kommen sah. Außer uns kein Mensch weit und breit. Die Nacht war klar. Seine Stimme trug bis zu mir. >Der Kerl ist fällig<, hörte ich ihn sagen. >Den lasse ich auffliegen, der kriegt hier kein Bein mehr auf den Boden. < Entsetzt blieb ich stehen. Mir war sofort klar, dass er von mir redete! Von wem sonst! Langsam schlich ich näher und lauschte. Jedes Wort, das er sagte, versetzte mich in eine immer größere Aufregung. >Ein Blender, das ist er<, der Kerl redete sich immer mehr in Rage. Dazu erklärte er seinem Gesprächspartner, dass er ihm unter keinen Umständen am Telefon mehr verraten würde. >Steht alles in meinem berühmten roten Notizbuch, das weißt du doch<, kicherte er. Dennoch versicherte er, den Artikel schnellstmöglich fertigzuschreiben. >Geht nur noch um ein paar Details, die ich überprüfen muss. Dann hast du den Text. Ich gehe gleich ins Hotel zurück und schreibe weiter. Ein Knaller, im wahrsten Sinne des Wortes. <

Mir war schwindelig. Bevor der Kerl zurückkam, gelang es mir gerade noch, mich hinter einem Wagen zu verstecken. Er ging zurück ins Wirtshaus. Ich stand schweißgebadet in dieser Gasse und überlegte, was zu tun sei. In dem Moment kamen Leute den Weg entlang. Mir blieb nichts anderes übrig, als nach Hause zu fahren. Unablässig kreisten die Gedanken in meinem Kopf. Ich kam nicht zur Ruhe, konnte nicht schlafen, trotz des Genusses von einer Flasche Rotwein. Völlig verzweifelt verließ ich mitten in der Nacht erneut mein Haus. Eigentlich wollte ich ein bisschen spazieren gehen. Hoffte, den Kopf frei zu kriegen. Etwas zog mich hinauf zum Vierröhrenbrunnen, obwohl das Fest schon lange vorbei war. Zwei Männer begegneten mir, zu betrunken, um von mir Notiz zu nehmen. Oben war inzwischen Ruhe eingekehrt. Es war drei Uhr nachts. Ich wollte schon wieder gehen, da sah ich ihn. Er musste zurückgekommen sein, saß auf einer der Bänke vor der Kirche, einen Bembel in der Hand und schien zu schlafen. Als ich mich ihm näherte, schreckte er auf. >Ich habe Durst<, sagte er mit erstaunlich fester Stimme. Ohne eine Antwort abzuwarten, schlurfte er zum Brunnen. Vermutlich dachte er, es flöße dort noch immer der Ebbelwoi heraus. Er ging an mir vorbei, dabei grinste er mich so dreckig an, dass mir der Geduldsfaden riss. Ich griff nach dem Bembel, er stolperte, sein Hut fiel zu Boden, er bückte sich danach. Ich schlug zu, einmal, zweimal. Er brach zusammen, direkt am Brunnen. Als ich ihn da sitzen sah, dachte ich im ersten Moment, er sei nur ohnmächtig. Ich war völlig außer mir. Schaffte es aber, ihm den Hut wieder aufzusetzen und den Bembel neben ihn zu legen. Dann machte ich mich davon.« Er schwieg, erschöpft und gleichzeitig aufgepulvert.

Petra hatte die Luft angehalten und sog sie jetzt tief ein.

Papenhagen starrte vor sich hin.

»Zu Hause öffnete ich eine weitere Flasche Rotwein. Und dann noch eine. Ich dachte, mein Leben sei eh vorbei, da könne ich auch noch was Gutes trinken vorher.« Er lachte dumpf auf und verstummte.

»Was ist danach geschehen?«, fragte Petra.

»Erst am darauffolgenden Abend bin ich wieder erwacht. Erfuhr ich, dass ein Toter gefunden worden war. Langsam klärten sich meine Gedanken und ich erinnerte mich an das Notizbuch, von dem der Kerl gesprochen hat. Ich habe anonym unsere wenigen Hotels angerufen, um zu erfahren, wo er wohnte. Ich merkte, dass die im *Sterzbacher Hof* keine Ahnung von Schwatzkes Ableben hatten. Na ja, vermutlich hat dieser Hanfstängel mal wieder gepennt. Zunächst war ich heilfroh, wollte seine Notizen an mich nehmen. Aber ich kam zu spät. Im Hotel sah ich jemanden aus Schwatzkes Zimmer kommen und versteckte mich in einer Fensternische. Ich erkannte Sie, sah das rote Buch in Ihrer Hand. Mir wurde schlecht, ich dachte, jetzt ist alles vorbei. Nur noch weg! Draußen, am Parkplatz, sah ich Sie dann hinter mir aus dem Hotel kommen. Ich erkannte meine Chance, verbarg mich, bis Sie an mir vorbei waren. Den Rest kennen Sie ja.«

»Ja. Die Beule tut noch weh.« Petra verzog das Gesicht in einer wehleidigen Weise. »Sie haben mich angelogen, als Sie sagten, man habe Ihnen das Buch in den Briefkasten geworfen! Und ihn ganz umsonst umgebracht«, konstatierte sie dann. »Er wusste gar nichts von Ihrem geistigen Diebstahl.« Papenhagen war Opfer seiner eigenen Eitelkeit geworden, indem er alles Gesagte auf sich bezogen hatte. Aber das erklärte sie ihm nicht.

»Auf einmal fingen diese SMS an«, erinnerte er sie. »Bei der ersten dachte ich zunächst, sie seien von Ihnen!« Er durchbohrte sie mit seinem Blick. »Aber dann standen Sie mir bei dieser Charity-Veranstaltung genau gegenüber, als eine weitere Kurznachricht eintraf. Nun ja, inzwischen wissen wir, wer dahintersteckte.« Er lachte erneut, hohl und freudlos. Beugte sich zu ihr nach vorne und flüsterte: »Die stand doch plötzlich vor meiner Tür. Ich solle den Diebstahl gestehen, sonst würde sie mit der Presse reden. Mit einem Messer hat sie mich bedroht. Geld wollte sie auch, nicht zu knapp. Da wäre ich mein Lebtag nicht mehr aus den Schulden herausgekommen. Ich bat um Bedenkzeit, da sagte sie doch, sie sei am nächsten Tag bereits mit einem Reporter verabredet. Heute oder nie, das waren ihre Worte.«

»Daraufhin haben Sie sie überwältigt und in den Besenschrank gesperrt.«

Petra hatte ebenfalls unwillkürlich geflüstert.

Papenhagen richtete sich zu voller Größe auf.

»Dummerweise musste ich damit rechnen, dass Sie gleich vor der Tür stehen. Vielleicht hätte ich sonst sofort kurzen Prozess gemacht. Aber so.« Ein betrübter Ausdruck huschte über sein Gesicht. »Tut mir leid für Sie.« Es klang fast aufrichtig. Gleichzeitig löste der Satz bei Petra sämtliche Alarmglocken aus.

»Wollen Sie mich etwa umbringen?«, kreischte sie.

»Natürlich nicht. Sie selbst werden es tun. Es wird wie ein Selbstmord aussehen. Nur, dass Sie schon tot waren, als das Seil um ihren Hals geknüpft wurde.« Er grinste und griff nach dem Sofakissen. Stutzte, als er das darunter versteckte Handy sah und begriff, was es bedeutete.

»Sie haben … das alles aufgenommen?« Er kicherte wieder wie irre. »Das wird nichts nützen. Ich werde es löschen, wenn ich mit Ihnen fertig bin.«

In diesem Moment sprang mit einem ohrenbetäubenden Krach die Wohnungstür auf. Schwarz gekleidete Männer mit Sturmhauben auf dem Kopf stürmten ins Zimmer. Papenhagen lag in Sekundenschnelle bäuchlings mit angelegten Handfesseln auf dem Boden. Petra starrte mit offenem Mund in die aus ihrer Perspektive ziemlich riesig aussehende Mündung einer Waffe. Gottlob nahm der SEK-Beamte, denn um einen solchen handelte es sich, die Pistole sofort runter, als jemand schrie: »Das ist Frau Koslowski, die wohnt hier.«

Es war Maik, der sich hinter den Polizisten hereindrängelte und sofort neben Petra auf die Knie ging. Unglaublich, seine Augen schimmerten feucht.

»Ist dir was passiert?«, stammelte er.

Petra schüttelte den Kopf. »Hat aber nicht viel gefehlt!«

Gott, war sie froh, dass er da war. »Das war Rettung in letzter Minute.«

Und Papenhagen hatten sie jetzt auch am Wickel. Es war wohl Maiks Nummer gewesen, die sie angewählt hatte. Dachte sie.

»Mitgehört? Wovon sprichst du? Ich bin hier, weil ich, kaum dass du weg warst, Sehnsucht nach dir hatte. Dabei ganz spontan den Wunsch verspürt habe, dich abzuholen, damit wir gemeinsam zur Redaktion fahren könnten. Ich stand vor deiner Tür, wollte klingeln, als ich dich schreien hörte. Und so laut reden, dass ich jedes Wort verstand. Da habe ich die Polizei gerufen.«

Petras Kinnlade kippte runter. »Wer hat jetzt das Geständnis mitgehört?« Sie griff nach dem Handy und hob es ans Ohr.

»Hallo?«, fragte sie leise in den Hörer. Niemand antwortete. Doch. Etwas. Ein leises *Piep* verkündete, dass sich gerade irgendwo eine Mobilbox abgeschaltet hatte.

»Hoffentlich löscht der Empfänger die Nachricht nicht gleich wieder, weil er denkt, dass sich jemand einen Scherz erlaubt hat.«

Sie drückte die Wahlwiederholung und dann grinste sie plötzlich wie ein Honigkuchenpferd. »Meine Oma. Sie besitzt noch einen dieser altertümlichen Anrufbeantworter und hat alles auf Band. Am besten, wir holen es gleich ab.«

»Das ist jetzt Sache der Kriminalpolizei«, unterbrach einer der Beamten. Er hatte seine Haube abgenommen und sah sich im Zimmer um. »Der Einbruch, der Überfall auf Sie und, wenn wir Glück haben, das Geständnis auf Band. Dieses Mal sollte es reichen, den Kerl in Gewahrsam zu halten.«

Das möchte ich jetzt aber mal schwer hoffen.

Blieb nur noch eine Frage offen: Wer hatte Papenhagen mit dem Fleischklopfer eins übergebraten?

50

Als Petra an diesem Abend zu ihrer Großmutter kam, war Hanna ganz aus dem Häuschen. Die Polizei war bei ihr gewesen, um ihren Anrufbeantworter mitzunehmen.

»Meine liebe Petra«, rief die Ältere und schloss ihre Enkelin fest in die Arme. »Ich bin so froh, dass dir nichts geschehen ist.«

»Mein Schutzengel hieß dieses Mal Maik«, stellte Petra gleich klar.

»Ja, ja, schon gut«, schmunzelte ihre Großmutter. Es klingelte. Während Hanna zur Tür ging, um nachzusehen, wer dort war, schlenderte Petra in die Küche. Philo, die Katze, miaute von ihrem Körbchen aus. Petra beugte sich zu ihr hinab und kraulte ihr den Kopf. Nur mit halbem Ohr lauschte sie dem Gespräch im Flur.

»Keine Ursache«, hörte sie ihre Großmutter sagen. Augenblicke später kam sie in die Küche.

Petra richtete sich auf wie elektrisiert. »Was hast du da?«, fragte sie tonlos.

»Siehst du doch. Meinen Fleischklopfer.« Hanna öffnete schwungvoll eine der tiefen Schubladen und warf das Teil hinein.

»Wo kommt der denn her?«, wollte Petra wissen.

»Hat der Nappes gebracht. Der hatte ihn sich ausgeliehen, weil es bei ihm heute Mittag Schnitzel gab«, antwortete Hanna mit gerunzelter Stirn. »Warum fragst du?«

»Hat er keinen eigenen?«

»Fleischklopfer? Sicher hat er einen. Hat ihn vermutlich verlegt und noch keine Zeit, einen neuen zu kaufen.«

Petra spürte, wie sie blass wurde. Sah wieder den am Boden liegenden Papenhagen vor sich. Konnte es sein, dass Nappes ... Unmöglich - oder? Warum sollte der Rentner den Schriftsteller niederschlagen? In diesem Moment tauchte ein Bild aus ihrer Erinnerung auf. Wie bedröppelt der Nachbar ihrer Oma davonschlich, nachdem seine alte Flamme ihn abserviert hatte.

Papenhagen, der mit Valentina Ohl übers Parkett schwebte. Sollte Nappes dabei so eifersüchtig geworden sein, dass er dem Autor einen Denkzettel verpassen wollte?

Falls Papenhagens Gedächtnis eines Tages wieder funktionieren würde, wäre Nappes wohl dran. Sie seufzte.

»Keine Angst, mein Mädchen. Dein Herzbube bleibt dir vorläufig erhalten.« Hanna, die Petras Reaktion falsch gedeutet hatte, tätschelte den Arm ihrer Enkelin.

»Vorläufig? Was soll das denn heißen?«

»Alles kann auch ich nicht sehen. Immer eins nach dem anderen.«

Die Aufregung über die erneute Festnahme von Papenhagen lag am nächsten Morgen überall in der Luft der Sterzbachstadt.

»Er hat dich überfallen?« Petra stand, wie jeden Morgen, am *Kiosk an der Post,* um eine Zeitschrift zu kaufen. Hinter ihr hatte sich bereits eine kleine Schlange gebildet. Alle warteten geduldig und hörten neugierig mit, während Petra in knappen Worten erzählte, was geschehen war.

Weiter oben winkte ihr jemand durch die großen Scheiben des Fitnessstudios zu. Scarlett Bohnenberger war es, die gleich darauf herausgeeilt kam.

»Was für ein übler Kerl«, meinte sie und wischte sich den Schweiß von der Stirn. »Aber ich wollte Ihnen noch etwas sagen. Ihre SMS - die waren zwar unfreundlich, aber ich habe darüber nachgedacht, was Sie neulich am Waldsee sagten. Ich finde, Sie haben recht. Ich habe den Termin beim Doc abgesagt. Warum soll ich jetzt schon an mir herumschnippeln lassen, nur wegen einer Rolle? Es wird schon eine andere Tür für mich aufgehen.« Sie nickte zum Nachdruck mehrfach heftig.

Petra seufzte. »Ich war das nicht mit den SMS, aber ich finde die Idee, sich nicht unters Messer zu legen, sehr gut. Und noch etwas, Scarlett. Wir beide sind zusammen aufs Dreieich-Gymnasium gegangen. Du erinnerst dich offensichtlich nicht daran. Ich aber schon. Du warst in der Parallelklasse und ziemlich gut in Physik.«

Scarletts Augen wurden groß und rund, nicht nur, weil Petra unvermittelt zum Du übergegangen war. Es war ihr anzusehen, dass sie ihr Gedächtnis durchforstete. Dabei nichts fand.

»Ich war ziemlich moppelig damals und trug einen langen Zopf«, half Petra ihr auf die Sprünge. Es nützte nichts. »Du hast mich einmal mit einer kostenfreien Nachhilfestunde auf dem Schulhof gerettet. Es war vor einer wichtigen Klassenarbeit, die ich ohne deine Erklärungen niemals geschafft hätte.«

»Wir waren befreundet?« Scarletts Stirn runzelte sich.

»Nein, nicht einmal annähernd. Aber ich hockte da und heulte, und die Einzige, die das gekümmert hat, warst du. Du hast deinen pinkfarbenen Rucksack auf den Boden geworfen, dein Physikbuch rausgenommen und mir in aller Ruhe erklärt, was ich vorher das ganze Schuljahr über nicht verstanden hatte. Das war's.«

»Ach so«, sagte Scarlett, die sich immer noch nicht erinnern konnte. Jetzt aber wohl verstand, warum Petra keineswegs Grund hatte, ihr irgendwelche Drohungen zu schicken.

»Weißt du, was ich glaube? Da hat sich jemand einfach vertippt. Die Nachrichten waren ganz bestimmt nicht für dich.«

Sie hob die Hand zum Abschied, holte sich in der Bäckerei am Lutherplatz noch ein Hörnchen und setzte ihren Weg in die Redaktion fort.

Nick Tabor, Sigurd Falck und Maik standen, Kaffeetassen in Händen und in ein leises Gespräch vertieft, im kleinen Konferenzraum, als Petra ankam. Die heutige Ausgabe der *Langener Morgenpost* lag auf dem Tisch vor ihnen. Daneben die aktuelle Ausgabe des *Knaller*. Der Aufmacher war derselbe.

»Archibald Papenhagen - ein Mörder?«, fragte die *Langener Morgenpost*.

»Der schreckliche Tod des Leontin Schwatzke - Betrüger bringt Starreporter um!«, schrie der *Knaller*.

Petra schüttelte sich innerlich. Bei Gelegenheit musste sie Maik mal fragen, ob ihm dieser Hardcore-Journalismus überhaupt Spaß machte.

Doch jetzt lag erst einmal etwas anderes in der Luft.

»Hallo Petra.« Sigurd räusperte sich und stellte seine Kaffeetasse ab. »Schön, dass du da bist.«

Himmel! Hatte sie etwas verbrochen? Wurde sie gefeuert? So freundlich hatte ihr Chefredakteur sie noch nie begrüßt.

»Dein Einsatz in der ganzen Angelegenheit«, seine Hand bewegte sich vage zu den Schlagzeilen des Tages, denen sicherlich zu dem Thema noch etliche folgen würden, »war großartig. Du bist ja bereits seit einem dreiviertel Jahr bei uns als Praktikantin. Jetzt wird es Zeit für Nägel mit Köpfen. Also frage ich, Sigurd Falck, dich, Petra Koslowski: Willst du bei uns anfangen und fortan festes Redaktionsmitglied der *Langener Morgenpost* sein?«

Petra riss die Augen und den Mund auf. Nick Tabor schlürfte an seinem Kaffee und tat so, als sähe er aus dem Fenster. Maik blickte grinsend zu Boden.

»Ja!«, schrie Petra. »Ich will!«, warf die Arme um Sigurds Hals und küsste ihn mindestens drei Mal auf die Wangen.

»Hallo, hallo«, murmelte Maik im Hintergrund.

»Gemach, junger Mann. Du bist auch gleich dran«, ließ Nick Tabor verlauten.

»Mein Mitarbeiter hat nämlich den Antrag gestellt, hier in der Nähe bleiben zu können.«

Petra konnte kaum glauben, was sie hörte.

»Er wird als fester freier Mitarbeiter fortan aus dem Rhein-Main-Gebiet für uns schreiben.«

Petra warf die Arme um Maiks Hals und küsste ihn direkt auf den Mund. Dann ließ sie von Maik ab und warf dem Chefredakteur des *Knaller* einen Luftkuss zu.

»Brauche nur noch eine Wohnung, dann kann es losgehen«, nuschelte Maik.

»Och. Da hätte ich eine Idee«, rief Petra. Drei Köpfe ruckten hoch. Drei Augenpaare blickten sie auf eine Art an, die sie gleich die Hände heben ließ.

»Nicht bei mir. Wo denkt ihr hin. Soweit sind wir noch lange nicht.« Maik atmete hörbar aus.

»Aber ich kenne eine Wohnung, die frei wird.«

»Das nenne ich Teamarbeit«, brummte Nick.

»Jetzt wenden wir uns dem nächsten Tagesordnungspunkt zu. Dem großen, gemeinsamen Artikel über Leontin Schwatzke und seinen Tod am Vierröhrenbrunnen.«

Epilog

Der Tag der Bürgermeisterwahl zeigte sich wolkenlos und heiter. Bereits am frühen Morgen pilgerten die Langenerinnen und Langener in Strömen zu den Wahllokalen. Nach einer heißen Runde waren bis auf zwei Kandidaten alle aus dem Rennen ausgestiegen. Rigobert Unkelhäuser war der erste der beiden verbliebenen Anwärter, der sich blicken ließ. Unter den Augen seiner vielen Bewunderer und dem Klicken so mancher Pressekamera gab er seine Stimme ab. Er lächelte so siegesgewiss, wie es ihm möglich war. Die letzten Umfragen prognostizierten ein Kopf-an-Kopf-Rennen. Die beiden Kontrahenten hatten sich daher nichts mehr geschenkt. Nun fieberten sie dem Endergebnis entgegen. So wie die gesamte Stadt.

Karina, die als Wahlhelferin in einem der Wahllokale in Altstadtnähe eingeteilt war, hatte sich um 17.59 Uhr bereits von ihrem Stühlchen erhoben, als noch eine Wählerin hereinhuschte. Nachdem sie ihre Stimme abgegeben hatte, war es genau 18.00 Uhr. Das Wahllokal schloss.

Eine Stunde später versammelte sich die Anhängerschaft der beiden Kandidaten in der Stadthalle. Auf riesigen Bildschirmen sah man noch nichts, da war es gut, dass die Organisatoren etwas zum Schnabulieren und gekühlte Getränke bereitgestellt hatten. Petra stand an einem der Stehtische und unterhielt sich mit Karla-Maria, die sie auf den neuesten Stand in Sachen Nino Blankenburg brachte (»Er und Lukrezia machen Liebesurlaub auf den Seychellen. Sie hat Fotos gepostet - herrlich!«). Scarlett Bohnenberger kam vorbei und winkte Petra fröhlich zu. Die *Langener Morgenpost* hatte kürzlich einen großen Bericht über sie und ihre neu ergatterte Rolle in einer Arztsoap gebracht. Der örtliche Spezialist für Schönheit aus der Retorte war nicht mehr anwesend. Nach der Trennung von Gattin Marie-Luise war er mit seiner jungen, blonden Freundin nach Bad Homburg gezogen.

»Dort ist das Publikum doch viel kultivierter«, ließ er hochnäsig verlauten. Petra war es recht so. Sie hatte dem Wegzug des blonden Gifts jetzt einen neuen, sehr gut aussehenden Nachbarn zu verdanken ...

Karina schnaufte, als sie es endlich auch in die Stadthalle geschafft hatte. Die Auszählung der Stimmen hatte bereits begonnen. Die Wahlbeteiligung lag bei sensationellen 99 Prozent, ein bisher nie dagewesenes Ereignis! Petra notierte eifrig ein paar Dinge auf ihrem Block.

»Was sagt denn deine Oma?«, frage Karina neugierig.

Petra schüttelte bedauernd den Kopf. »Solche Ereignisse kann sie nicht vorhersagen. Die haben weder Handlinien noch können sie eine Karte ziehen«, meinte sie leichthin. »Sie hat mir nur gesagt, dass der heutige Tag unter dem Zeichen der Herzdame steht, was immer das heißen mag.«

In diesem Moment erwachte der Bildschirm hoch über ihren Köpfen zum Leben. Die ersten Hochrechnungen waren da. Im Feld des Herausforderers Unkelhäuser brach lautstarker Jubel aus. Sechs Prozentpunkte lag er vor Morgenroth, der sich krampfhaft an seinem Bierglas festhielt. Karina zog einen Flunsch. Sie war nicht begeistert. »Wenn der Windbeutel gewinnt, kündige ich«, brummte sie. Die nächste Hochrechnung kam. Unkelhäuser legte noch einen Punkt zu und Morgenroth erblasste sichtlich unter dem aufmunternden Schulterklopfen seiner Parteifreunde. »Kopf hoch«, schienen die zu sagen. »Noch ist der Abend nicht vorbei.« Auf dem Bildschirm standen die nackten Zahlen und Petra sah sich ein wenig im Saal um. Durch den bereits wenige Minuten später ein Raunen ging. Morgenroth hatte aufgeholt, Unkelhäusers Mundwinkel verkrampften sich leicht. Nur noch vier Prozentpunkte Vorsprung für ihn. Die wenig später auf zwei zusammengeschmolzen waren. Nun wurde es um Morgenroth wieder lauter. Die nächste Hochrechnung brachte ihn gar in Vorteil. 51 Prozentpunkte konnte er für sich verbuchen. Gefolgt von 53, was dann zu einem dezenten Jubel in seiner Ecke führte. Leider sackte er gleich darauf wieder unter 50 und in der nächsten Stunde wurde die Geduld aller Anwesenden aufs Äußerste strapaziert. Hin und her ging es, mal lag der eine vorn, dann wieder der andere. Als das amtliche Endergebnis verkündet wurde, war es in der gesamten Halle mucksmäuschenstill.

»50 zu 50«, lautete der Endstand, gefolgt von einer Korrektur.

»Die Wahl gewonnen hat der amtierende Bürgermeister Bertel Morgenroth. Mit dem Vorsprung von genau einer Stimme.«

Die Hölle war los in der Stadthalle. Alles schrie, pfiff, johlte, jubelte und schimpfte durcheinander. Petra zog sich mit ihrem Notizblock und ihrem Handy etwas zurück, da einige Unkelhäuser-Fans bereits drohend die Fäuste reckten und »Schiebung, Schwindel, Schweinerei!«, riefen. Unkelhäuser selbst wirkte wie narkotisiert.

»Kann mir schon vorstellen, wer das war.« Karina war neben ihrer Freundin aufgetaucht. »Die letzte Wählerin von heute. Kam ganz kurz, bevor das Wahllokal geschlossen wurde.«

»Wer war sie?« Petras Augen leuchteten neugierig.

»Ahnst du es nicht?« Karina beugte sich zu ihr hinüber und flüsterte ihr einen Namen ins Ohr.

»Ist nicht wahr?!« Sie schaute hinüber zu Marie-Luise Noch-Übelhau, die dicht neben Bertel stand. Frau Demnächst-Morgenroth, denn einem in der ganzen Stadt verbreiteten Gerücht zufolge wollten die beiden schnellstens heiraten, sobald die Übelhau'sche Scheidung durch war.

»Ach, wie romantisch«, gluckste Karina. Petra nickte, dann drehte sie sich um, weil sie einen Blick gespürt hatte. Da stand er, lächelnd, mit einer roten Rose in der Hand.

»Ach, wie romantisch«, quietsche Karina. Petra stand auf und ging Maik entgegen. »Alles klar?«, fragte sie.

»Alles klar, Frau Nachbarin.«

Das Leben war schön und heiter.

Bis ... aber das ist eine andere Geschichte!

Dank und Nachwort

Mein Dank gilt zuallererst meinem Mann Wolf-Ingo für seine nimmermüde Unterstützung und Liebe. Er war es, der mir vor Jahren den nötigen Schubs gab, mein erstes Buch zu schreiben und ist ein klasse Sparringspartner, wenn es um neue Ideen geht. Er muntert mich auf, wenn es mal nicht so läuft und mit ihm kann ich jeden Tag herzlich lachen.

Schon beim Schreiben der Erstauflage hatte ich Unterstützung durch meine Erstleserin Alex und durch Petra Görg, die das Manuskript gegenlas und mir bei den hessischen Dialogen half.

Für etwaige Verständnis- oder Übertragungsfehler oder sonstige Patzer trage ganz alleine ich die Verantwortung.

Für das Cover der Neuauflage durfte ich für Motive der Stadtkirche und des Vierröhrenbrunnens freundlicherweise ein Foto von Claudia Rougoor (https://preservitec.ai/) verwenden. Auch hierfür herzlichen Dank.

Ein besonderes Dankeschön geht an Sie, meine lieben und treuen Leserinnen und Leser. Ohne Ihre begeisterten Rückmeldungen wäre es beim ersten Schmunzelkrimi aus der Sterzbachstadt geblieben. Nun sind es drei geworden; mal sehen, was es für Petra in Zukunft noch zu ermitteln gibt. Sachdienliche Hinweise nehme ich jederzeit gern entgegen.

Darüber hinaus ist mir Ihr Feedback immer willkommen. Wenn Sie sich mit diesem Buch gut unterhalten gefühlt haben, lassen Sie es mich gern wissen oder geben Sie eine Empfehlung auf einer der gängigen Buchplattformen ab.

Sie möchten hin und wieder Neuigkeiten über meine Bücher,
Lesungen und Schreibworkshops erhalten?
Dann abonnieren Sie doch meinen Newsletter *WortKonfetti*.

Herzlichst

Cornelia Härtl

www.cornelia-haertl.de
hallo@cornelia-haertl.de

Nicht immer war es möglich, für die Cover dieser Reihe die
Örtlichkeiten mittels Fotos oder anderer Vorlagen 1:1
abzubilden. Aus diesem Grund habe ich mich teils oder gänzlich
für idealtypische Varianten entschieden.

Weitere Schmunzelkrimis von Carla Wolf

Tod im Krötsee
Der zweite Schmunzelkrimi aus der Sterzbachstadt Langen

Die entspannte vorweihnachtliche Stimmung in der Sterzbachstadt wird jäh unterbrochen, als man im nahe gelegenen Krötsee eine eingefrorene Leiche entdeckt. Schnell wird eine totale Nachrichtensperre über den Fall verhängt, was die journalistische Neugier von Petra Koslowski, Reporterin bei der *Langener Morgenpost*, erst richtig weckt. Auch der Polizist Michael Hanfstängel und seine neue Kollegin Ayshe Müller haben gute Gründe, der Sache heimlich weiter nachzugehen. Doch trotz eines geheimnisvollen Zeugen lässt eine heiße Spur lange auf sich warten. Gleichzeitig kommt die angesagte Kochshow »Feuer unterm Topf« in die Stadt. Moderiert wird sie von der glamourösen Pernilla Groth. Die scheint es ausgerechnet Petras Freund Maik angetan zu haben. Ein Umstand, der kurz vor Weihnachten für Eifersucht und Missverständnisse sorgt. Dabei entgeht der engagierten Journalistin beinahe ein Hinweis darauf, wie nah der Täter ihr bereits ist …

Ein Wohlfühlkrimi aus Hessen.

Mord im Mühltal

Der dritte Schmunzelkrimi aus der Sterzbachstadt Langen

Kaum hat die Jahrestagung der *Tödlichen Ladys,* einer Vereinigung von Krimiautorinnen, begonnen, liegt auch schon eine Tote im Langener Mühltal.

Während die Polizei mit ihren Ermittlungen nur langsam vorankommt, findet die Journalistin Petra Koslowski heraus, dass die Verstorbene hoffte, dem edlen Autorinnenclub beitreten zu können. Dessen Aufnahmekriterien sind streng und Zita Kirsch war nicht die einzige Bewerberin um einen der raren Plätze.

Zur selben Zeit löst der Fund eines Nuggets im Sterzbach einen regelrechten Goldrausch aus. Die Stadt wird überflutet von Menschen, die auf ihr Glück hoffen. Bei ihren Recherchen muss sich Petra fragen, ob womöglich ein Zusammenhang zwischen beiden Ereignissen besteht. Damit nicht genug, stößt sie auf ein Geheimnis, das die Vorsitzende der *Ladys* hütet. Als es dann auch noch innerhalb des Clubs zu brodeln beginnt, wird Petra mitten ins Geschehen katapultiert und gerät selbst in höchste Gefahr.

Ein Wohlfühlkrimi aus Hessen.

Alle Krimis sind in sich abgeschlossen und lassen sich unabhängig voneinander lesen.